www.tredition.de

AF214763

Marion Brüning

Unsere Seelen unter der Haut

...und nachts flüstere ich deinen Namen...

www.tredition.de

© 2018 Marion Brüning
Umschlag, Illustration: Vincent Sandholtet
Lektorat, Korrektorat: Christine Bendik

Verlag und Druck: tredition GmbH, Halenreie 40-44, 22359 Hamburg

ISBN
Paperback: 978-3-7439-8245-1

Für Oskar!

...der Platz in meinem Herzen bleibt für dich immer frei...

Was du aus diesem Buch lernen kannst ist undenlich mehr wert, als du glaubst, denn Lieben heißt bei jemanden zu bleiben, erst recht, wenn es schwierig wird.

Prolog

„Ich mag diesen Rummel nicht!", mault er, aber ich schiebe seinen Rollstuhl einfach durch die Menge. „Ich werde dich killen!", zischt er.

Über unseren Köpfen fliegt ein Rotkehlchen durch den Himmel.

„Das ist mir egal und das weißt du", sage ich ernst. Er schmunzelt hinter seinem Mundschutz und um seine Augen bilden sich Lachfältchen.

Er ahnt, dass ich das mit dem Gerne-Gekillt-Werden nicht mehr ernst meine.

Von vorne und von hinten drängeln Menschen, die uns bei der Aktion helfen wollen. Mein Herzschlag tuckert in meinem Leib. Einen Moment lausche ich der Stimme in meinem Inneren. Es muss einfach gutgehen.

Besserwisser können uns mal!

„Wir setzen ‚Menschenmasse‘ auf unsere ‚Geht-gar-nicht-Liste‘ dazu!" Er fängt an, in seiner Jackentasche zu wühlen.

„Ich habe den Zettel", gebe ich ihm kurz zu verstehen und blinzele in die Sonne. Das Rotkehlchen ist in einem Baum neben uns verschwunden. Die Zweige werfen dunkle Schatten auf uns. Ein Windzug. Noch mehr Blätter, die auf den Boden flattern.

„Dann gib ihn mir!"

Ich bleibe stehen und ziehe das zerknitterte Blatt aus meiner Hosentasche. „Da!"

„Alles Gute, Junge! Viel Glück!" Ein Mann winkt Chrissi zu. Chrissi rutscht noch tiefer in den Sitz. Gleich fällt er mir noch aus dem Rollstuhl. Herrje!

„Schreib jetzt!", befehle ich ihm, um ihn etwas abzulenken.

Und mich auch. Chrissi beugt seine Schultern nach vorne.

„Wenn du so rast, dann kann ich nicht schreiben. Schau, voll krakelig!"

Er hält mir den Zettel so nah vor die Augen, dass ich nichts lesen kann, aber ich weiß ja auch so, was dort steht. Wir haben heute Morgen schon zwei Wörter auf unsere Geht-gar-nicht-Liste gesetzt: Rollstuhl und Stufen. Die Wand ist bald vollgeritzt. Chrissi hat schon gesagt, wenn wir weiter alles nur blöd finden, dann muss sein Vater anbauen. Eine Wand seines Schuppens, auf die wir Worte ritzen, in der Hoffnung, dass das Gemäuer unsere Probleme einfach verschluckt.

„Weißt du was? Menschenmassen sind doch gar nichts Negatives, vor allen Dingen in unserer Situation nicht. Im Moment sind wir auf diese Massen angewiesen." Ich höre selber, dass meine Stimme nicht so mutig klingt, wie ich es gerne hätte.

Er dreht sich zu mir um und schaut mir lange in die Augen. „Stimmt!", meint er irgendwann.

„Und Rollstuhl und Stufen können wir eigentlich auch wieder streichen."

„Nein, auf keinen Fall", sagt er, panisch. „Wir müssen dafür kämpfen, dass alle Rollstuhlfahrer barrierefrei durch ihr Leben rollen können."

Es hat drei Tage ununterbrochen geregnet und die Reifen lassen Wasserspritzer durch die Luft wirbeln. Sie besudeln meine helle Hose.

Eine Fernsehkamera richtet sich auf uns. Wo kommt die denn plötzlich her?

Ich versuche, freundlich zu lächeln. Chrissi dagegen verzieht sein Gesicht zu einer Fratze. Das kann ich trotz des Mundschutzes sehen. Unachtsam laufe ich mitten durch eine Pfütze.

Ich höre Ricardo im Stall wiehern. Nach Mist riechender Wind weht mir um die Nase. „Oh Mann, Chrissi!

„Wir können nicht die ganze Welt retten", sage ich und schiebe den Rollstuhl mit Karacho über das Brett, das am Eingang des Zeltes liegt, weil eine dicke Pfütze den Zugang versperrt hat.

„Wir müssen es erst einmal schaffen, uns selbst zu helfen."

August 2015

Emily

Die Tage beginnen immer gleich. Ich wache auf und es dauert nur ein bis zwei Sekunden, bis mein Gedanke wieder da ist, dass ich eigentlich nie mehr aufwachen wollte. Zuerst ist der Gedanke nur ein Hauch. Dann schließe ich meine Augen und versuche, wieder einzuschlafen. Was mir natürlich nicht gelingt. Und schon wird aus dem Hauch ein Wissen, und meine ganze Welt steht wieder Kopf. Jede Zelle meines Körpers ist schon am Anfang des Tages müde, wie benutzt und ausgelaugt, aber ich kann ganz langsam von eins bis tausend zählen, ich schlafe nicht wieder ein.

Und noch etwas ist an vielen Tagen gleich: Ich sitze an meinem albernen rosa Schreibtisch aus Kleinkindertagen und versuche verzweifelt, dem Druck zu widerstehen, mich zu verletzen. Das Rasiermesser an einer Stelle an meinem Unterarm anzusetzen und mich dann zu ritzen. Die Klinge zuerst kalt auf meiner Haut zu spüren, dann den Druck, der mein Fleisch in zwei Hälften teilt. Danach den Schmerz zu feiern und zuzusehen, wie mein Leid in Form von rotem Blut aus meinem Körper weicht.

„Was bringt dir der Scheiß?", hat meine Mutter einmal panisch geschrien, als sie mich blutend im Badezimmer vorfand. In ihrer Verzweiflung donnerte sie eine Dose Hautcreme an die Wand, die scheppernd zu Boden fiel.

„Warum schreist du so? Oder willst du mit dem Krach den Unsinn aus meiner Seele vertreiben?", wisperte ich. Aber meine Mutter schaute mich nur böse an. Zwei dunkle Punkte, die mich ansahen wie verirrte Fusseln.

Danach gab es weder von ihr noch von mir eine plausible Antwort.

Wie auch, wenn nicht einmal die Psychologen eine hatten.

Meine Mutter ist ein rational denkender Mensch. Gefühle kommen bei ihr erst an zweiter Stelle. Nachdem sie Entscheidungen getroffen hat, führt sie diese stets lösungsorientiert aus. Aber ich bekomme diesen

Gedanken und den Druck, es zu tun, einfach nicht aus meinem Kopf. Irgendwie muss ich meinen seelischen Schmerz doch loswerden. Ich hasse es, traurig zu sein. Und es bringt Erleichterung. Es ist wie ein Ventil. Der körperliche Schmerz ist dann einfach nicht so schlimm wie mein seelischer. Und wenn ich ritze, lenkt mein körperliches Schmerzempfinden von meiner Traurigkeit ab. Ja, wenn ich mich ritze, vergesse ich die Welt um mich herum, und meine Probleme scheinen weit weg zu sein. Wie im Tod. Eine kurze Erleichterung, ein kurzer Moment seelischer Schmerzstille. Vielleicht fände ich auch anders meine Ruhe, wie zum Beispiel in einem wunderbaren Traum, aber das Dumme ist ja, ich kann einfach nicht wieder einschlafen.

Mein Leben hat keine festen Wurzeln. Für andere sicher unvorstellbar: Ich wohne mit meinem Bruder und mit meinen Eltern in einem großen, schicken Haus. Alleine unsere Küche strahlt im verchromten super modernen Hightech-Design. Haushaltsgeräte der neusten Generation verleihen der Küche höchste Eleganz. Und im ganzen Haus blitzt es in Weiß und Chrom auf, dass, wenn die Sonne durch die riesigen Fensterfronten scheint, man gut daran tut, bei einem Streifzug durch unser Haus, mit einer Sonnenbrille bewaffnet zu sein, damit man nicht geblendet wird. Auch unser Wohnzimmer hält dem modernen Purismus stand. Und es hat eine Größe, dass mindestens hundert Leute Platz haben, sich frei zu bewegen. Selbst mein Zimmer könnte mindestens meine Schulklasse aufnehmen.

Aber in meiner Phantasie reicht es nicht aus, für ein gemütliches, lustiges Treffen mit sogenannten Freunden in meinen eigenen vier Wänden. Mir fallen dazu nur lange Augenblicke eines verlegenen Schweigens ein und dass mich alle anstarren würden, weil sie mich hassen.

Meine Mutter ist Tierärztin und mein Vater ist Chefarzt der Kinderchirurgie in der hiesigen Uni-Klinik. Er richtet Arm- und Beinbrüche, er korrigiert Missbildungen und Fehlstellungen, er vernäht kleine Wunden und schneidet Bäuche von Kindern auf und näht sie wieder zu. Er soll sogar sehr lustig mit seinen kleinen Patienten umgehen. Meine Erfahrung ist anders. Ich kenne ihn nur still und in sich gekehrt, wie seine Blicke in unbeobachteten Momenten auf mir ruhen und er über seine missratende Tochter nachzudenken scheint. Ich kann mich aber auch täuschen, vielleicht ist er gedanklich schon wieder bei einem seiner nächsten Patienten und sieht nur durch mich hindurch.

Meine Mutter kümmert sich auch um Verletzungen und Wunden, um Brüche und um Koliken, nur halt bei Tieren. Sie salbt die angeschwollenen Beine von Pferden, Kühen und Schafen ein und schnippelt und schneidet auch schon mal an Tierbäuchen herum. Meine Eltern können fast blind Häute öffnen und wieder schließen, Brüche richten und Schmerzen nehmen, aber sie schaffen es beide nicht, die vielen Löcher in meiner Seele zu flicken oder meinen inneren Schmerz auch nur ein klein wenig zu lindern.

Mein Bruder ist dreizehn, zwei Jahre jünger als ich und ein niedlicher Depp. Sven liebt Tanz und Musik und er geht reiten. Außerdem braucht er doppelt so lange im Badezimmer wie ich. Wenn er aus dem Bad kommt, stehen seine blonden Haare gegelt und stachelig zu allen Seiten ab. Manchmal verspüre ich den Drang, so eine Strähne anzufassen und wie ein dürres Ästchen zu knicken.

Mein Bruder ist sicher schwul und wird Friseur. Meine Eltern werden toben, aber mir ist es egal. Auch dann werde ich ihm viel Glück wünschen. Einfach nur, dass er so, wie er lebt und liebt, glücklich sein soll. Ich habe zu dem Thema schon stundenlang in der Bibel geblättert. Wo steht eigentlich geschrieben, dass der Mensch reich, gesund, hetero, schön, gebildet sein soll und dass es vor Gott strafbar ist, eine dunkle Haut zu haben, eine andere Religion oder Lebensart?

Ich habe nichts gefunden.

Warum werden dunkelhäutige Menschen von Leuten beschimpft und beleidigt, die selber stundenlang in der Sonne braten oder mindestens ein Mal in der Woche ins Solarium rennen, um braun zu werden? Es gibt Menschen, die strahlen ihre Überheblichkeit aus und umhüllen andere damit, wie mit einer dreckigen, stinkenden Decke.

Sie sollten sie einfach in Ruhe lassen.

Mir selber gestehe ich diese Großzügigkeit der Toleranz allerdings keine Sekunde zu. Meine Mutter sagt oft: „Die Leute spielen sich bei den Fehlern anderer auf wie Richter und bei ihren eigenen Fehlern wie Verteidiger." Damit hat sie bis zu einem gewissen Punkt recht. Wenn es um uns beide geht. Sie kann mir sagenhaft gut auflisten, was ich nicht richtig mache. Bei mir liegt sie allerdings falsch. Ich halte nicht zu mir. Ich bin kein verbissener Verteidiger meiner selbst. Ich mag mich auch nicht. Ich finde mich zu dick, zu hässlich, zu oberflächlich. Habe ich schon dumm erwähnt?

Kurz gesagt: Ich bin mein eigenes Schicksal!

Heute geht es mir den ganzen Tag über schon sehr merkwürdig. Ich habe das Gefühl, als hätte ich beim Aufstehen vergessen, unter meiner Bettdecke hervorzukrabbeln. Ich schleiche mit diesem Gefühl, eine Wolldecke über dem Kopf zu haben, aus meinem Zimmer, die Treppe nach unten und dann bis zur Haustür. Meine Mutter sitzt schon in ihrem Cabriolet und hupt ungeduldig. „Emsmausle! Wir müssen lo-os!"

Wie ich diesen Namen hasse!

Die Sonne scheint grell und warm und das Dach des Wagens ist geöffnet. Die Ledersitze fangen sicher schon an zu glühen. Ich sollte noch ein paar Minuten warten, bis ich mich setze.

„Ich muss nochmal aufs Klo!"

Durch das Glas der Haustür kann ich sehen, wie meine Mutter hinter ihrer großen schwarzen Sonnenbrille ihre Augen verdreht. Ihre Augenbrauen ziehen sich nach oben. Außerdem trommelt sie nervös mit ihren Zeigefingern auf das Lenkrad. Ihr heller Nagellack funkelt in der Sonne. Der Drang, mit mir zu schimpfen oder mich zu maßregeln, ist ihr in den letzten Monaten gründlich vergangen.

Der Asphalt flimmert von der Hitze, wie Rauch von einem Feuer. Ich gehe langsam auf das Gästeklo. Ich hebe meinen Rock hoch, ziehe meine

Unterhose hinunter und setze mich auf die Toilette und warte. Meine Ellenbogenknochen bohren sich tief in meine Oberschenkel, aber es tut nicht weh. Nicht weh genug!

Ich warte weiter. Eine Minute. Eine zweite Minute.

Ich muss gar nicht. Also stehe ich auf, ziehe mich wieder an und schaue aus dem Fenster. Ich kann meine Mutter sehen. Gerade betrachtet sie sich im Spiegel und malt ihre Lippen mit einem zartrosa Lippenstift nach. Dann wischt sie sich mit dem Handrücken Schweiß von der Stirn. Die Sonne brennt weiter munter ihre Hitze auf das Leder. Meine innere Anspannung steigt an. Mein freies Wochenende ist um. Meine Mutter wird mich für die nächsten fünf Tage wieder in die Wohngruppe der Kinderpsychiatrie bringen. Nervige Zimmernachbarn, langweiliges Essen, alberne Gruppenstunden und nervtötende Einzelgespräche erwarten mich, sowie ein Internet- und noch schlimmer ein Handyverbot.

Ich muss zurück und mein Vater hat es nicht einmal für nötig gehalten, sich von mir zu verabschieden. Nach einem Anruf, den er gegen zehn Uhr heute Morgen erhielt, ist er mit einem „Muss los", in die Klinik geeilt. Er kam demonstrativ mit dem Telefonhörer in die Küche, sagte die zwei Worte, machte auf dem Absatz kehrt, und das Echo seiner Absätze auf dem Boden klang länger nach als der Duft des Rasierwassers, was er heute Morgen benutzt hatte. Fast hätte ich hinter ihm auf den blank polierten Fußboden gespuckt. Keine Minute Zeit, um mir wenigstens für die nächste Woche alles Gute zu wünschen. Ich habe ja nicht verlangt, dass er mich in den Arm nimmt und sagt, dass er mich vermissen wird. Meine Eingeweide spielen verrückt und meine innere Anspannung steigt noch mehr an.

Ich lehne meine Stirn gegen die kühle Fensterscheibe und hauche meinen warmen Atem dagegen. *SCHEIẞE!,* schreibe ich mit meinem Zeigefinger auf die beschlagene Stelle. Meine Mutter hupt wieder. Jetzt könnte ich meinen Notfallkoffer gut gebrauchen. Der liegt aber schon im Kofferraum verstaut und brütet vor sich hin. Also rufe ich meinen Notfallplan auf. Aber im Moment kann ich mich nur mit eiskaltem Wasser retten. Ich halte meine Arme unter den Wasserstrahl. Wegen der Hitze kommt das Wasser nur lauwarm aus den Rohren geblubbert. Das bringt nichts.

Mein innerer Druck steigt noch weiter an. Und meine Mutter hupt schon wieder. Sie macht Anstalten, aus dem Wagen auszusteigen. „Ich komme!", rufe ich deshalb durch das Klofenster. „Habe bloß etwas vergessen!"

Etwas Spitzes, denke ich und laufe die Treppe zu meinem Zimmer wieder hoch. Oben am Treppengeländer steht mein Bruder und versperrt mir den Weg: „Tschau Emily", meint er trocken, was bestimmt so viel heißen soll, wie: *Ich habe dich durchschaut.* Er weicht keinen Zentimeter zur Seite. Ich habe etwas vergessen", sage ich nervös und versuche noch einmal, an ihm vorbeizukommen. Unsere Blicke treffen sich hart, nichts dazwischen, was sie abfedern könnte.

„Soll ich dich zum Auto tragen?", fragt er.

„Nein", sage ich bissig und finde den Scherz überhaupt nicht lustig. Ich wiege bestimmt zehn Kilogramm mehr als der Zwerg.

„Ich will nur…" Weiter komme ich nicht. Meine Wangen fangen an zu glühen. Jetzt breitet er auch noch seine Arme aus. Meine Mutter hupt wieder. Wir müssen bis spätestens um achtzehn Uhr in der Psychiatrie eintreffen. Die Zeit läuft ihr davon, mal etwas richtig zu machen.

„Ich werde dir alles nachschicken, was du brauchst, Schwesterherz", sagt mein Bruder ernst.

„Du mich auch!", fauche ich. Svens Oberkörper hebt und senkt sich bei jedem Atemzug. Als ich die Treppe langsam hinuntergehe, fühlt es sich an, als würde Svens Atem von hinten auf mich treffen und versuchen, mich die Treppe hinunterzupusten. Ein eiskalter Schauer läuft mir über den Rücken.

Keine Chance für mich!

Also beiße ich von innen in meine Unterlippe, bis ich Blut schmecke, und gehe langsam aus dem Haus. Sofort trifft die Sonne warm auf mein Gesicht und blendet mich. Ich schließe für einen Moment meine Augen.

Als ich in das Auto steige, hebe ich meinen Rock hoch, sodass man meinen String-Tanga sehen kann, und lasse mich stöhnend mit meinen nackten Beinen und mit meinen bloßen Po-Backen auf das heiße, schwarze Leder plumpsen.

Ein wenig öffnet sich das Ventil meiner gequälten Seele. Im Rückspiegel kann ich meinen gierigen Blick nach noch mehr verbrennender Hitze sehen, und wie ein schmales Rinnsal Blut aus meinem Mund läuft.

Oben am Fenster steht mein hagerer Bruder in seinem weißen Muskelshirt und winkt mir zum Abschied. Dann treffe ich auf den Blick meiner Mutter und registriere ihre in sich zusammengesackten Schultern und wie der Blick ihrer weit aufgerissenen Augen über meinen Mund zu meinen nackten Beinen auf dem heißen Ledersitz gleitet. Sie starrt entsetzt auf meinen Unterkörper, als würden Qualmwolken aufsteigen.

„Geht es dir gut?", stottert sie und nimmt die Brille von ihrer Nase. Ihre Augen schimmern, ich kann mich in ihnen spiegeln. Aber alles, was ich darin sehe, ist mein eigener Zweifel. Trotzdem sage ich: „Im Moment ja!", und hoffe, dass der Schmerz noch etwas anhält.

Ich schaue wieder hoch zu meinem Bruder und bin mir plötzlich sicher, dass seine Schultern weitaus breiter sind als die meiner Eltern.

„Und, Mona? Wie ist es dir am Wochende ergangen?"

„Gut. "

Wir wissen, dass sie lügt, aber tun so, als würden wir ihr glauben. Schließlich wollen wir alle selber nicht durchschaut werden. Mona trägt einen kurzen Rock. Ihre Beine ragen darunter hervor wie dünne Mikado-Stäbchen. Wenn ihr Rock auf die Seite rutscht, sieht man, dass ihre Oberschenkel mit drei weißen Pflastern geziert sind. Jeder weiß, was sie versucht zu verbergen. Wenn ihr innerer Druck zu groß wird, zündet sie sich eine Zigarette an, inhaliert ein paar Mal kräftig, und noch während der letzte Qualm aus ihrem Mund fließt, nimmt sie die glühende Zigarette und drückt sie auf ihrer eigenen Haut aus.

Frau Dr. Norek nickt nur kurz mit dem Kopf. Sie wird sich Mona nachher in ihrer Einzeltherapiestunde vorknöpfen, darauf wette ich zehn Euro.

15

Ich schaue einmal durch die Runde. Michaela, Sophie, Eva-Marie, Louisa, Mona und ich sitzen mit unserer Therapeutin auf harten, blauen Stahlstühlen im Kreis. Das Ganze hat ein bisschen was von einem Stuhlkreis in einer Kindergartengruppe. Wir singen aber keine fröhlichen Lieder und klatschen dabei auch nicht in die Hände und lachen tun wir auch nur äußerst selten. Der Stuhl zwischen Michaela und Sophie ist leer. Lisa fehlt. Wir wissen noch nicht warum.

In unserem Gruppenraum steht nicht viel herum. Er ist sehr spartanisch eingerichtet. Eigentlich gibt es nur unsere Stühle und ein großes mobiles Whiteboard auf einem stabilen Aluminium-Fahrgestell. Die Tafel ist blank geputzt. Jemand hat sich ordentlich Mühe gegeben, unsere Krankheiten und unsere Symptome auszuradieren. Auf der Ablagetafel für Stifte hat Lisa am Freitag gelbe Gummibärchen gegen die Marker getauscht und aufgereiht. Sie sehen aus wie kleine Zinnsoldaten, die auf einen Befehl warten.

Wie lange mein Krieg hier wohl noch andauern wird?

Die Stifte hat Lisa anschließend einfach hinter der Gardine versteckt. Anscheinend hat Frau Dr. Norek das noch nicht bemerkt. Ich muss grinsen. Dann fällt mein Blick auf die Fensterbank. Ein paar Blumen stehen in der Wärme und lassen ihre Köpfe hängen. Keiner hat sich an diesem Wochenende um sie gekümmert. Ich muss der Versuchung widerstehen, die Blumen zu gießen. Also schaue ich wieder in die Runde.

Alle Anwesenden, außer Frau Dr. Norek, gelten als Exzentriker. Wir weichen nämlich stark von der Norm ab. Michaela praktiziert riskanten Sex (das ist etwas, das ich mir nicht richtig vorstellen kann- und vor allen Dingen auch gar nicht möchte); Sophie dagegen balanciert am liebsten auf Brückengeländern von Autobahnen; Eva-Marie und Louisa haben die gleichen Symptome wie ich. Die Ärmel ihrer Shirts reichen auch bis weit über ihre Fingerspitzen hinaus. Hinter die Krankheitszeichen von Lisa bin ich noch nicht so ganz gestiegen. Aber egal, welche Symptome jede Einzelne von uns auslebt, wir leiden alle unter derselben Krankheit. Wir haben BPS. Das heißt, wir haben eine Borderline-Persönlichkeitsstörung. Bei dieser Störung sind bestimmte Vorgänge in den Bereichen unserer Gefühle, unseres Denkens und unseres Handelns beeinträchtigt. Dieses wirkt sich durch negative und paradox wirkende Verhaltensweisen in zwischenmenschlichen Beziehungen, sowie gegen uns selbst aus. Die Krankheit wird häufig noch von weiteren Belastungen begleitet. Nur, um meine zu nennen: Depressionen und Essstörungen.

Und weiß Gott, diese Krankheit erkennt man nicht an einem Tag. Auch nicht in einer Woche oder nach einem Monat. Bis man seine Diagnose erhält, hat man schon einen verdammt harten und steinigen Weg hinter sich, aber auch dann wird es nicht viel einfacher. Mit seinen Fehlern und Macken konfrontiert zu werden, lässt einen manchmal das Gefühl bekommen, zu explodieren.

„Nun zu dir, Emily", sagt Frau Dr. Norek und schaut mich erwartungsvoll an.

„Wo ist Lisa?", platze ich heraus, obwohl ich die Frage gar nicht stellen wollte. Michaela und Sophie schauen gleichzeitig auf den freien Platz zwischen sich, als wäre ihnen bis jetzt noch gar nicht aufgefallen, dass ihre Sitznachbarin fehlt. Ein halber Meter, der nur mit einem nackten Stuhl gefüllt ist. Frau Dr. Norek hüstelt. „Lisa kommt erst in ein paar Tagen wieder zu uns."

Mona lässt sich mit ihrem Stuhl gefährlich weit nach hinten kippen. Ihre Fußspitzen berühren kaum noch den Boden. „Machen Sie es doch nicht so spannend!", faucht sie und sieht Frau Dr. Norek provozierend an.

„Bitte?", unsere Psychologin zieht drohend ihre rechte Augenbraue hoch. Aber Mona hält nicht die Klappe: „Lisa hat versucht, sich an einem Holzbalken im Schuppen auf dem Bauernhof ihrer Großeltern umzubringen und hat nur überlebt, weil dieses Scheißseil gerissen ist." Als sie das sagt, drückt sie mit dem Daumen auf eines ihrer Pflaster, aber verzieht dabei keine Miene.

„Woher weißt du das?"

Mona starrt Frau Dr. Norek ein paar Sekunden an. Mir schießt durch den Kopf, ob die uns hier eigentlich alle für so blöde halten, dass wir am Wochenende bei unseren Eltern keinen Kontakt zur Außenwelt aufnehmen können. In den Augen von Michaela sehe ich Tränen. Sie kommt sich sicher wieder vor wie auf einer großen Theaterbühne.

Theatralisch wie immer. Eva-Marie und Louisa schauen gespannt zu Frau Dr. Norek. Ungläubigkeit ist ihnen ins Gesicht gemeißelt.

„Von Lisas Schwester", höre ich Mona sagen.

Als Frau Dr. Norek nickt, bleibt für mich für einen Moment die Welt stehen. Ich schwanke zwischen Entsetzen und Neid. Mein Puls fängt an zu rasen. Ich öffne den Mund und schnappe nach Luft wie ein Fisch auf dem Trockenen.

Lisa hat es gewagt! Sie hat es wirklich gewagt!

„Möchtest du etwas sagen?" Frau Dr. Norek schaut in meine Richtung. Ich schüttele heftig mit dem Kopf.

„Wenn sie am Montag noch da sind, kannst *du* die Gummibärchen alle *alleine* essen", hat Lisa mir am Freitag beim Verlassen des Therapiezimmers zugeflüstert.

Das *du* bekommt plötzlich eine andere Bedeutung, genauso wie das *alleine*.

Kann mir mal einer sagen, warum wir daraufhin gelacht haben?

Es regnet jetzt schon den ganzen Morgen. Ich stehe in meinem Zimmer am Fenster und sehe hinaus. Meine Einzeltherapiestunde liegt noch vor mir. Bestimmt werden wir über Lisas Suizidversuch sprechen. Ich stelle mir vor, dass sie es geschafft hätte. Dieses Seil wäre nicht gerissen und sie hätte wirklich an dem Balken gebaumelt, bis ihre Oma sie tot aufgefunden hätte. Dann würde sie jetzt in einem kalten, weißen Sarg liegen. Ihre wunderschönen, dunklen, lockigen Haare würden auf dem weißen Kissen wie ein Fächer ihr hübsches Gesicht umrahmen und sie würde aussehen wie Schneewittchen. Hinter ihr wären hunderte von Kerzen aufgestellt und würden leuchten. Durch das Flackern würden Schatten über ihr Gesicht huschen und sie wieder lebendig aussehen lassen.

Warum nur hat sie es versucht?

Und warum genau an diesem Wochenende?

Am Freitag hatten wir noch über die aufgestellten Gummibärchen gelacht und uns den empörten Gesichtsausdruck von Frau Dr. Norek ausgemalt, wenn sie ihre Stifte suchen und stattdessen auf die gelben Dinger stoßen würde. Eigentlich hatte uns das Lachen ein wenig glücklich gemacht. Oder, ich dachte, wenigstens Lisa hätte es ein wenig glücklich gemacht.

Niedrig hängende Wolken lassen Regentropfen fallen. Der Asphalt glitzert, als hätte jemand Feenstaub darüber gestreut. Dächer, Bäume und Autos werden nass. Das Wasser spült die Natur sauber und den Dreck von allen Oberflächen. Aber auch, wenn ich mich jetzt nackt in den Regen stellen würde, würde es der Regenguss nicht schaffen, meine depressiven Gedanken wegzuspülen. Also bleibe ich am Fenster stehen und denke weiter darüber nach, was passiert sein könnte, dass Lisa den nächsten Schritt einfach gewagt hat. Immer wieder flimmert mir das Seil um Lisas Hals durch den Kopf.

Ich weiß selber, dass uns schon ein paar falsch gesagte Worte völlig aus der Bahn werfen können. Selbst gut gemeinte, wie: „Schau dir doch mal das tolle Wetter an. Ist es heute nicht herrlich? Jetzt freu dich doch mal!" Das Einzige, was man bei uns damit erreicht, ist, dass wir uns noch schlechter fühlen. Die Worte klopfen an unser Gewissen, denn eigentlich müssten wir uns darüber ja freuen und glücklich sein, aber der Eingang in unserem Kopf zu den schönen Dingen ist versperrt.

Die Tür ist zu. Verschlossen. Also bekommen wir es doppelt ab und fühlen uns sofort noch ein wenig schlechter. Manchmal komme ich mir vor wie der Schaum im Milchkaffee meiner Mutter, durch den sich der Milchaufschäumer in rasender Geschwindigkeit dreht. Eine Spirale ohne Pause. Für das nächste Wochenende haben meine Eltern mich vor die Wahl gestellt: Entweder muss ich in der Klinik bleiben oder ich kann das Wochenende mit meinem Bruder auf einem Reiterhof verbringen. Meine Eltern sind beruflich auf Mallorca. Mein Vater muss dort einen Vortrag über eine neue Methode der Arthroskopie bei Kleinkindern halten.

Ob er über meine Krankheit auch so gut Bescheid weiß?

Natürlich fahre ich mit meinem Bruder, auch wenn ich mich furchtbar langweilen werde, aber in der Klinik bleiben? Freiwillig? Bei all den Kranken, die mich noch verrückter machen?

Das einzig Sinnvolle, wenn ich hierbleiben würde, wäre, ich könnte mich um die vertrockneten Blumen kümmern und Hobbygärtnerin spielen. Die Zimmerpflanzen am besten in einem Eimer mit Wasser tränken, damit ihr Stoffwechsel wieder in Gang kommt, genug Wasser dahin gelangt, wo es hinmuss und die Pflanzen wieder atmen können. Danach könnte ich stundenlang zusehen, wie die Köpfe der Blumen versuchen würden, sich wiederaufzurichten. Generell, dass das noch klappen kann, gibt es aber auch dafür keine Garantie.

Tränen rinnen aus meinen Augen, was wirklich sehr selten passiert. Frau Dr. Norek würde sich jetzt darüber freuen. „Du hast doch keine Ahnung", murmele ich. Meine Tränen laufen wegen der Erkenntnis- über mein Schicksal. Und meine Einsamkeit. Meine Einsamkeit ist bitter, denn egal, wie viele Menschen sich mit mir in einem Raum befinden, irgendwie fühle ich mich immer alleine.

Es regnet immer noch. Bindfäden. Ich lehne meinen Kopf an die Wand, verschränke meine Arme schützend vor meinem Körper und schaue weiter dem Regen zu, wie er über die Dächer und dann an den Hauswänden hinunterläuft. Ich starre solange auf das Dach des gegenüberliegenden Gebäudes, bis ich vergesse, dass ich auf einen Betonklotz schaue und glaube, dass Häuser auch weinen können.

Ich winke und winke. Meine Eltern können mich gar nicht mehr sehen. Plötzlich ist das Auto meines Vaters verschwunden, als hätte der Wald, der rechts und links vor den Toren des Gutshofes liegt, den BMW mitsamt meinen Eltern einfach verschluckt. Ich spüre die zweite Erleichterung des Tages. Was soll noch schlimm sein, wenn meine Eltern nicht mehr da sind? Die werden mich schon mal nicht mehr vermissen.

Habe ich vermissen gesagt?

„Emily!", ruft mein Bruder.

Ein kalter Schauer läuft über meinen Rücken.

An den hatte ich gar nicht mehr gedacht!

Ich höre Hufe klappern, die näherkommen und als ich mich langsam umdrehe, schaue ich direkt auf einen großen Pferdekopf. Fleur schubst mich mit ihrem weichen Pferdemaul an die Schulter. Ich hole ein Zuckerstückchen aus meiner Hosentasche und halte es dem Pferd meines Bruders unter das Maul.

„Kein Zucker!", meint Sven vorwurfsvoll. Das Zuckerstückchen knackt, als Fleur es mit ihren großen Zähnen zermahlt.

„Möchtest du auch mal?"

„Was?"

„Reiten."

„Nein!", das Wort verlässt meinen Mund wie ein kleiner entsetzter Schrei. Durch einen schmerzvollen Sturz will ich auch nicht aus dem Leben scheiden.

„Dann schau mir wenigstens zu", bittet Sven.

„Klar", sage ich und gehe hinter den beiden her. Sven sitzt stocksteif wie ein Pfeil auf dem Pferderücken und grinst. Auch die Reitkappe sitzt pfeilgerade auf seinem Kopf. Seine blonden, gegelten Haare, die vorne unter dem Helm herausschauen, zeigen gen Himmel. Gerade in diesem Moment hüstelt Sven und hält sich seine weiße, behandschuhte Hand albern vor den Mund.

Er ist schwul, ich schwör's! denke ich und trotte weiter hinter ihnen her.

Der Gutshof liegt am Rand von Oldenburg, direkt an einer schmalen, kurvenreichen Landstraße. Man erreicht den Reiterhof über einen holprigen Schotterweg, der von Bäumen gesäumt ist. Dass mein Bruder sich hier wohlfühlt, kann ich verstehen. Sobald man das Waldstück hinter sich hat, sieht man alles, was ein Reiterherz höherschlagen lässt: eine lichtdurchflutete Reithalle, eine attraktive Außenanlage mit einer

Führanlage, einen Außenreitplatz und Stallungen. Und ringsherum nichts als grünes Weideland, soweit das Auge reicht. Das Haupthaus sieht aus, als wurde es als Kulisse für den Klassiker Immenhof genutzt, ein Heimatfilm aus den Zeiten meiner Großmutter. Gedanken an meine Oma treiben mir grundsätzlich Schwermut in meinen Kopf. Eine Leere, in Mutlosigkeit und Traurigkeit gemeißelt. Ich denke dann an Apfelkuchen mit Sahne und an Bratwurst mit Rotkohl. Ich fühle wieder ihre fleischige Hand, wie sie meine wie ein Schutzschild umklammerte. Momente, in denen ich wusste, dass mir nie wieder etwas Schlimmes passieren kann, solange ich in ihrer Nähe bin. Schon auf dem Rückweg vom Friedhof, als meine kleine Hand in der knochigen Handfläche meines Onkels lag, und ich von ihm nach Hilfe rufend von dem noch offenen Grab meiner Großmutter weggezerrt wurde, wusste ich, dass ich mehr als nur einen Menschen und eine Hand, die mich hält, verloren hatte.

„Du kannst dich da hinsetzen", schlägt mein Bruder vor und zeigt auf eine Bank, die vor dem Außenreitplatz steht.

„Ja, ja", knurre ich. Neben der Bank erkenne ich Svens Sporttasche. Sie ist offen und ich sehe neben seinen Ersatzhandschuhen, seinen neuen Chaps, einer Wasserflasche und einem Deo, das gebogene Endstück einer Banane. Da mein Zuckerspiegel weit unten im Keller und mir schon ganz flau ist, schnappe ich danach und esse sie mit fünf gierigen Happen auf. Die Bananenschale werfe ich einfach in die Tasche zurück. Sven wird fluchen, wenn er das bemerkt.

Mein Frühstück, das ich unter den Argusaugen meiner Mutter verspeisen musste, habe ich längst wieder in die Toilette befördert (das war die erste Erleichterung des Tages). Denn eigentlich wollte ich leer und schlank in den Tod gehen, aber, wenn ich jetzt hier auf dem Reitplatz kollabieren würde, würde man mich höchstens in ein Krankenhaus befördern und meine Eltern informieren. Dann würden sie wieder gespenstisch aus dem Universum auferstehen. Drei Meter entfernt reitet mein Bruder mit seiner Fleur an mir vorbei und wundert sich nicht, als ich, plötzlich auf dem Zaun sitzend, neben ihm spreche.

„Warum galoppierst du nicht? Oder springst da hinten über die Hindernisse?"

„Ich muss das Pferd erst einmal warmreiten."

„Ach so", gebe ich mich zufrieden und schließe meine Augen. Ich halte mein Gesicht der Sonne entgegen und spüre, wie die wärmenden Strahlen meine Haut durchfluten.

Vielleicht wird sich das Sterben so anfühlen?

Weich und angenehm?

Ich weiß schon jetzt, dass dieses Vorhaben für mich an diesem Wochenende sehr schwer sein wird. Nicht, weil es mir auf dieser Scheißwelt so gut gefällt, sondern, weil mein kleiner Bruder dann sein Leben lang mit meinem Tod behaftet sein würde.

Warum hast du nicht auf sie aufgepasst?

Wie konnte das nur passieren?

Ich lasse meine Augen weiterhin geschlossen und merke, wie das Klappern von ankommenden Pferdehufen auf Asphalt mich beruhigt. Ein Trecker kommt nah an mir vorbeigetuckert. Ich rieche frisches Heu. Die Pferdehufe entfernen sich, mit ihnen zwei Mädchen, deren Geplapper mich einhüllt wie ein Samt-Tuch. Und jetzt kann ich auch die Hufschläge von Fleur auf dem weichen Sandboden ausmachen. Mein Bruder reitet im Trab. Eine Wolke schiebt sich vor die Sonne. Sofort stiehlt sie mir die Wärme auf der Haut. Ich öffne die Augen einen Spalt und es sieht aus, als würde hinter dem Wolkenrand das Licht mit der Wolkendecke verschmelzen. Seit mindestens einer halben Stunde kauere ich jetzt auf dem schmalen Holzzaun. Mein Po ist längst eingeschlafen. Wolken ballen sich immer öfter zusammen und die Sonne verschwindet immer länger. Ich lasse meine Augen trotzdem zusammengekniffen, denn mir gefallen die Geräusche auf dem Hof. Eine Katze miaut, der Trecker kommt wieder zurück, hinterlässt auch dieses Mal einen Geruch nach frischem Heu, nur nicht so intensiv wie vorhin, eher lieblich.

Wenn man nichts sieht, gewinnen die anderen Sinnesorgane an Schärfe. Ich höre verschiedene Vogelarten, die zwitschern, wieder eine Katze, die miaut. Sven ruft laut: „Eins, zwei, drei, vier, fünf..." Gleichzeitig höre ich Fleurs Hufe in den Sandboden donnern. Nach neun ist mein Bruder still, auch das Laute der Hufe bleibt einen Moment länger aus. Sven springt über Hindernisse und zählt die Galoppsprünge seines Pferdes zwischen den einzelnen Hürden. Er hat nächste Woche ein wichtiges Turnier. Dann werde ich ihm sicher zuschauen, sollte ich noch leben, aber jetzt kneife ich meine Augen weiterhin zu, denn in meinem Kopf wird das Chaos allmählich ruhiger.

Ewigkeiten könnte ich hier so sitzenbleiben. Und es ist, als würde zaghaft etwas neben mir auftauchen. Ein leises Stöhnen verlässt meinen Mund. Eine wimmernde Bitte, die in den Himmel schreit: *Lieber Gott, sei nicht taub!*

Ich warte auf das Gefühl von Angst, aber es kommt nicht. Blind sein tut anscheinend weniger weh. Vielleicht sollte ich meine Augenlider einfach für immer sanft auf meinen Augen ruhen lassen. Denn ich ahne es, wenn ich jetzt meine Augen öffne und in die Welt blicke, beginnt mein Alptraum von vorne und ich werde nichts weiter entdecken als meine ängstliche, triste, dunkle, einsame und öde Zukunft.

Chrissi

Das Erste, was mir einfällt, als ich sie erblicke, ist ein japanisches Wort. Sie sitzt auf dem Holzzaun am Reitplatz und hält ihr Gesicht Richtung Sonne. Ihre dunkelblonden, langen Haare hat sie zu einem Zopf gebunden, der bis weit über die Mitte ihres Rückens ragt, und auf ihrem Kopf trägt sie ein rosa Cap. Mit ihren Händen stützt sie sich am Zaun ab. Ich kann ihr Gesicht kaum erkennen, aber irgendwie weiß ich, dass sie schön ist. Langsam gehe ich auf sie zu. Sven reitet auf seinem Pferd an mir vorbei und nickt nur kurz zu mir herüber. Ich forme meine Lippen lautlos zu einem Gruß und hebe meine Hand, denn ich möchte das Mädchen aus der Nähe betrachten, ohne dass sie mich sieht. Wie eine Katze schleiche ich mich an und stelle mich neben sie. Mit voller Aufmerksamkeit betrachte ich ihre Figur und ihren Gesichtsausdruck. Ihr Kinn zeigt störrisch nach oben, und weil sie gegen die Sonne anblinzelt, haben sich auf ihren Wangen niedliche Grübchen gebildet. Sie stöhnt leise.

An was sie wohl gerade denkt?

Ich schaue mir ihr Profil von unten an. Ihr blasses Gesicht, umrahmt von dem Cap, gleicht einem zartrosa Blütenkopf. Sie sieht aus wie ein Mädchen aus einem meiner früheren Träume.

„Yume!", sagte ich deshalb. Sie öffnet ihre Augen und starrt mich so erschrocken an, als hätte ich dicke Pickel im Gesicht oder wäre ein verwunschener Zwerg.

„Hey", grüße ich schüchtern, aber sie gibt mir keine Antwort. Sie sieht mich abcheckend an, deshalb schaue ich schnell wieder weg. Greta und Janni, zwei Mädchen aus einer Reitgruppe meines Vaters, haben ihre Pferde an Halteringen an der Wand des Stalles angebunden. Die Pferde sehen sich an und stehen viel zu nah beieinander. Während Greta ihr Pferd noch putzt, kommt Janni schon mit ihrem neuen Reitsattel an. Als sie den Sattel auf den Rücken ihres Pferdes legt, schlägt das Pferd kräftig mit seinem Schweif. Danach zieht Janni den Gurt an und es schnappt wütend nach dem anderen Pferd. „Hey", sagt Janni strafend zu ihrem

Pferd und boxt es in die Seite. Das wird mir zu bunt. Also verlasse ich das schöne Mädchen, das sowieso keine Notiz von mir nimmt und gehe zu dem beiden Reitschülerinnen hinüber.

„Was soll das, Janni?", frage ich.

„In letzter Zeit spinnt der Gaul. Ich glaube, der braucht mal Dominanztraining", faucht sie.

„Ich glaube eher, du brauchst etwas mehr Pferdeverstand", sage ich ruhig und rüttele an dem Sattel. Wieder schlägt das Pferd kräftig mit seinem Schweif.

„Siehst du?", frage ich sie.

„Was?"

„Dein Pferd möchte dir etwas sagen, aber du achtest nicht darauf. Irgendetwas stimmt mit dem Sattel nicht."

Janni überlegt einen Moment. Sie weiß, dass ich recht habe. Wenn es um Pferde geht, habe ich immer recht. Ich bin mit ihnen aufgewachsen und verstehe ihre Sprache oft besser als die mancher Menschen.

„Warum beißt er dann Gretas Pferd?"

Ich beuge mich zu ihr hinunter, damit ich sie vor ihrer Freundin nicht laut maßregle und flüstere: „Schau doch mal, wie nahe ihr die zwei nebeneinander festgebunden habt. Wie hätte dein Pferd da in den Sattel beißen sollen, damit du verstehst, was es hat?"

Janni wird rot. Dann fragt sie mich schüchtern, ob ich ihr vielleicht helfen könnte, den Grund zu finden, was mit dem Sattel nicht stimmt. Wir finden die Ursache schnell. Der angezogene Gurt drückt die Sattelfläche zu fest an die Wirbelsäule des Pferdes.

„Nimm heute lieber deinen alten Sattel und zeige deinen neuen nochmal dem Sattler. Der kommt sowieso morgen früh vorbei." Ich klopfe dem Pferd aufmunternd den Hals und gehe.

„Danke", höre ich Janni hinter mir murmeln.

„Gerne geschehen", sage ich ehrlich und drehe mich zu ihr um: „Und merke dir, Janni, dein Pferd will dir grundsätzlich nichts Böses."

Als ich mich wieder umdrehe, steht das schöne Mädchen mit dem rosa Cap direkt vor mir.

„Kannst du Gedanken lesen?", fragt sie. Ich zucke mit den Schultern und versuche zu lächeln. Sie ist noch schöner, als ich dachte. Ihre Augen sind grün und haben die Form von Katzenaugen. Jetzt, wo sie so nah vor mir steht, erkenne ich eine Spur von Rot in ihrem Haar-Ton. Auf ihrer Nase sehe ich viele kleine Sommersprossen. Alles niedlich, denke ich, aber ihr Blick macht sie zu etwas ganz Besonderem. Man kann ihn nicht deuten. Weder ihre Gefühlslage, noch das, was sie denkt, spiegeln sich in ihren Augen wider. Als wäre sie von einem anderen Stern.

„Nein, leider kann ich keine Gedanken lesen."

„Und was war das eben?", fragt sie und zeigt auf Janni und Greta. In diesem Moment hievt Janni ihren alten Sattel auf den Pferderücken und ihr Pferd bleibt ruhig stehen.

„Bist du etwa ein Pferdeflüsterer?" So wie sie es fragt, hört es sich nicht an, als würde sie sich über mich lustig machen. Für ein paar Sekunden sagen wir nichts. „Pferdeflüsterer?", frage ich dann. „Nein, das nicht, aber ich kenne mich mit ihnen sehr gut aus. Ich wohne schon mein ganzes Leben auf diesem Hof. Die Pferde sind quasi wie meine Geschwister", versuche ich, einen Scherz zu machen.

Sie nickt, als wüsste sie genau, was ich meine: „Geschwister kennen einen manchmal besser als man sich selbst."

Es ist das erste Mal in meinem Leben, das ich einfach einem Mädchen in die Haare greife, wie sonst einem Pferd in die Mähne. Ich zucke erschrocken zusammen, als etwas Samtweiches durch meine Finger gleitet und sich nicht anfühlt wie eine fettige, stumpfe Mähne.

In ihren Augen blitzt es. Auch das kann ich nicht deuten.

„Ich muss gehen", sage ich deshalb feige.

„Fragst du denn gar nicht nach meinem Namen?", will sie wissen.

„Nein. Ich habe schon einen Namen für dich. Und kein anderer könnte besser passen."

Dann drehe ich mich weg und gehe. Zehn Meter weiter schaue ich mich noch einmal um. Sie steht noch an der gleichen Stelle und sieht mir nach.

„Wenn dich ab jetzt jemand Yume ruft, dann bin ich das!"

„Yume?", ruft sie mir nach. „Was soll das heißen?"

Ich ziehe meine Achseln grinsend hoch, werfe ihr einen Luft-Kuss zu und gehe einfach weiter. Ich wette, es wird keine Stunde dauern, dann weiß sie, was das heißt.

„Schon wieder da?", fragt mein Vater. Er ist gerade dabei, sich in seine Reitstiefel zu zwängen. „Hast du die Mädels gesehen? Haben sie schon ihre Pferde gesattelt?"

„Ja, gleich fertig", sage ich und öffne den Kühlschrank. „Der Sattler muss sich allerdings mal den neuen Sattel von Janni ansehen. Er drückt zu feste auf Blunas Wirbelsäule."

„Okay." Mein Vater steht auf und geht.

Der Kühlschrank ist prall gefüllt, aber ich kann nichts entdecken, auf das ich Appetit habe. Also schließe ich ihn wieder und gehe in mein Zimmer. Als ich mein Bett sehe, übermannt mich plötzlich eine schreckliche Müdigkeit und ich lasse mich rücklings auf die Matratze fallen. Mein Lieblingssänger Eminem starrt mich von einem Poster mitfühlend an und ich schließe die Augen. Ich dämmere schnell ein. Mir war nicht bewusst, dass das fremde Mädchen schon so einen gewaltigen Eindruck auf mich gemacht hat, aber ich träume direkt von ihr. Ich reite auf meinem schwarzen Hengst Ricardo. Das schöne Mädchen sitzt hinter mir und umgreift meine Hüften mit ihren Armen. Ihr offenes Haar flattert im Wind. Vor uns erstreckt sich das weite, weite Meer.

Das Meer? Wo kommt das plötzlich her?

Hier gibt es kein Gewässer.

„Chrissi?"

Woher weißt du meinen Namen? frage ich sie.

Ich kenne deinen Namen nicht, sagt sie und schaut mich ernst an. *Du musst eine gute Seele haben, wenn du die Sprache der Pferde verstehst. Vielleicht kannst du auch meine Seele verstehen und retten?* fragt sie und klopft dabei mit den Fingerspitzen ihrer rechten Hand auf die Stelle ihres Herzens.

„Chrissi, Liebling?"

Die Hufe von Ricardo galoppieren ins Wasser und Wassertropfen spritzen wie die Funken eines Feuerwerks zu allen Seiten. Die Sonne geht unter und wir reiten mitten in das herrliche Abendrot hinein.

„Chrissi?" Die Stimme meiner Mutter reißt mich aus dem gigantischen Anblick und ich öffne gequält meine Augen.

„Geht es dir nicht gut? Dein Vater sagt, du schläfst jetzt schon seit Stunden."

„Weiß nicht", murmle ich und versuche, noch einmal das Bild von gerade in mein Gedächtnis zu holen. Aber es ist weg.

„Ich glaube, du hast schon wieder Fieber", sagt meine Mutter und geht aus dem Zimmer. Ich höre meinen Wecker ticken. Das macht mich erneut schläfrig, aber bevor ich eindösen kann, steht meine Mutter am Bett und schiebt mir das Thermometer in den Mund. In ihren Augen sehe ich eine unbekannte Sorge, als das Thermometer piept und sie auf das Display schaut.

„Chrissi! Schon wieder fast neununddreißig Grad. Du hast Fieber. Jetzt reicht es aber, morgen besuchen wir den Arzt!" Sie geht aus dem Zimmer, um mir ein Glas Orangensaft zu holen. *Morgen ist aber Samstag, da hat keine Praxis auf,* will ich ihr nachrufen, aber ich habe keine Lust. Auf meinem weißen Bettlaken sehe ich lauter schwarze Pferdehaare. Es sieht fast so aus, als wäre ich wirklich mit Ricardo durch das Bett galoppiert, aber dann bemerke ich, dass ich meine Hose und mein Poloshirt noch trage. Ich habe es nicht einmal mehr geschafft, meine Reitstiefel auszuziehen.

Ich zupfe ein paar Pferdehaare zusammen und merke schnell, wie sehr mich das bisschen Mühe anstrengt.

Vielleicht habe ich mir auf der Klassenfahrt in Spanien einen *Virus eingefangen? Da läuft einem ein blöder Zufall über den Weg und schon ist man voll angeschmiert!*

Meine Arme und Beine fühlen sich nämlich an wie Pudding.

Wo bleibt mein kalter Orangensaft?

Mit etwa zwölf Jahren fingen diese schrecklichen Mandelentzündungen bei mir an. Das ist jetzt über vier Jahre her. Mein Hals schmerzte, ich konnte kaum schlucken. Meine Arme und Beine fühlten sich schwer und träge an. Das Fieber kam und ging. Nach der vierten Mandelentzündung innerhalb ein paar Monaten, nachdem mein Kinderarzt mir wieder tief in den Rachen geschaut hatte, riet er zu einer Tonsillektomie. Meine Mandeln wurden schon in den nächsten Ferien entfernt und ich bekam nach der Operation massenhaft Eis zum Lutschen. Kurze Zeit später war alles gut und die Beschwerden kamen nie wieder.

Meine Mutter betritt das Zimmer mit dem versprochenen Glas Orangensaft. Ich greife schnell danach und schlucke den kalt gepressten Saft gierig hinunter. Eminem beobachtet mich immer noch. Eher skeptisch.

„Mama?", frage ich hoffnungsvoll zwischen zwei Schlucken: „Können Mandeln eigentlich wieder nachwachsen?"

Es ist dreiundzwanzig Uhr zwanzig, als ich mich umständlich aus dem Bett bis zum Rand schäle. Durch mein Fenster sehe ich den Himmel. Ich kann nicht einen einzigen Stern am Himmelszelt erkennen. „Verdammt", fluche ich, weil das Mädchen jetzt nicht mehr da sein wird. Ich weiß praktisch nichts von ihr.

Wer ist sie?

Woher kommt sie?

Wer kennt sie?

Plötzlich fällt mir ein, dass zu dem Zeitpunkt, als sie auf dem Zaun saß, Sven auf dem Platz mit seiner Fleur geritten ist. Vielleicht kann er mir etwas über das Mädchen sagen? Oder hat vielleicht gesehen, mit wem sie gekommen oder wieder weggefahren ist. Sven bleibt sicher das ganze Wochenende. Das macht er öfters. Seine Eltern sind vielbeschäftigt. Was er zu wenig hat, habe ich zu viel. Meine Eltern sind den ganzen Tag um mich herum. Ihnen gehört die Reitanlage. Sie sind beide Reitlehrer und kümmern sich mit ein paar Stallburschen auch um alles andere. Unser Betrieb läuft die ganze Woche. Zu dem normalen Reitbetrieb kommt noch ein Gästehaus mit zehn Zimmern. Das Haus ist fast jedes Wochenende und die ganzen Ferien über bis unter die Dachspitze belegt. Die meisten reisen mit ihren eigenen Pferden an und wollen unbedingt in den Genuss des Reitunterrichtes meines Vaters kommen. Mein Vater ist ein Spitzen-Reiter. Vor ein paar Jahren war er zwei Mal in Folge deutscher Olympiasieger in der Dressur. Im Frühjahr und im Herbst veranstalten wir ein großes Reitturnier. Ich schlafe quasi mit Pferden ein und wache mit ihnen wieder auf. Grundsätzlich finde ich das auch okay, nur diese Pferdehaare in meinem Bett nerven mich. Ich bilde mir ein, sie kratzen. Ich brauche fünf Minuten, bis ich endlich ganz aufstehe und noch weitere fünf Minuten, bis ich es schaffe, das Laken von der Matratze zu ziehen.

Himmelherrgott! Wo ist nur meine Kraft hin? Wenn ich daran denke, dass ich mir jetzt ein neues Betttuch aus dem Schrank holen, das Bett beziehen und mich dann erst noch umziehen muss, bevor ich mich wieder hinlegen kann, wird mir ganz anders zumute. Plötzlich habe ich das Gefühl, als sei in meinem Zimmer nicht mehr genug Luft für mich da. Ich öffne das Fenster. Das schmutzige Bettlaken habe ich schon wieder vergessen. Hinter dem Stall gibt es nur ein Licht, das die Außenanlage nachts etwas beleuchtet. Darum sehe ich auch nur einen Schatten, der aussieht wie die Umrisse eines Menschen. Er sitzt auf dem Zaun, genau an der Stelle, wo heute Nachmittag das Mädchen saß. Ich reibe hektisch über meine Augen und bin plötzlich hellwach.

Das ist das Mädchen!

Was macht die da?

Mitten in der Nacht?

Ich schnappe meine Jacke, die über meiner Stuhllehne hängt und renne nach unten. Unsere Haustür öffne und schließe ich ganz leise, weil ich Angst habe, das Mädchen könnte erschrecken und davonlaufen. Vielleicht ist sie auch nicht wirklich da und ist nur eine Phantasie in meinem Fieberwahn? Deshalb berühre ich meine Stirn. Sie fühlt sich nicht mehr heiß an. Meine Chancen stehen gut, dass ich keine Fata Morgana gesehen habe. Also beschleunige ich meinen Schritt.

Sie hat mich bemerkt, das sehe ich genau, aber sie bewegt sich keinen Zentimeter. Als ich neben ihr stehe, stütze ich mich mit meinen Armen auf dem Zaun ab, dann schauen wir uns abwechselnd an. Zuerst will ich sie fragen, was sie mitten in der Nacht hier treibt, aber ich verschlucke die Frage. Mich würde so viel interessieren, jedoch fühlt es sich gerade so an, als gäbe es nur uns beide auf der ganzen Welt und diesen Augenblick möchte ich nicht zerstören.

„Warum nennst du mich Traum?", fragt sie nach einer halben Ewigkeit. Ich muss schmunzeln. Natürlich hat sie sich schlaugemacht.

„Heute Nachmittag, mit diesem Cap auf dem Kopf, da sahst du aus wie eine zartrosa Blüte, eine, die ich manchmal im Traum sehe." Das mit dem anderen Mädchen lasse ich aus. Das ist auch vollkommen unwichtig.

„Aha", meint sie. Anscheinend reicht ihr die Antwort. Trotzdem erkläre ich ihr, dass Yume das Lieblingswort meiner Mutter war, nachdem sie einen Japanisch Kurs absolviert hatte.

Die Fragen, die ich aber am liebsten stellen möchte, brennen in meinem Mund. Ich muss ein paar Mal mit der Zunge schnalzen, um den Druck loszuwerden.

„Frag ruhig", sagt sie.

„Woher kommst du? Reitest du auch? Mit wem bist du eigentlich hier? Und warum sitzt du mitten in der Nacht auf diesem Zaun. Wartest du auf wen?"

„Mann!", sie sieht mich erstaunt an. „Du kannst schneller Fragen stellen, als mein Bruder galoppieren kann.

„Bruder?"

„Ist Sven etwa dein Bruder?", frage ich. Dass ich da nicht selber draufgekommen bin!

Sie nickt. Dann wird sie sicher das ganze Wochenende bleiben, das finde ich toll. Meinen Arztbesuch kann ich auf Montag verschieben, außerdem geht es mir schon viel besser. Ich knibbele ein wenig an dem abgesplitterten Lack des Holzbalkens. Yume macht eigentlich nichts weiter, als vor uns in die Nacht zu starren.

Vielleicht hat sie Liebeskummer?

Eifersucht überfällt mich und ein Hauch von Nervosität.

„Alles in Ordnung?", wage ich, zu fragen, aber sie schaut mich mit ihren grünen Katzenaugen nur groß an. Dann plötzlich fragt sie doch etwas: „Warum fühle ich mich eigentlich selbst unter tausend Menschen alleine?"

Ich überlege. „Vielleicht brauchst du im Moment Ruhe. Etwas Zeit für dich. Ja, vielleicht braucht dein Körper einfach eine Pause von allem, und du interpretierst das Gefühl nur falsch?"

Sie schaut verwirrt. Ich stütze meine Ellenbogen auf das Geländer und warte ab, ob sie noch etwas sagt. Trotz Dunkelheit sehe ich plötzlich etwas in ihrer Hand aufblitzen. Möglichst unauffällig schaue ich genauer hin und halte die Luft an.

Liegt in dem Punkt das Geheimnis in ihren Augen?

In ihrer rechten Hand, mit der sie sich am Zaun festhält, befindet sich zwischen ihrer Handfläche und dem Holz eine Rasierklinge. Und egal, was sie damit vorhat, es bedeutet nichts Gutes.

Ich werde sie nicht fragen, was das soll, ich kann es mir denken. Wenn sie den genauen Grund selber wüsste, dann hätte sie die Klinge sicher zuhause gelassen und würde sich um etwas Anderes kümmern.

Um einen Freund!

Um Spaß haben!

Oder einfach um ein fröhliches Leben!

„Ich kann dir vielleicht helfen", sage ich und lege meine Hand vorsichtig auf ihre. Zwischen dem Holzbalken und unseren Handflächen befindet sich diese scharfe Rasierklinge, aber sie wird uns nichts tun. Ihr neuer Schnitt in meiner Hand. Ich werde sie halten, bis sie aufgibt. Es dauert auch nicht lange, da lockert sich Yumes Griff und die Klinge flutscht unter unseren Händen hindurch und landet auf dem Boden.

Danach herrscht ein tiefes Schweigen.

In unseren Pferdeboxen stehen Pferde aus aller Welt. Unterschiedliche Rassen, unterschiedliche Größen. Das Wiehern hört sich jedoch immer gleich an, auch das Schnauben. Die Pferde verstehen sich untereinander, als sprächen sie dieselbe Sprache. Es gibt bei ihnen kein Deutsch, kein Englisch und auch kein Japanisch.

Yume und ich dagegen sprechen dieselbe Sprache, aber wir schweigen jetzt wieder seit gefühlten hundert Minuten.

Mir war allerdings nicht bewusst, dass man beim Schweigen so viel voneinander lernen kann.

Emily

Ich höre die Atemzüge meines Bruders. Er schläft tief und fest. Und ich liege seit Stunden auf der Seite und versuche, einzuschlafen. Im Flur brennt Licht, was einen Schimmer unter dem Türspalt hindurch in unser Gästezimmer wirft. Die hellen Wände unseres Raumes haben sich seit dem Nachmittag in ein schäbiges Grau verwandelt. Auch meine Gedanken sind wieder dunkler und düster.

Ich habe eine andere Art zu fühlen. Ich spüre mich nämlich nicht selbst. Heute Nachmittag hatte ich einen totalen Ausraster. Und nur, weil mein Bruder nicht mit mir etwas unternehmen, sondern sich nochmal um sein Pferd kümmern wollte. Alle haben immer etwas anderes zu tun, als sich mit mir zu beschäftigen. Ich bin ihnen egal. Auch meinen Eltern. Warum fährt meine blöde Mutter mit meinem Vater zu diesem Vortrag? Kann er den nicht alleine halten? Meine Mutter muss mich seit ein paar Wochen nur noch am Wochenende ertragen. Warum flieht sie also genau an diesen zwei Tagen, die wir zusammen haben könnten? Und Sven? Er wollte sich nicht nur alleine um Fleur kümmern, sondern hatte auch noch diese hervorragende Idee, ich könnte doch im Zimmer bleiben, es mir gemütlich machen und ein Buch lesen.

Er wollte mich alleinlassen!

Zuerst trafen ihn meine Worte: „Ich hasse dich!" Danach flog ihm mein leerer Rucksack um die Ohren. Einen Moment blieb Sven regungslos stehen und sah mich entsetzt an. Als ich mit einzelnen Büchern und Schuhen nach ihm warf, wurde es ihm jedoch zu bunt, vielleicht auch zu gefährlich.

„Komm wieder runter!", schrie er, aber ich war ja noch nicht einmal ganz oben.

Also trat ich mit dem Fuß gegen die Wand. Seine Blicke gingen zwischen mir und seiner Jacke hin und her. Einen Moment dachte ich, er wollte seine Jeansjacke über mich werfen und mich so überwältigen, aber dann verstand ich.

„Wen willst du anrufen?", schrie ich. „Die Psychiatrie oder unsere Eltern?"

„Keinen", log er leise. „Du kannst gerne mitkommen, vielleicht kannst du mit mir Fleur putzen?"

Netter Versuch, aber bei mir gibt es entweder nur schwarz oder weiß. Und dass er mich auf einmal dabeihaben wollte, lag irgendwo dazwischen. Am Ende blieb er mit mir auf seinem Bett sitzen, bis ich mich einigermaßen beruhigt hatte.

Sven schläft jetzt. Das war bestimmt der anstrengendste Tag, in seinem Leben, denn heute war er zum ersten Mal mit mir ganz alleine, wo das verdammte Chaos durch meinen Kopf getobt hat.

Jetzt fühle ich wieder diese Leere in meinem Körper, als sei ich schwerelos. Wie ein Astronaut im All. Es ist scheußlich, wenn man sich selber nicht fühlen kann.

Wie ein eingeschlafener Fuß!

Oder ein Schmerz, den es gar nicht gibt!

Gedanken nach einem körperlichen, selbst zugefügten Schmerz machen sich in meinem Kopf breit, so stark, wie das Verlangen nach Wasser in der Wüste. Also stehe ich leise auf, schleiche zum Schrank und hole mir die Rasierklinge, die ich bei unserer Ankunft weit hinten in das oberste Regal des Schrankes versteckt habe. Auf dem Weg nach draußen schlüpfe ich in meine Joggingjacke. Dann setze ich mich auf die gleiche Stelle des Zaunes wie heute Nachmittag, als ich noch dachte, dass die Welt um mich herum doch ein klein wenig besser sein könnte, als ich vermute.

Ich kann mir jetzt nicht einfach die Pulsadern aufschneiden, das würde auch Svens Leben ruinieren. Diesen Schwur habe ich schon heute Nachmittag geleistet.

Vielleicht aber habe ich ja Glück und löse mich einfach auf, wenn ich nur lange genug hier still sitzenbleiben und mich nicht rühren werde.

Auch das bringt schon eine gewisse Qual mit sich: Ausharren, auf mich selber konzentrieren und es einfach nicht zu tun.

Ich kann hören, dass er kommt. Er versucht, sich anzuschleichen wie eine Katze. Für ihn sind die Wege hier bestimmt so vertraut, dass er selber nicht hört, dass die Sohlen seiner Reitstiefel auf dem Kiesweg verräterisch knirschen. Er stellt sich neben mich und stützt seine Arme auf dem Zaun ab.

Warum schleicht er mitten in der Nacht hier herum?

Wir schauen uns kurz an. Er sieht noch genauso gut aus wie heute Nachmittag. Sein dunkles, halblanges Haar fällt in weichen Wellen bis kurz über den Kragen seiner Jacke. Mit seiner Haarpracht könnte er gleich drei Mädchen glücklich machen. Bevor ich rot werden kann, sehe ich lieber wieder geradeaus. Außerdem ist es auch nicht so, dass ich alleine bei dem Anblick eines netten Jungen meinen inneren Druck loswerde oder meinen Verstand verliere. Also muss ich mich weiter ablenken. Ich versuche, mich daran zu erinnern, wie ich es geschafft habe, diesen komischen Namen, den er mir gegeben hat, zu entschlüsseln. Zuerst lief ich eine halbe Stunde mit Svens Laptop über den Hof und versuchte ins Internet zu gelangen, aber ich kam nirgends ins Netz. Dieser Hof liegt wirklich am Arsch der Welt. Unsere Klinik sollte hier ihr Lager aufschlagen, dann bräuchten sie sich über unsere Verbindung zur Außenwelt keine Sorgen zu machen. Irgendwann sagte mir eine Reiterin, die gerade ihren Helm von ihrem verschwitzten Kopf zog, dass ich es in der Eingangshalle des Restaurants probieren sollte. Also ging ich dorthin und es klappte wirklich. Zunächst versuchte ich es mit Jum. Es tauchte eine Adresse in Dorsten auf und der Name eines Thai-Massage-Studio. Ich gab Yum ein und erhielt Auskunft über diverse Softwaresysteme und Firmen. Ich setzte dieses e hinter Yum und fand die Homepage eines Musicals und viele japanische Zeichen. Ich rief den Google-Übersetzer auf und gab dort Yume ein. Treffer.

„Warum nennst du mich Traum?", frage ich.

Ich sehe, wie er grinst: „Heute Nachmittag, mit diesem Cap auf dem Kopf, da sahst du aus wie eine zartrosa Blüte, eine, die ich manchmal im Traum sehe."

„Aha", ich bin ein bisschen eifersüchtig. Solch schöne Träume habe ich nie. Meine handeln meist vom Weglaufen, zumindest davon, dass ich es probiere, aber immer auf der gleichen Stelle trete. Den Traum kennt doch jeder, dass man einen Ausgang sucht, und findet keinen. Dass man auf einer Stelle wie festgewachsen steht und weder vor noch zurückkommt. Das nennt man Alpträume.

Ich merke, wie sein Blick immer wieder über mich gleitet und wie er ein paar Mal seinen Mund aufmacht, als wolle er etwas sagen. Dann schnalzt er mit der Zunge.

„Frag ruhig", fordere ich ihn auf. Seine Fragen stolpern aus seinem Mund und verfangen sich ineinander, so flott, dass ich ihm nicht folgen kann. Es dauert ein wenig, bis ich kapiert habe, was er wissen will. Deshalb sage ich ihm nur, dass er schneller Fragen stellen, als mein Bruder galoppieren kann.

Bei ihm fällt sofort der Groschen: „Ist Sven etwa dein Bruder?" Ich nicke. Er fängt an, den weißen Lack des Holzzaunes abzuknibbeln. Und ich schaue wieder in die Dunkelheit vor mir und habe keinen blassen Schimmer, was ich ihm erzählen könnte.

„Alles in Ordnung?", fragt er mich plötzlich und ich starre ihn entsetzt an.

Was soll in Ordnung sein, wenn man innerlich verbrennt und es nicht ändern kann?

Was soll man machen, wenn in einem ein totales Chaos herrscht und es nicht den kleinsten Notausgang gibt, damit dieses Chaos aus dem Körper verschwinden kann?

Was soll man machen....

„Warum fühle ich mich eigentlich selbst unter tausend Menschen alleine?", höre ich mich fragen.

Er erklärt mir etwas von Ruhe, die mein Körper anscheinend gerade braucht und ich bin total baff, dass er der Wahrheit näherkommt, als je einer meiner Therapeuten. So hat das noch keiner gesehen.

Die Klinge brennt in meiner Hand wie Feuer.

Ich sehe, wie er die Rasierklinge bemerkt und einen Moment die Luft anhält. Jetzt wird es wieder auf mich niederregnen: Diese Anschuldigungen, das Entsetzen, diese Fragerei, warum ich so etwas tue und nicht lassen kann. Ich lausche der Stimme, die mir im Kopf erzählt, dass er damit recht hat. Ich sollte das auch wirklich nicht tun, aber es passiert etwas ganz Anderes.

„Ich kann dir vielleicht helfen", sagt er und legt seine Hand vorsichtig auf meine.

Im ersten Moment tut seine Reaktion mehr weh als alle anderen, die ich erwartet habe. Dann verändert sich etwas in meinem Körper. Meine Hand entspannt sich. Ein wenig fühlt es sich so an, als ob er meinen Schmerz mit mir zusammentragen würde. Sofort fühle ich mich etwas leichter. Die Klinge flutscht unter unseren Händen hindurch und landet auf dem Boden.

Danach herrscht ein tiefes Schweigen. Und das wusste ich nicht: *Am Arsch der Welt zu leben, kann manchmal richtig gut sein!*

Gefühlte Stunden später sind wir immer noch zusammen. Allerdings haben wir uns hinter einen alten Schuppen verzogen und sitzen auf Strohballen. Wir haben uns mit Pferdedecken zugedeckt. Das Erste, was er sagte, als wir es uns auf den Strohballen bequem gemacht hatten und er eine Kerze auf den Boden gestellt und mit einem Feuerzeug angezündet hatte, war: „Chrissi!"

„Wie Chrissi?", fragte ich.

Er fing an zu grinsen. „Denk dir nichts dabei, ich rede öfters in Rätseln." Dann hielt er mir seine Hand entgegen.

„Darf ich mich vorstellen: Christopfer Bernd Adams!"

Er machte eine Verbeugung und brachte mich damit zum Lachen. Eine Haarsträhne fiel ihm ins Gesicht.

„Aber bitte nenn mich niemals so", sagte er, grinste weiter und zog die Pferdedecke über meine Schultern. „Chrissi reicht voll und ganz."

„Okay. Chrissi gefällt mir", gab ich ehrlich zu und fragte mich, welcher Teufel seine Eltern geritten hatte, einen Säugling Christopfer

Bernd zu nennen. Mein Name Emily dagegen gefiel ihm, aber er machte mir sofort klar, dass ich für ihn weiterhin nur Yume sein würde.

Gerade setzt Chrissi eine Flasche Cola an den Mund und trinkt ein paar Schlucke. Dann hält er mir die Flasche entgegen: „Möchtest du?"

Ich habe keine Ahnung, wo er die Cola-Flasche hergezaubert hat. Schon die Kerze war vorhin wie aus dem Nichts aufgetaucht. Ich nehme ebenfalls ein paar Schlucke, aber nicht zu viel. Koffein macht mich nervös. Als er die Flasche auf dem Boden abstellt, kommt sein Gesicht nahe an die Kerze und Schatten hüpfen über seine Wangen. Das erinnert mich an Lisa. So, wie ich sie vor mir im Sarg liegen gesehen habe.

Was sie wohl gerade macht?

„Ich kenne eine, die hat letzte Woche versucht, sich das Leben zu nehmen."

„Krass!", meint Chrissi. Er zieht wieder die Cola zu sich und trinkt. Es sieht aus, als bräuchte er einen Moment, um zu überlegen. „Ist sie eine Freundin von dir?"

„Nein. Ja. Vielleicht. Eigentlich ist sie nur meine Zimmernachbarin."

„Lebst du im Internat?", fragt er erstaunt.

In meinem Bauch fängt es an, zu kribbeln und in meinem Hirn bildet sich so etwas wie Matsche. „In so was Ähnlichem", biete ich ihm an und hoffe, dass ihm das reicht. Ich kann ihm hier und jetzt wohl kaum auf die Nase binden, dass er es sich gerade mit Einer gemütlich macht, die von montags bis freitags in der Psychiatrie ist. Abgeschottet vom richtigen Leben. Oder noch besser, weggesperrt von den Normalen.

„Aha!" Wieder dieser erstaunte Ausdruck in seinem Gesicht. „Und, weißt du, warum sie es getan hat? Und wie sie es versucht hat? Wenn es am Ende nicht geklappt hat, war es vielleicht nur ein Hilferuf? Vielleicht wollte sie gar nicht wirklich sterben?" Chrissi stellt wirklich zu viele Fragen auf einmal. Dieses Mal habe ich aber alles verstanden.

Ich erzähle ihm die ganze Geschichte. Von dem Bauernhof ihrer Großeltern, von dem Schuppen, von dem gerissenen Seil und auch davon, dass wir am Freitag noch über diese albernen, komisch aufgestellten, gelben Gummibärchen gelacht haben.

„Die Dinger standen da wie Zinnsoldaten in einer Reihe", versuche ich, das ganze Drama harmloser wirken zu lassen, und ringe mir ein Lächeln ab.

„Kein Wunder, dass du so durcheinander bist", sagt Chrissi und streichelt mit seiner Hand über meinen Rücken.

Das bisschen ehrliche Mitgefühl tut gut. Meine Mutter würde jetzt auch meine Hand halten, vielleicht auch über meinen Rücken tätscheln, aber in ihren Augen würde ich kein Mitgefühl sehen, sondern nur die blanke Panik, dass ich die Nächste sein könnte, die eine Dummheit begeht.

Ich umklammere den Augenblick und hoffe immer noch, dass Chrissi nicht fragt, warum ich mit einem Mädchen in einem Zimmer schlafe, wenn ich in keinem Internat bin.

„Mann, Mann", sagt Chrissi plötzlich. „Hat diese Lisa ein Glück gehabt, dass das Seil gerissen ist."

„Findest du?", frage ich misstrauisch. „Eigentlich sehe ich das anders: Dann hätte sie doch den ganzen Scheiß schon hinter sich."

„Wie meinst du das?"

„Naja, das Leben und das Sterben halt. Einfach alles."

Er sieht mich einen Moment sprachlos an und traurig, dann versucht er zu lächeln und schaut in den Sternenhimmel über uns: „Emily-Yume!", ruft er in den Himmel: „Sterben kann man auch noch später!"

Ich habe keine Ahnung, wie spät es ist. Mein Handy liegt im Zimmer und ich trage nie eine Uhr. Aber ich hoffe inständig, dass mein Bruder noch schläft.

„Wenn Sven wach wird und merkt, dass ich nicht da bin und in meinem Bett träume, wird er die Polizei alarmieren und gleich einen ganzen Suchtrupp anfordern. Mit Spürhunden und so."

„So schlimm?", fragt Chrissi. Ich nicke. Keiner hat eine Ahnung davon, was in unserer Familie im letzten Jahr abgegangen ist. Und das alles nur wegen mir.

Ich schäme mich.

Chrissi zieht die Decke noch ein Stück höher über seine Schultern. Anscheinend ist ihm kalt. Außerdem sieht er aus, als sei er kurz vorm Einschlafen. Meine Empathie gegenüber anderen Menschen scheint auch bei null zu sein.

„Ich glaube, es ist besser, ich gehe jetzt. Wegen Sven und so", sage ich und nehme die Pferdedecke von mir und lege sie zusammen. Danach lasse ich sie wie ein gefaltetes Handtuch auf meinem Schoß liegen und weiß nicht, ob ich jetzt einfach aufstehen und gehen soll. Ich weiß auch nicht, wohin mit meinen Händen. Ich fuchtle ein bisschen mit ihnen herum und zupfe an meinen Haaren. Am Ende finde ich sie brav auf der Decke wieder.

Ich habe keine richtige Freundin mehr. Die Freundinnen, die ich hatte, haben sich seit meiner Krankheit von mir zurückgezogen. Natürlich war ich unausstehlich zu ihnen, aber mein Bruder meint, eine wahre und beste Freundin hätte das aushalten müssen. Also habe ich nur noch meinen Bruder und meine Eltern. Aber ich merke stattdessen diese große Enttäuschung, als auch Chrissi seine Decke zusammenfaltet und mir damit zu verstehen gibt, dass er gehen möchte. Eigentlich hätte ich die ganze Nacht mit ihm hier verbringen können. Ich ärgere mich einen Moment, dass ich nicht einfach still geblieben bin und ihn habe einschlafen lassen.

Aber Chrissi geht gar nicht, sondern bleibt vor mir stehen und sieht mich fragend an. „Und was machen wir jetzt mit dem Ding?" Ich sehe mich suchend um und weiß nicht, was er meint.

„Auspusten?", frage ich schließlich und schaue zur Kerze.

„Du liebe Güte, ich rede wirklich in Rätseln", sagt er und lacht, nimmt mich an die Hand und zieht mich hinter sich her. Wir landen am Außenreitplatz. Genau an der Stelle, wo ich vorhin gesessen habe. Chrissi sucht mit seinen Augen den Boden ab. Plötzlich bückt er sich und hebt etwas auf. Er hält mir die Rasierklinge unter die Nase und fragt:

„Hattest du damit etwa das Gleiche vor wie diese Lisa?"

Er fragt es ohne jeden Vorwurf und es ist mir kein bisschen unangenehm. „Ich hatte in den letzten Wochen und Monaten so vieles vor!"

„Aha", sagt er und lächelt: „Dann ist es ja gut, dass du hier bist. Immer derselbe Trott, immer dieselben Menschen um sich und immer die gleichen Vorwürfe, machen die Sache meist auch nicht besser. Wie gut, dass du jetzt hier bist." Er nimmt mich wieder an die Hand und plappert weiter: „Meine Mutter zum Beispiel schaut schon panisch, wenn ich mal Fieber habe und das Thermometer um die 39 Grad Celsius anzeigt."

„Das ist aber auch viel!", weiß ich.

„Na ich merke schon", sagt er und bleibt vor den Strohballen stehen: „Du wirst auch mal eine dieser Übermütter werden."

Dann zwinkert er mir ein Auge zu und sieht sich um. Am Ende bleibt sein Blick auf der Wand des Schuppens haften.

„Ich habe eine Idee. Was hältst du davon, wenn wir diese Wand hier in eine Geht-gar-nicht-Liste umtaufen."

„Geht-gar-nicht-Liste?"

„Ja, schau. Hier unten schreiben wir Geht-gar-nicht-Liste hin." Er zeigt mit seinem Finger auf die unterste Stelle der Wand am Boden. „Darüber befestigen wir die Rasierklinge. Wenn uns dann etwas Schreckliches, Blödes oder sonst etwas einfällt, ritzen wir es mit der Klinge in die Mauer."

Die Idee finde ich super, war aber immer schon ein Feigling und Spielverderber. „Meinst du, deinem Vater gefällt das, wenn wir die Wand zumüllen?"

„Ach Yume, du kennst meinen Vater noch nicht. Wenn der über den Hof rast, ist er schon gedanklich bei den Pferden. Ich glaube, da müssten wir die Wand erst mit buntem Graffiti besprühen, bevor ihm das auffallen würde. Und ich glaube, selbst dann müsste die Farbe noch leuchten und dabei blinken, wie ein Werbeschild." Er lässt mich kurz alleine und kommt mit einem roten Kreidestück, einem Schraubendreher und einem Nagel zurück. Um an die weiße Wand zu kommen, muss er sich weit über den Heuballen lehnen. Mit der Kreide schreibt er Geht-gar-nicht-Liste an die unterste Stelle. Darüber klopft er den Nagel, mit der Rückseite des Schraubendrehers, in die Mauer und hängt die Rasierklinge über den Nagelkopf.

„Möchtest du zuerst in die Wand ritzen?", fragt er.

„Nein", sage ich beschämt. „Ich bin eigentlich ganz froh, wenn ich mal nicht ritzen muss."

Chrissi stellt sich vor mich hin und reibt mit seinen Händen zärtlich über meine Unterarme. Vielleicht kann er jetzt durch meine dünne Sportjacke all meine Narben spüren, aber er lässt sich nichts anmerken.

„Okay, dann schreibe ich zuerst!" Er nimmt den Schraubendreher und fängt an, damit in die Mauer zu ritzen. Es hört sich an, wie die Kufen von Schlittschuhen beim Bremsen auf Eis. Am Ende steht dort in Druckbuchstaben:

FIEBER.

Anscheinend hat er wirklich ein Thema. „Bist du oft krank?", frage ich ihn, obwohl ich das Wort *oft,* in Zusammenhang mit nicht gesund Sein, gar nicht richtig interpretieren kann. Ich fühle mich schließlich zu neunzig Prozent des Tages, als sei ich krank.

Er zieht die Schultern hoch, als wolle er sagen „So lala", und bleibt dann keine drei Zentimeter entfernt vor mir stehen. Sein Blick wandert langsam über mein Gesicht.

„Yume!" Er sagt diesen Namen so zärtlich und es hört sich an wie eine leise Melodie, die aus der Ferne zu mir klingt. Ich recke mein Gesicht noch ein Stückchen näher zu ihm hin.

„Am liebsten würde ich dich jetzt küssen", flüstert er.

„Warum tust du es dann nicht?"

„Zuerst einmal, damit ich weiß, wovon ich den Rest der Nacht träumen kann." Er legt seine Hand auf meine Wange. Mein Gesicht wird von seiner Wärme erfüllt, was sonst nur Sonnenstrahlen schaffen, die auf meine Haut fallen.

„Aber das Wichtigste ist, ich werde mir keine Sorgen um dich machen müssen. Du wirst morgen noch da sein und keinen Quatsch machen, denn ich weiß, dass du den Kuss genauso willst wie ich."

Damit lässt er mich einfach stehen.

Wieder knirschen seine Stiefelsohlen auf dem Kies. Er dreht sich auch nicht um und im nächsten Moment ist er schon um die Ecke verschwunden. Von der Dunkelheit verschluckt. Wir haben vergessen, die Kerze auszupusten. Als ich den Kerzenständer hochnehme, fällt mein Blick wieder auf die Wand. Irgendwie sieht die Stelle schön aus. Unten die rote Schrift, darüber unsere Klinge. Erleichterung macht sich in mir breit. *Unsere* Klinge hört sich wirklich einfacher an. Der Spruch „Geteiltes Leid ist halbes Leid" bekommt eine Bedeutung für mich. Plötzlich fällt mir etwas ein. Bevor es mich wieder packen kann und ich in meine Unterarme schneiden muss, nehme ich den Schraubendreher und ritze in die Wand. Es ist viel mühsamer, als es bei Chrissi aussah. Erst nach ein paar Minuten ist mein Wort fertig.

Ich hoffe, dass sie mich einmal verlässt. Ich hoffe, dass sie mich irgendwann nicht mehr so stark packen kann. Ich hoffe, dass Chrissi morgen wirklich noch da sein wird und dass Yume nicht nur ein Traum ist. Ich hoffe so viel und gehe. Mit jedem Schritt, den ich mich von der Wand entferne, lasse ich das Wort Fieber und das neue Wort hinter mir. Genauso hat es Chrissi gewollt. In die Wand ritzen und hoffen, dass der Putz unseren Mist einfach verschlucken wird.

A N G S T ist das neue Wort auf unserer Liste.

Ein gefährliches Wort aus nur fünf geritzten Buchstaben.

Unbekannt

Neben sieben Kerzen brennt noch ein ganz anderes Licht. Es ist die Geburtstagskerze meiner kleinen Tochter Florentine, die sie von ihrem Geburtstagskuchen mitgenommen hat. Der Kuchen hatte die Form eines Marienkäfers, auf dessen rote Flügel meine Frau mit Lebensmittelfarbe die Zahl von Florentines Alter geschrieben hatte. Fünf stand dort, neben fünf dick aufgemalten schwarzen Punkten. Mit ihren pummeligen Händen versucht Florentine, den Docht mit einem Streichholz zu entzünden. Ich helfe ihr dabei. Als die Flamme angeht, kreischt sie laut auf vor Entzücken. Ich spüre die Hitze, gerade noch froh darüber, der stickigen, heißen Sommerluft draußen entkommen zu sein.

„Pst", sage ich, und beobachte dabei das Ömachen in der ersten Reihe. Doch sie lässt sich in ihrem Gebet gar nicht stören. Als Florentine mich anschaut, lächele ich ihr aufmunternd zu. „Das hast du super gemacht!"

Sie nickt. Dann kniet sie sich auf das Bänkchen vor dem Kerzenständer und kneift ihre Augen fest zusammen. „Lieber Gott", betet sie und blinzelt dabei zu dem großen Kreuz über ihrem Kopf. „Lass es Schutzengel für meine Oma regnen, damit sie noch lange bei uns bleibt!" Ich hebe den Kopf und recke mein Kinn dem Kreuz entgegen, aber ich kann kein Wunder sehen. Dann bette ich mein Gesicht in meine Hände, damit Florentine meine Tränen nicht sieht. Wenn ich doch auch nur diesen kindlichen Glauben hätte und so an meinen Wünschen festhalten könnte!

Die St. Giles ist eine der ältesten Kirchen in Oxford.

Sie liegt etwa zwanzig Kilometer von unserem Heim entfernt, in der Nähe des Hospizes, in dem meine Mutter ihren Lebensabend verbringt. Deshalb sind wir hier. Genau deshalb befinden wir uns überhaupt in einer Kirche. Eigentlich bin ich so ungläubig, wie ein Mensch nur sein kann. Vielleicht ist das jetzt auch meine Strafe für meine Ungläubigkeit?

Alles, was uns in diesem Jahr widerfahren ist? Im Januar hat meine Frau eine Fehlgeburt erlitten. Wir hatten uns schon lange ein Geschwisterchen für Florentine gewünscht und endlich, nach drei Jahren der Versuche, sollte unser Glück perfekt werden. Der Gedanke an die Fehlgeburt saß uns noch in den Knochen, als meine Mutter mit der Hiobsbotschaft ankam, dass der Arzt bei ihr Krebs im Endstadium diagnostiziert habe. „Das kann nicht sein", hatte ich gesagt und mich strikt geweigert, der Wahrheit ins Gesicht zu blicken. „Das hättest du doch schon eher gemerkt!"

Die Stöhnerei über ihre ständigen Rückenschmerzen und ihren rapiden Gewichtsverlust, hatte ich nicht wirklich ernst genommen. Zuerst war die Freude zu groß über die Schwangerschaft meiner Frau und danach war die Trauer zu schwerwiegend um ein Baby, was nie lebend geboren werden sollte.

Ich schlucke und hole mein Taschentuch aus der Hosentasche. Als ich mich schnäuze, dreht Florentine sich um und schaut mich verwundert an: „Papa? Warum weinst du denn? Oma ist doch noch da und ihr geht es gut!"

Ich nicke. Natürlich, für meine Tochter ist die Welt eine Scheibe, weil „Wäre sie rund, Papa, dann müssten ja manche Menschen den ganzen Tag auf dem Kopf stehen!"

Und: „Solange man Oma sieht, ist sie doch noch nicht weg, oder?"

Für Florentine gibt es nur das Hier und Jetzt. Noch kein Morgen, der kohlrabenschwarz beginnen kann, sobald man die Augen öffnet. Ich möchte ihr die Illusion auch nicht nehmen. Sie soll solange Kind bleiben, wie ich es ihr ermöglichen kann. Ein paar Mal habe ich schon überlegt, Florentine nicht mehr mit ins Hospiz zu nehmen, in der Hoffnung, sie würde ihre Oma vergessen und ihren Tod gar nicht erst mitbekommen, aber meine Frau schaute mich entsetzt an und fragte, ob ich nicht ganz bei Sinnen sei, einer todkranken Frau ihr einziges Enkelkind zu verwehren.

„Der Tod gehört einfach zum Leben dazu", meinte sie. Ich muss gestehen, sie hat die Fehlgeburt besser verkraftet als ich. Noch heute besucht mich nachts ein kleiner Junge in Gestalt eines Engels, setzt sich neben meinem Kopf auf das Kissen und wir lächeln uns tapfer an.

Manchmal erzählt er mir, was wir alles verpasst haben, vom Schlittschuhlaufen über Fußball spielen oder zusammen Fritten mit reichlich Ketchup essen. Ich sage dann immer: „Mayonnaise, mein Sohn!", und er kichert und flunkert, dass er sich das wohl nie merken wird.

Meine Frau möchte unbedingt wieder schwanger werden. Wenn sie Anstalten macht, mich zu verführen, dann fällt bei mir eine Klappe. Eine Klappe aus Angst und Verzweiflung.

Wenn das Neue kommt, wird mir das Alte dann verlorengehen?

Wenn ein kleiner Kern in ihr zu wachsen beginnt, verlässt mich dann mein Sohn ganz und sagt „Goodbye Dad"?

Diesen Gedanken halte ich einfach nicht aus, genau wie den, dass meine Mutter schon bald von uns gehen wird.

Chrissi

Weil ich am Frühstückstisch strahle wie ein Honigkuchenpferd, vergisst meine Mutter anscheinend die Sache mit dem Arztbesuch. Sie zählt auf, um was sie sich heute noch alles kümmern muss. Müsli wirbelt durch die Luft, als sie hektisch ihre Schale mit den Flocken füllt und sich dabei über einen Stallburschen ärgert, der einen Pferdestall mit Stroh anstatt mit Holzspänen eingestreut hat. Stroh enthält auch Staub, Milben und Schimmel.

„Miss Marple ist dagegen hochgradig allergisch. Ich kann nur hoffen, dass sie bald wieder besser Luft bekommt. Ich habe sie heute Morgen schon um sechs auf die Weide gestellt. Vielleicht muss ich nachher noch die Tierärztin kommen lassen?" Sie stopft sich den ersten Löffel mit Müsli in den Mund und kaut. „Die K-oschten schiehe isch Tobi aber vom Gehalsch ab!", meckert sie.

Mein Vater grinst: „Süße, ab zehn Gramm wird es undeutlich."

„Oh!" Sie kaut eine Weile weiter. „T`schuldigung", sagt sie. Dann schaut sie zu mir. Gerade forme ich mit meinem Blick Herzen in meinen Kakao; ich beiße vorsichtig in meine Brötchenhälfte, als hätte ich darauf mit Marmelade den Namen *Yume* geschrieben. Ich atme tief durch, weil ich weiß, dass sie jetzt, genau in diesem Moment, die gleiche Luft einzieht wie ich. Wenn ich langsam ausatme, fühlt es sich an, als ob mein warmer Atem Emily-Yume in Großbuchstaben durch die Küche wirbelt. Dann sehe ich meine Mutter an. „Ist etwas?", frage ich.

„Nein", grinst sie. „Alles in bester Ordnung."

„Ich muss los!" Als ich aufstehe, stoße ich mit meinem rechten Oberschenkel mit Wucht an den Tisch. Mein restlicher Kakao schwappt in der Tasse hin und her, wie ein Gewässer bei einem heftigen Seegang. Ich spüre, dass der Blick meiner Mutter mir die ganze Zeit folgt. Er haftet noch auf mir, als ich schon längst draußen über den Hof eile.

Ich kann Yume nirgends entdecken. Sven steht am Stall und sattelt gerade sein Pferd. Ich frage ihn aber lieber nicht nach seiner Schwester, damit er keinen Verdacht schöpft, dass ich in sie verliebt bin.

Eine Möglichkeit wäre, dass sie am Empfang sitzt und mit ihrem Handy oder mit einem Laptop beschäftigt ist. Nur dort kommt man ins Netz. Die Telekom hat sich an unserer Lage schon die Zähne ausgebissen. Es gibt hier einfach zu wenige Sendemasten. Ich glaube, in der Wüste Empfang zu bekommen, ist einfacher. Enttäuscht stelle ich fest, dass Yume hier auch nicht ist. Ich lungere trotzdem ein wenig an der Rezeption herum und versuche, möglichst unauffällig einen Blick ins Gästebuch zu werfen. Vielleicht kann ich so wenigstens erfahren, in welchem Zimmer sie wohnt. Rosa, unser Mädchen für alles, beobachtet mich argwöhnisch.

„Ist dir langweilig?", fragt sie.

Das ist ein Grund, mich von hier ganz schnell zu verziehen. Rosa hat immer Arbeit. Wenn ich nicht aufpasse, lande ich gleich mit einem Korb knubbeliger Tischdecken im Wäschekeller und kann die Decken durch die Mangel ziehen oder ich finde mich in der Küche wieder, vor einem Berg Äpfel, die ich schälen und in kleine Stücke schneiden muss.

Also schlendere ich noch einmal über den ganzen Hof.

Aber Yume bleibt verschwunden. Dann höre ich Sven in der Reithalle. Er zählt wieder. Mann, der hat einen Ehrgeiz, da kann ich nur den Hut vorziehen. Gleichzeitig hoffe ich aber, dass seiner Schwester in manchen Dingen dieses Durchhaltevermögen fehlt.

Ich hole eine Packung Kaugummi aus meiner Hosentasche, stecke mir einen Streifen in den Mund und gehe in die Halle. Die Sprinkleranlage muss vorhin an gewesen sein. Die Luft fühlt sich an wie im Vorraum einer Sauna. Meine Ex-Freundin Elaine steht an der Bande und sieht Sven beim Training zu. Gerade, als ich mich vor ihr verstecken will, hat sie mich entdeckt.

„Guten Morgen Chrissi", sagt sie, kommt auf mich zu und grinst ihr unnatürliches Dauergrinsen mit so weißen Zähnen, dass es mich fast blendet. „Reiten wir heute zusammen aus?"

Sven schaut zu uns herüber und schmunzelt. Das hat mir noch gefehlt! Er soll bloß nicht denken, dass ich noch etwas mit ihr habe. Womöglich erzählt er es Yume.

„Ich weiß nicht", sage ich zu Elaine, weil ich sie nicht allzu offensichtlich vor den Kopf stoßen möchte. In Wirklichkeit habe ich natürlich keine Lust. Elaine nervt. Sie ist wie eine schrille Barbiepuppe und furchtbar langweilig. Außerdem akzeptiert sie nicht, dass ich mich von ihr getrennt habe. Sie ist so durchschaubar, dass ich schon genau weiß, was als Nächstes kommt.

„Chrissi, komm!" Sie versucht, nach meiner Hand zu greifen, die ich schnell in der Hosentasche verschwinden lasse. „Wir hatten immer so viel Spaß zusammen. Lass es uns noch einmal versuchen!"

Bingo!

„Elaine, lass es!", sage ich barscher als beabsichtigt und trete einen großen Schritt zurück. Sofort zieht sie einen Schmollmund und sieht mich traurig an. „Bitte!", jammert sie, was ich noch viel schlimmer finde. In diesem Moment öffnet sich die Tür. Es ist, als ob die Luft sich plötzlich verändert. Yume betritt die Halle. Der Wind hinter ihr hört sich an wie eine ruhige Musik. Mir wird richtig warm ums Herz. Und als sie mich ansieht, lächelt sie mit den Augen.

Einfach zauberhaft!

Auch Elaine scheint die Veränderung zu spüren. Sie blitzt Yume böse an und kommt dann ganz nahe zu mir. Dieses Mal schafft sie es, meine Hand zu ergreifen und hält sie fest: „Bitte Chrissi", säuselt sie, „lass uns später zusammen ausreiten, ja?"

„Okay, mal sehen", sage ich verwirrt, obwohl ich eigentlich *auf keinen Fall* sagen wollte. Elaine soll einfach gehen und mich mit diesem Zauberwesen alleine lassen.

Als ich heute Morgen aufwachte, schmerzten meine Beine. Es fühlte sich an wie Wadenkrämpfe, nur in der ganzen unteren Hälfte meines Körpers. Dann dachte ich an Yume und sofort flauten diese grässlichen Schmerzen etwas ab. Auch heute Nacht, als ich mit ihr zusammen war, war weder etwas von meiner Müdigkeit, noch von meinem Fieber zu spüren, was mich in letzter Zeit immer mal wieder überfällt. Als die Schmerzen gingen, war mir klar: Sobald ich Yume sehen würde, würden sich all meine Probleme in Luft auslösen.

Elaine legt ihren Arm um meinen Hals und jubelt. Dann küsst sie mich auf die Wange. „Ich freue mich so darauf, Chrissi", gurrt sie wie eine Taube. Ich sehe, wie Yume uns mit großen Augen anstarrt. Bevor ich etwas sagen und richtigstellen kann, schaut Yume enttäuscht zu Boden, dreht sich um und geht.

„Oh Mann", murmle ich und schiebe Elaine weit von mir. Probleme können sich anscheinend auch in Luft auflösen und dabei wahnsinnig stinken.

Ich vermisse sie jetzt schon und könnte ihr nachrennen. Zwar kenne ich Yume keine vierundzwanzig Stunden, trotzdem bin ich ziemlich sicher, dass ihre Reaktion nicht freundlich ausfallen würde. Sie wird die Situation völlig falsch interpretiert haben. Ob sie jetzt maßlos von mir enttäuscht ist? Vielleicht sollte ich ihr etwas Zeit lassen. Manchmal lösen sich Enttäuschungen auch einfach wieder auf.

Also gehe ich langsam in den Stall. Mein Pferd steht in der Box und frisst Heu. Ich öffne die Pferdebox und stelle mich zu Ricardo. „Na, mein Dicker. Schmeckt es dir?" Ich streichle sein schwarzes Fell und bürste es ein paar Minuten mit einem Striegel glänzend. Dann lege ich meinen Kopf an seinen Hals und kraule ihn unter dem Maul.

„Ich habe es versaut", erzähle ich ihm und presse mein Gesicht in seine Mähne, „auf ganzer Linie!"

„Das glaube ich nicht", sagt eine Stimme neben mir.

Yume steht in der Stalltür und schaut mich an. Wieder liegt dieses Geheimnis in ihrem Blick.

„Yume!", sage ich verwundert. Mein Pferd tritt taktvoll einen Schritt auf die Seite, als wolle es uns nicht stören. Ich halte mich an der Stalltür fest, weil ich nicht weiß, was jetzt kommt. Vielleicht schleudert sie mir um die Ohren, dass ich ein fieser Typ bin, der alle Mädchen anmacht und sie froh ist, dass ich sie heute Nacht nicht geküsst habe. Vielleicht muss ich mich einfach festhalten, wenn die Enttäuschung über mich kommt, weil ich sonst wer weiß wo landen werde. Ich bin weder romantisch, noch glaube ich an Märchen. Wie gesagt, ich kenne Yume keinen Tag, irgendein Zauber umgibt sie, den ich nicht deuten kann, aber unbedingt entschlüsseln möchte. Sie wird mir wahnsinnig fehlen, wenn sie jetzt einfach wieder aus meinem Leben verschwindet.

„Kann ich auch ein Kaugummi?", fragt sie.

Erleichtert greife ich in meine Hosentasche, ziehe einen Kaugummistreifen aus der Packung und gebe ihn ihr.

„Danke!" Sie greift danach, entfernt das Papier und steckt sich den Streifen in den Mund.

„Jetzt riechen wir beide nach Strawberry", meint sie und formt das Kaugummipapier zu einer Kugel. Sie rollt die Kugel zwischen Daumen und Zeigefinger hin und her.

Ricardo schubst mich von der Seite mit seinem Maul an, als wolle er sagen: *Nun geh schon zu ihr hin!*

„Hey du", rufe ich und klopfe an seinen Hals.

„Ist das dein Hengst?" Ihre Augen scheinen das ganze Pferd mit nur einem Blick zu erfassen.

„Ja. Das ist Ricardo."

„Wow", sagt Yume und macht einen Schritt nach vorne. Plötzlich steht sie neben mir. Der Erdbeerduft riecht an ihr viel köstlicher als an mir.

„Das ist ein wunderschöner Rappe. Mein Bruder schaut sich immer so eine alte Verfilmung nach einem Jugendbuch an. Dein Pferd erinnert mich ein bisschen an das aus diesem Film…" Yume versucht, sich zu erinnern.

„Du meinst Black Beauty?"

„Ja, genau", sagt sie und lacht.

„Ich freue mich, dass du hier bist", sage ich entschlossen.

Anscheinend weiß sie sofort, wie ich es meine. Sie erzählt mir nämlich, dass sie eben enttäuscht zu unserer Wand gegangen ist. Dort hat sie die ganze Fläche - ja sogar alle vier Wände des Schuppens - abgesucht, ob sie irgendetwas finden kann, was ich mit der blonden Tussi aufgeschrieben habe. Bei dem Wort Tussi muss ich grinsen, weil Yume wirklich in dem kurzen Moment, den sie sie gesehen hat, die ganze unangenehme Wirkung von Elaine erfasst hat.

„Ich bin so froh, dass du diese Liste nur mit mir führst", sagt sie. Am Ende hat sie neben ihrem eingeritzten Wort ANGST einen Zettel gefunden, der dort mit einem alten Erdbeerkaugummi festgeklebt hing. Sie kramt den Zettel aus ihrer Jeanshose und zeigt ihn mir, als müsse sie sich vergewissern, ob ich ihn auch wirklich geschrieben habe. Deshalb nicke ich. Sofort steckt sie ihn in die Hosentasche zurück und macht dabei ein Gesicht, als würde sie einen kleinen Schatz verschwinden lassen.

„Außerdem hat sie dich geküsst und nicht du sie!"

„Das stimmt."

Gibt es für Erleichterung noch eine Steigerung?

„Was meinst du eigentlich mit Konfrontation?", fragt sie. Genau das ist das Wort, das ich heute Morgen auf das Blatt geschrieben habe, nachdem ich das eingeritzte Wort *ANGST* an der Wand entdeckt hatte. Sie muss es heute Nacht hingeschrieben haben.

„Also, ich weiß nicht, welche Angst du meinst, es gibt so viele: Angst vor Spinnen, Angst vor Menschenmengen, Angst vor Krankheiten und so weiter und so weiter... Aber egal *welche* Angst man hat, das beste Mittel ist, sich dem zu stellen, wovor man davonläuft. Ich weiß natürlich, dass sich das leichter anhört, als es ist."

„Aha", sagt sie und schaut zu Boden. Mit ihren Schuhspitzen dreht sie Heu zu einem Knäuel. Ich versuche, meinen Blick von ihrem Schuh zu lösen. „Ich habe aber vor fast allem Angst", meint sie kleinlaut. „Also, wirklich vor sehr vielem!"

Ich gehe einen Schritt auf sie zu und dieses Mal bin ich es, der nach einer Hand greift. Ich bin froh, dass Yume sie nicht wegzieht und in ihrer Hosentasche verschwinden lässt. Ihre Hand fühlt sich warm und weich an.

„Yume, ich würde mit dir einmal um den ganzen Kontinent fliegen, solltest du Flugangst haben. Vielleicht wäre diese Phobie dann schon mal weg; ich würde mich mit dir in eine gefüllte Wanne mit Spinnen legen, wenn es dir danach bessergehen würde. Ich würde dir einen Stöpsel ins Ohr stecken und dir alles zuflüstern, wenn du dadurch frei ein Referat halten könntest, weil du sonst vor deiner Klasse nicht sprechen kannst. Ich würde…"

Emily hebt ihre Augenbrauen und zieht ihre Stirn kraus.

Sie rollt immer noch diese Papierkugel durch ihre Finger. Außerdem riecht sie so herrlich schön nach Erdbeere. Bei mir verfliegt der Geruch viel schneller.

„Magst du mich etwa?", fragt sie.

„Ja."

„Warum?"

Ich gehe noch einen Schritt auf sie zu, so nah, dass sich unsere Schuhspitzen berühren und streife ganz kurz ihren Mund mit meinen Lippen. Ihre Augen schimmern so leuchtend grün wie eine nasse Wasserpflanze.

„Yume", sage ich und räuspere mich, „weil du du bist!"

Emily

In meinem Bauch flattern Schmetterlinge!

Frau Dr. Norek sieht mich beim Frühstück ein paar Mal komisch an und blättert dann weiter durch eine Krankenakte. Sie hat sich mit einer Tasse Kaffee zu uns in den Frühstücksraum gesetzt.

Die Schmetterlinge flattern immer weiter.

„Was meinst du, kommt Lisa heute wieder?", flüstert Michaela mir zu. Michaela hat sich einen Dutt gemacht und sieht damit mindestens fünf Jahre älter aus.

Ob ich ihr etwas von Chrissi erzählen soll?

„Keine Ahnung." Ich greife zu einer zweiten Scheibe Brot. Frau Dr. Norek schaut genau in dem Moment auf, wo ich mir das Toastbrot mit Nutella bestreiche, weit in den Mund schiebe, abbeiße und genüsslich kaue. Mein Frühstückstablett sieht für jemanden mit Essstörungen erschreckend aus. Neben zwei Scheiben Brot, einem Müsliriegel, einem Glas Orangensaft, einem Ei, einer Tasse Kakao und einem Apfel, habe ich mir noch eine Schüssel mit Kompott gegönnt. Ich sehe leckere Sachen vor mir, meine Therapeutin Bulimie. Sie weiß, dass ich große Angst vor dem Dickwerden habe. In diesem Fall ist es aber anders, möchte ich ihr zu verstehen geben und lächle sie an. Vor lauter Aufregung konnte ich an diesem Wochenende kaum etwas essen und muss einfach nur ein wenig nachholen. Ich greife zum Kompott. Vielleicht kann ich es ihr später in der Einzelstunde erklären?

„Könnte doch sein, oder?", flüstert Michaela.

„Was?", frage ich zwischen zwei Löffeln.

„Dass sie Lisa heute wieder entlassen."

„Ach so!" Ich verstehe. „Aber warum musste sie denn solange im Krankenhaus bleiben?"

Ich hätte mir noch ein zweites Frühstücksei gönnen sollen!

„Krankenhaus?" Michaela schaut mich mit großen Augen an. „Mensch Mädchen", zischt sie und pufft mir in die Seite. „Lisa ist hier!"

„Hier?", frage ich und sehe mich im Raum um. Ich kann sie nirgends entdecken.

„Tust du nur so blöd oder was?"

Jetzt wird es mir etwas zu bunt. Dass ich mich selber für blöd halte, reicht mir, daran muss nicht auch noch diese dumme Pute erinnern.

„Nein, ich tue nicht so blöd!", fauche ich und Frau Dr. Norek schaut wieder von ihrer Akte auf. Dieses Mal bleibt ihr Blick auf uns haften.

Die Schmetterlinge in meinem Bauch sind verschwunden.

Dafür werde ich Michaela ewig hassen!

Jetzt hält sie auch noch ihre Hand vor den Mund, damit es besonders dramatisch wirkt, wenn sie mir erzählen kann, was sie weiß. Vielleicht sollte ich doch mal recherchieren, wie diese gefährlichen Sexpraktiken bei ihr aussehen, damit ich weiß, wie sie tickt.

„Lisa ist in der Geschlossenen!" Dann rollt Michaela mit den Augen und nickt in die Richtung, in der sich das Gebäude der geschlossenen Abteilung befindet.

Jetzt verschlägt es mir wirklich die Sprache. Mein Orangensaft, nach dem ich greifen will, verschwindet vor meinen Augen. Also greife ich ins Leere. Auf die Idee, dass Lisa sich nicht in einem normalen Krankenhaus oder zur Erholung zuhause bei ihren Eltern befindet, wäre ich nie gekommen. Als mir klar wird, dass sie nur zwei Gebäude entfernt in unserer gefürchteten geschlossenen Abteilung liegt, bekommt mein Magen einen Knoten. Den letzten Rest von meinem Orangensaft lasse ich unberührt.

Als ich aufstehe, mein Tablett nehme und gehe, schaut Michaela mir grinsend nach. Jetzt bin ich mir fast sicher: Sie wird nach dem Sex einen Jungen frech anschauen und sagen, was für ein Loser er ist und wie wenig er es draufhat. Sie wird ihm, unter einem Lachanfall, vorwerfen, dass er den kleinsten Penis besitzt, den sie je gesehen oder gefühlt hat.

Sie wird ihn so lange trietzen und fertigmachen, bis der Junge zur Wildsau wird. Darin besteht die Gefahr!

Nach dem dritten Versuch klappt es, dass ich mein Tablett in den Geschirrwagen schiebe. Frau Ahlmann vom Küchenpersonal kontrolliert, ob ich auch mein Messer zurückgebe. Als sie es unter dem Tellerrand findet, nickt sie mir anerkennend zu. Der Blick von Frau Dr. Norek haftet an mir und macht mich klein. Hoffentlich kommt sie jetzt nicht auch noch hinter mir her.

Als ich durch den langen Flur gehe, wird es plötzlich dunkel. Ich kann den Unterschied nicht ausmachen, ob es an meinen wirren Gedanken liegt oder daran, dass sich Wolken vor die Sonne geschoben haben und das Helle nicht mehr durch die polierten Fensterscheiben flutet.

Die geschlossene Abteilung ist unser gefürchtetster Teil des gesamten Komplexes. Eva-Marie nennt den Ort: das Sammelbecken der wirklich Verrückten! Solange wir nicht dort landen, fühlen wir uns noch einigermaßen normal. Unsere gesamte Einrichtung wirkt wie ein Feriendomizil. Vom Besucherparkplatz kommt man über einen großen Park in dem es sogar einen riesigen Teich gibt, zu uns. Je nach Alter, Geschlecht und Krankheitsbild wohnen wir in verschiedenen Häusern. Hinter der Wohnanlage befindet sich nochmal ein großer Park, mit teilweise über hundert Jahre alten Bäumen, deren Kronen weit über unsere Köpfe hinweg prangen. Meine Eltern finden den Ort total idyllisch. Kein Verkehrslärm, keine Alltagshektik. Nur fröhliches Vogelgezwitscher. Wir werden täglich dazu aufgefordert und ermuntert, dort spazieren zu gehen und uns zu bewegen, damit unsere Körper genug Endorphine ausschütten. Hormone, die unser Gefühl von Wohlbefinden steigern sollen. Mitten zwischen den einzelnen Einrichtungen steht das Haus, in dem sich die geschlossene Abteilung befindet. Rein äußerlich unterscheidet sich der Komplex nicht von den anderen. Nach außen dringen allerdings oft seltsame Geräusche, Schluchzen und Jammern, Schreie und Hilferufe. Einmal habe ich gesehen, wie, an einem Fenster stehend, zwei Pflegeleute mit einer Patientin am Kämpfen waren. Hätte es da einen Sinn gehabt, die Polizei zu benachrichtigen? Schließlich landen dort nur Menschen, die per Gesetz oder richterlichem Beschluss für eine bestimmte Zeit zu bleiben haben. Für mich hört sich das Ganze eher an wie eine Strafvollzugsanstalt. Sicherheitsfenster, gut einsehbare

Räume, videoüberwachte Zimmer. Jede einzelne Station wird verschlossen. Die Mitarbeiter gelangen nur über eine geschlossene Zugangstür ins Innere. Nur, um es ganz klar auszudrücken: Hintern den Mauern werden die Patienten besser abgeschirmt als Menschen mit der Pest. Ich vergaß, man nennt uns hier nicht Patienten, sondern Bewohner. Als wenn das die Sache besser machen würde!

Kotz! Würg!

Und das ist mein Stichwort. Ich habe mir fest vorgenommen, in mein Zimmer zu gehen. Anscheinend verlässt mich im letzten Moment die Orientierung. Ein verstohlener Blick nach hinten gibt mir die Sicherheit, dass Frau Dr. Norek mir nicht folgt. Also biege ich rechts hinten ab und suche die abgelegene Toilette auf, die sich auf unserer Station befindet. Um neun Uhr muss ich am anderen Ende des Flurs im Gruppentherapiezimmer erscheinen. Mir bleiben noch genau acht Minuten. Wenn Lisa wegen ihres Suizidversuchs in der Geschlossenen gelandet ist, dann könnte ich jetzt auch dort eingesperrt sein, wenn ich nicht an diesem Wochenende auf Chrissi gestoßen wäre. Vielleicht würde ich dort mit Gurten am Bett fixiert liegen oder in einer Zwangsjacke stecken und mit klaustrophobischer Panik versuchen, irgendwie an meine juckende Nase zu gelangen.

Die ersten Male waren schrecklich, aber jetzt ist es ganz leicht. Ich schiebe gleichzeitig meinen Zeige- und Mittelfinger der rechten Hand weit in den Hals, mein Magen rotiert und ich würge. Einmal, zweimal, dann erbreche ich alle fetten Köstlichkeiten, die ich mir vorhin noch mit großem Appetit in den Mund geschaufelt habe. Ich kann einige Apfelstückchen entdecken.

Der Erste, der mich dabei erwischt hat, war mein Bruder. Er kam unangekündigt ins Badezimmer. Durch mein Würgen habe ich ihn nicht kommen hören. Schweißperlen standen auf meiner Stirn, als ich mich umdrehte und in seine entsetzten Augen sah. Er sagte nicht viel und verschwand danach genauso schnell, wie er gekommen war: „Das schöne Essen! Was du da machst, ist eigentlich viel zu schade und viel zu teuer!"

Ich glaube, er wollte einen Scherz machen.

Als ich in den Gruppenraum komme, fühle ich mich völlig entspannt. Wieder sitzen wir im Kreis. Dieses Mal ist der Stuhl zwischen mir und Michaela frei. Lisa ist also noch nicht wieder da. Michaela dreht sich weg und ihre Schuhspitze zeigt in die entgegengesetzte Richtung von mir. Ein klares Zeichen dafür, dass sie mit mir nichts mehr zu tun haben möchte. Nachdem Frau Dr. Norek uns alle begrüßt hat, steht sie auf und rollt das Whiteboard zu ihrem Stuhl hin. Die Gummibärchen sind verschwunden. Auf der Ablage liegen wieder die Marker. Sie nimmt einen roten Stift zur Hand und schaut uns der Reihe nach an.

„Ich möchte mich heute mit euch über die Ess-Brech-Sucht unterhalten", sagt sie und sieht mich einen Moment zu lange an. Das entspannte Gefühl in meinem Körper macht sich auf den Weg. Es packt schon mal die Koffer. Ich stelle mir ein schadenfroh grinsendes Männchen irgendwo in meinem Inneren vor. Es hat einen bunten Trolley, öffnet ihn und wirft mein entspanntes Gefühl Stückchen für Stückchen in den Koffer und lacht sich dabei kaputt. Bei jedem Stück, was im Inneren landet, verliert der Trolley an Farbe. Als das blöde Männchen am Ende den Deckel schließt, ist der Koffer schwarz.

Frau Dr. Norek dreht die Tafel um. Sie hat schon ein paar Stichpunkte mit blauer Schrift aufgeführt.

In meinem Inneren sucht das Männchen gerade den Ausgang.

Mit ihrem roten Stift tippt Norek wie mit einem Zeigestock auf eine Stelle und sagt: „Die Ess-Brech-Sucht nennt man in der Fachsprache Bulimie. Menschen, die darunter leiden, sind meist normalgewichtig und haben große Angst vor dem Dickwerden."

Sophie kaut Kaugummi. Das erinnert mich an Chrissi und beruhigt mich etwas. Ich hoffe, dass sie auch nach Erdbeere riecht. Gerade macht Sophie mit dem Kaugummi eine große Blase und es knallt.

„Sophie! Bitte!", sagt Frau Dr. Norek. „Das Ding aus dem Mund!"

Sophie schaut sich um. „Und wohin damit?" Ich reiche ihr ein Tempotaschentuch. Leider riecht Sophie nach Pfefferminz. Also definitiv anders.

Frau Dr. Norek erzählt unbeirrt weiter: „Darum greifen sie zu allerhand Gegenmaßnahmen. Hier einige Beispiele."

Sie zieht die Kappe vom Stift. Bei jedem Symptom, das sie mit Stichwörtern an die Tafel geschrieben hat, haut sie den Stift auf das Whiteboard und macht einen dicken roten Strich unter das Wort. Heute kommt sie mir eher vor wie unsere strenge Religionslehrerin. Auf keinen Fall wie eine Therapeutin, die einem helfen soll. „Sie erbrechen sich! Sie treiben exzessiv Sport. Sie nehmen Abführmittel. Oder fasten."

Das Männchen in meinem Inneren macht jedes Mal, wenn der Stift auf die Tafel knallt, einen weiteren Sprung.

„Das versetzt den Körper in einen Mangelzustand und es kommt zu Essanfällen. Dabei stopfen die Betroffenen Unmengen von Nahrung in sich hinein. Danach plagt sie das schlechte Gewissen und sie übergeben sich." Frau Dr. Noreks Blick wandert wieder über unsere Gesichter. Außerdem zieht sie die Schultern hoch, als wolle sie sagen *Pech gehabt* oder *So ist es nun mal!*

„Die Heißhungerattacken und das anschließende Erbrechen werden oft als entspannend empfunden ..."

Woher willst du wissen, was ich dabei fühle?

„... ziehen jedoch ernste, gesundheitliche Schäden nach sich."

Ich öffne meinen Mund und mein entspanntes Gefühl hüpft in Gestalt des Männchens mit seinem schwarzen Koffer aus meinem Mund und verschwindet.

In diesem Moment klopft jemand zaghaft an die Tür.

Ich glaube nicht, dass ich Lisa schon mal je in einem so erbärmlichen Zustand gesehen habe. Als sie schüchtern in den Raum tritt, ist es, als hätten wir plötzlich alle das Gelübde des Schweigens abgelegt. Im Raum ist es so still, dass wir durch die fest verschlossenen Fenster Vogelgezwitscher hören. Anscheinend hat Lisa seit einer Woche ihre sonst so schönen Haare nicht gewaschen. Sie hängen strähnig und platt um ihren Kopf. Um ihren Hals trägt sie einen dicken weißen Verband und ihre Gesichtsfarbe ist erschreckend blass. Aus ihrem Mund klingt das „Hallo", wie ein Knirschen. Das Kleid, das sie trägt, scheint in der letzten Woche um eine Nummer gewachsen zu sein. Nur ein kalter Luftzug lässt mich spüren, dass sie sich neben mich gesetzt hat.

Mein Gott, sie löst sich auf!

Komischerweise findet die sonst so scheue Eva-Marie noch vor Frau Dr. Norek ihre Sprache wieder: „Schön, dass du wieder da bist!" Lisa versucht tapfer, zu lächeln, aber der Versuch endet in einer Fratze. „Ja, super!", sagen manche, die meisten nicken nur stumm mit dem Kopf.

Frau Dr. Norek wechselt plötzlich vom Thema Bulimie zu unserem Wochenende. Außer Lisa sollen wir alle darüber berichten, wie es uns ergangen ist und wie wir uns dabei gefühlt haben. Natürlich erzähle ich kein Wort von Chrissi. Meine frischgebackene Liebe gehört nur mir. Seitdem ich wieder hier bin, kommt mir das Wochenende mit Chrissi so weit weg vor. Als hätte ich das alles nur geträumt. Also erzähle ich nur, dass meine Eltern beruflich verreisen mussten und dass ich deshalb mit meinem Bruder die Zeit von Freitag bis Sonntag auf einem Reiterhof verbracht habe.

„Du hast richtig Farbe bekommen", freut sich Frau Dr. Norek. „Anscheinend tun dir Tiere und die frische Luft richtig gut?"

Während Louisa von ihrem Wochenende berichtet, schaut mich Frau Dr. Norek ein paar Mal an und fängt an, das Whiteboard akribisch zu säubern. Ich kann förmlich sehen, wie es hinter ihrer Stirn arbeitet und sie sich fragt, ob ich das Essen nun drin gelassen oder wieder hinausbefördert habe.

Irgendwie geht die Stunde schleppend um. Andauernd schaue ich auf den Verband um Lisas Hals. Eigentlich hatte ich gedacht, das Seil sei sofort gerissen, aber der dicke Verband spricht eine andere Sprache. In dem Fall wäre sie nämlich mit ein paar Schrammen davongekommen.

Ob sie am Haken wirklich einen Moment gebaumelt hat, bevor das Seil gerissen ist?

Ein kalter Schauer läuft mir über den Rücken.

Fünf Minuten vor dem Ende lässt Frau Dr. Norek uns schon auf unsere Zimmer gehen. Lisa und ich laufen schweigend durch den langen Flur nebeneinander her. In unserem Zimmer setzt sie sich sofort auf ihr

Bett und lehnt sich mit dem Rücken an die Wand. Sie greift zu ihrem Plüsch-Teddy und hält ihn sich schützend vor die Brust. Anscheinend fällt ihr das Schlucken schwer, es sieht jedes Mal so aus, als hätte sie ordentlich Halsschmerzen.

Ich wüsste tausend Fragen, die ich ihr jetzt stellen könnte, aber ich traue mich nur, eine zu stellen: „Geht es dir wieder besser?" Einen Moment wiegt sie ihren Kopf. „Sonst hätten sie mich wohl nicht freigelassen, oder?", krächzt sie.

Danach sitzt sie noch stundenlang auf ihrem Bett, starrt dabei aus dem Fenster und wartet anscheinend darauf, dass es dunkel wird.

Ich weiß, dass Lisa geschickt darin ist, das zu sagen, was andere von ihr hören wollen. Sie hätten Lisa noch nicht entlassen dürfen. Ihr Blick sagt nämlich mehr als tausend Worte: Nichts hält sie mehr am Leben, außer die Angst vor dem Versuch, es noch einmal zu beenden!

Chrissi

Meine Beine fühlen sich wieder an wie Wackelpudding. Meine Arme zu heben, kostet so viel Anstrengung, als würde ein Gewicht von einem Zentner an meinen Armgelenken baumeln.

Ich brauche Yume!

Außerdem zeigte die Digitalanzeige des Fieberthermometers schon heute Morgen um sieben Uhr über neununddreißig Grad an und meine Mutter erteilte mir Schulverbot.

Jetzt sind wir auf dem Weg zu meinem Kinderarzt und das kommt mir ziemlich albern vor. Ich bin fast siebzehn. Ich habe eine neue Freundin. Die lacht sich bestimmt darüber kaputt.

„Können wir nicht zu deinem Hausarzt fahren?"

„Warum?" Meine Mutter drückt auf den Knopf und lässt die Autoscheiben ein wenig herunter. Unsere Klimaanlage ist defekt. Dann kaut sie auf einem Fingernagel.

„Stell dir vor, einer sieht mich, wenn ich in eine Praxis für Babys gehe!" Meine Mutter schaut mich einen Moment an und konzentriert sich dann wieder auf den Straßenverkehr. Sie bleibt mir die Antwort schuldig. Sie trägt keine Reithose und Stiefel, sondern ein gelbes Sommerkleid und weiße Slipper. Ein total ungewohnter Anblick. Auch hat sie heute ihre braunen Haare zu einem hohen Zopf zusammengebunden, was sie sonst wegen des Reithelmes nie macht. Ihre Wangen haben sich leicht gerötet. Irgendwie sieht das zauberhaft aus. Als ihr Auto von einem anderem geschnitten wird, flucht sie laut. Auch sehr ungewöhnlich für meine Mutter. Sie scheint sehr nervös zu sein.

Mama, wir fahren nur zu einem Kinderarzt!, liegt mir auf der Zunge, aber ich schweige. Auf dem Parkplatz der Praxis ist keine freie Park-Box mehr.

„Scheint wohl wirklich eine heftige Sommergrippe umzugehen", sagt sie. Es hört sich an, als spräche sie sich Mut zu. Meine Mutter kurvt drei

Runden um den Block, bis sie endlich eine Parklücke für unseren Pick-up findet. Als wir in der Praxis ankommen, sind wir zehn Minuten zu spät dran, aber die Arzthelferin erklärt uns, dass das nicht schlimm sei, da sie uns sowieso mit unserem Termin dazwischenschieben musste, und es eine längere Wartezeit für uns geben wird. Wir setzen uns in den Warteraum, auf die letzten freien Plätze einer Bank, und ich komme mir vor wie in der Spielzeugabteilung von Karstadt. Meine Mutter greift zu einer Zeitschrift auf dem Tisch vor uns.

„Hältst du mal", fragt ein kleiner Junge neben mir und legt mir ein grünes Spielzeugauto in die Hand. Dann stellt er geschäftig drei weitere Autos auf eine Rennbahn und schaut mich an. „Spielst du mit?"

Ich reiche ihm das grüne Auto zurück. „Nee, lass mal!"

„Macht aber Spaß", sagt der Knirps und zieht sich den Stoff seiner Latzhose aus der Po-Ritze.

„Bekommst du auch eine Spritze?", fragt er mich.

Ich überlege einen Moment: „Nein, ich denke, ich bekomme irgendein Antibiotikum und dann ist gut."

„Keine Spritze?" Er sieht mich enttäuscht an.

„Möchtest du denn eine?", frage ich ihn. Er grinst und schiebt ein rotes Auto über die Rennbahn. „Mama hat gesagt, wenn ich eine Spritze bekomme und kein Theater mache, dann schenkt sie mir auch so ein Feuerwehrauto."

„Cool", fällt mir dazu ein und ich grinse meine Mutter an.

„Und wenn ich artig bin und nicht weine, was bekomme ich dann?"

„Alles!", sagt meine Mutter, ohne von ihrer Zeitschrift aufzublicken.

Doktor Richter ist ein hochgewachsener Mann. Er trägt ein buntes Hemd und eine Jeanshose. Im Laufe der Jahre haben die meisten Praxisärzte die weißen Kittel gegen zivile Kleidung ausgetauscht. Angeblich soll das für kleine Patienten besser sein. Mit weißen Kitteln verbinden Kleinkinder meist etwas Schreckliches und Schmerzen. Ich denke an Yume und ihre ganzen Phobien. Doktor Richter geht auf die sechzig zu und ist schon seit meiner ersten Lebenswoche mein Kinderarzt. Für die Liege im Sprechzimmer bin ich zu groß. Deshalb darf ich auf der vorderen Kante sitzenbleiben.

Meine Mutter leiert ihm meine Beschwerden herunter. Seit Wochen plötzlich auftretendes Fieber, Müdigkeit, Knochenschmerzen und Konzentrationsschwierigkeiten.

„Kopfschmerzen?", fragt er mich und greift zu seinem Stethoskop. Ich muss mein T-Shirt anheben. Er hört meinen Oberkörper erst von vorne und dann von hinten ab.

„Alles frei", sagt er in Richtung seiner Assistentin, die am PC steht und den Befund sofort eintippt. Die Tastatur klappert.

„Manchmal", sage ich. Dann schaut er mit einem Ohrenspiegel, einem sogenannten Otoskop, in meine Ohren und danach mit einem Spatel und der Lampe tief in meinen Mund. Meine Hoffnung zerplatzt wie eine Seifenblase.

„Ohne Befund!" Also keine Mandeln, die nachgewachsen sind. Plötzlich sieht er mich an und blinzelt. „Was ist mit deinem Bein passiert?"

Meine knielange Cargohose ist etwas hochgerutscht. Auf meinem rechten Oberschenkel befindet sich ein dickes, dunkles Hämatom. Als ich das Hosenbein noch etwas höher ziehe, stelle ich erschrocken fest, dass es mindestens die Größe eines Tennisballs hat. „Oh! Ich habe mich am Küchentisch gestoßen."

„Wann?"

Ich überlege einen Moment. „Vorgestern Morgen."

„Okay. Wir sollten auf jeden Fall deine Blutgerinnung überprüfen. Chrissi, zieh doch mal bitte dein T-Shirt ganz aus und lege dich auf die Liege." Nachdem ich mich hingelegt habe, ragen meine Beine mindestens dreißig Zentimeter über die Fläche hinaus. Ich komme mir total albern vor. Doktor Richter tastet meinen Hals ab (vielleicht sind meine Mandeln doch wieder da), meine Achseln, danach meinen gesamten Bauch und ebenfalls meine Leisten. Ich würde gerne wissen, was er sucht, aber, wenn ich mir meine Mutter anschaue, erspare ich mir die Frage. Sie ist fast so bleich wie die Wand hinter ihr. Die rote Farbe ihrer Apfelbäckchen ist verschwunden.

„Wir sollten unbedingt dein Blut untersuchen", sagt Doktor Richter. Er spricht zwar über mich, sieht aber meine Mutter an. Die nickt stumm mit dem Kopf.

„Chrissi, du hast ein paar angeschwollene Lymphknoten."

„Soll ich einen Termin für die Blutabnahme machen?", fragt seine Assistentin dazwischen.

„Nein, die machen wir sofort!"

Meine Mutter tritt einen Schritt nach hinten und hält sich mit beiden Händen an der Fensterbank fest. Geschäftig greift die Assistentin in ein paar Schubladen und zaubert in Windeseile einen Stauschlauch, eine Nadel, Desinfektionsspray und ein paar Blutröllchen auf den Tisch.

Zuerst legt Doktor Richter den Stauschlauch um meinen Arm und zieht ihn fest, dann besprüht er meine Armbeuge mit dem kalten Desinfektionsspray. Nachdem er mit der Nadel durch meine Haut in meine Vene gestochen hat, zapft er ordentlich Blut aus meinem Körper. Am Ende haben sich vier Blutröllchen gefüllt.

„Bitte auch das Differenzialblutbild überprüfen!" Die Sprechstundenhilfe krakelt flott etwas mit einem Kugelschreiber auf kleine Etiketten und klebt sie dann auf die Röhrchen. Als ich mich wieder anziehen darf, erklärt Doktor Richter meiner Mutter, dass das Blut jetzt sofort ins Labor gehen und er uns frühestens in einer, aber spätestens in zwei Stunden Bescheid geben würde. Meine Mutter soll ihre Handynummer hinterlassen. Seine Sprechstundenhilfe würde uns anrufen, sobald das Ergebnis da sei und dann wollte er uns noch einmal in der Praxis sehen.

„Was für ein Ergebnis erwarten Sie eigentlich", fragt meine Mutter so leise, dass man sie kaum versteht.

„Wir werden sehen", sagt er und tätschelt aufmunternd meinen Arm. „Junge, alles zu deiner Sicherheit!"

An der Empfangstheke hinterlässt meine Mutter ihre Handynummer. Vielmehr, sie versucht es. Nach dem dritten Aufzählen falscher Nummern komme ich ihr zur Hilfe.

„Hey du!" Der kleine Junge in der Latzhose von vorhin steht wieder neben mir. Er hält einen Aufkleber in der Hand und zeigt ihn mir stolz. „Hast du auch etwas von dem Arzt geschenkt bekommen?"

Ich schüttele mit dem Kopf.

„Ich habe übrigens keine Spritze gekriegt", sagt er fröhlich und knibbelt an seinem Aufkleber, „sondern brauche auch nur dieses Biotipum nehmen!" Er meint Antibiotika.

„Super", sage ich, denke an die Nadel von gerade in meinem Arm und verlasse die Praxis. Ich kann mich an keinen Deal erinnern, dass ich mit dem Knirps tauschen wollte.

Ich fahre mit meiner Mutter in die nächste Eisdiele der Stadt. Da sie ihre Handynummer angegeben hat und wir auf dem Hof das Problem mit dem Empfang haben, kommt es nicht in Frage, zu Hause auf den Anruf zu warten. Deshalb bleiben wir in der Nähe der Praxis. Die Eisdiele ist neu und so hell mit Glasfronten und Chrom eingerichtet, dass ich mit den Augen blinzeln muss, als wir uns an einen Tisch setzen. Ich kann mein Spiegelbild auf der glänzenden Tischplatte sehen. Wir bestellen uns einen Eisbecher. Meine Mutter nur mit Vanillebällchen, ich mit Vanilleeis und einer extra Portion Erdbeeren. Der südländische Kellner versucht ein paar Mal, mit meiner Mutter zu flirten, aber sie reagiert überhaupt nicht. Andauernd schaut sie auf ihr Handy. Sie rührt ihr Eis kaum an. „Mama", sage ich zwischen zwei Erdbeeren. „Er hat gesagt, es dauert mindestens eine Stunde."

Sie nickt mit dem Kopf und knabbert dann wieder an einem Fingernagel.

„Seit wann machst du das?"

„Was?"

„Dieses Nägelkauen!"

„Och!", sie zieht ihre Hand ertappt nach unten. „Ich habe da so ein bisschen Haut vom Nagelbett abstehen. Das nervt!" Mama rollt verlegen mit den Augen. Wieder schaut sie auf ihr Handy. Keiner von uns beginnt mit der Frage, was ich wohl haben könnte. Trotzdem grübeln wir beide darüber nach. Unsere Gedanken zerschneiden die Luft um uns herum. Für uns ist es in der Eisdiele eiskalt. Das Pärchen neben uns schwitzt. Unter den Achseln ihrer T-Shirts haben sich nasse Flecke gebildet. In spätestens einer Stunde wird sich ein hässlicher Salzrand auf ihrem Stoff abgezeichnet haben.

„Als du ganz klein warst", meint meine Mutter plötzlich, „wärst du fast mal an so einer Erdbeere erstickt." Sie zeigt mit dem Zeigefinger auf meinen Eisbecher. „Normalerweise hast du eigentlich immer auf diesen Früchten so lange gelutscht, bis sie so matschig waren, dass du sie wie Saft hinunterschlucken konntest. Dann aber hast du dir eine in den Mund geschoben und einfach im Ganzen runtergeschluckt. Das Ding war nicht mal besonders groß. Aber plötzlich fingst du an zu husten und ich fing wie wild an, auf deinen Rücken zu klopfen. Als ich merkte, dass du schon blau anliefst, habe ich dich aus dem Stühlchen gerissen, dich auf den Kopf gestellt und dir ordentlich eine verpasst."

Meine Mutter betrachtet ihre Hände.

„Und dann?"

„Dann flog die Erdbeere im hohen Bogen aus deinem Mund."

„Und dann?"

„Danach habe ich gezittert wie Espenlaub." Sie betrachtet immer noch ihre Hände, die in ihrem Schoß liegen.

Zwei braungebrannte Arme in einem krassen Kontrast zu ihrem gelben Kleid. In diesem Moment klingelt das Handy.

In Sekundenschnelle greift sie danach. Zuerst lauscht sie und nickt dann mit dem Kopf. „Okay, wir kommen in die Praxis. Wir sind in gut zehn Minuten da", sagt sie und legt auf. Dann schaut sie mich wieder an: „Ich meine nur, Chrissi, wenn ich vorher gewusst hätte, was passiert und ich aus Angst im Vorfeld schon so gezittert hätte wie hinterher, dann hätte ich dich nicht retten können. Ich hätte es gar nicht erst geschafft, dich aus diesem Stühlchen zu befreien."

Als der Kellner kommt und bei uns abkassieren möchte, schafft es meine Mutter nicht, ihr Portemonnaie zu öffnen. Ich sehe, wie sie am ganzen Körper bibbert, obwohl sie es versucht, vor mir zu verbergen. Ich nehme die Geldbörse und zahle, dann schiebe ich meine Mutter aus dem Eiscafé. „Mama", sage ich und versuche, möglichst optimistisch zu klingen: „Heute schaffe ich es selber, von einem Stuhl aufzustehen."

Als wir in die Praxis kommen, führt die Arzthelferin uns direkt in das Büro ihres Chefs und bittet uns, Platz zu nehmen.

„Der Doktor kommt sofort", sagt sie und verschwindet schnell wieder, bevor wir ihr eine Frage stellen können.

Das Büro ist schlichter eingerichtet als der Rest der kindergerecht gestalteten Praxis. Keine bunten Gardinen, keine Kinderbücher, die auf der Fensterbank herumliegen, keine Plüschtiere. Es fehlen Murmeln und Autos, die Kinder einfach auf dem Boden liegengelassen haben und bunt gemalte Bilder, die mit Heftzwecken an die Wand getackert wurden.

Für Dr. Richter, Danke, Dr. Richter.

Jetzt wird es ernst. Ich spüre es an meiner eigenen Unruhe.

Ich wippe ein bisschen mit dem Stuhl hin und her, dann lehne ich mich weit nach vorne und greife über den Schreibtisch. Als ich das gerahmte Bild umdrehe, sehe ich eine blonde Frau. „Könnte seine Tochter sein", sage ich zu meiner Mutter. Sie schaut sich das Foto genauer an. „Das ist seine Tochter!"

Bevor ich fragen kann, woher sie das weiß, kommt Doktor Richter ins Zimmer. Dass ich mit seinen persönlichen Dingen hantiere, stört ihn anscheinend nicht. Er hält einen Stapel loser Blätter in der rechten Hand und setzt sich auf den Stuhl hinter seinem Schreibtisch. Dann sieht er uns abwechselnd an. Sein Gesichtsausdruck verspricht nichts Gutes.

Er könnte mir das Blut falsch abgenommen haben? Die Röhrchen könnten im Labor vertauscht worden sein! Er könnte meine ganzen Symptome vollkommen falsch interpretiert haben. Er könnte mir sagen, dass meine Mandeln doch nachgewachsen wären, aber irgendwie so lägen, dass er sie vorhin nicht sehen konnte. *Das* hätte das Blutbild eindeutig ergeben.

Er könnte sich in so vielem vertan haben!

Alle Hoffnungen, die in meinen Gedanken kreisen, verstummen jedoch jäh.

„Chrissi, ich möchte dich gerne noch heute in ein Krankenhaus überweisen." Meine Mutter atmet laut ein, was sich wie das Zischen bei einer Klapperschlange anhört, aber anscheinend atmet sie nicht wieder aus. Deshalb schaue ich erst zu ihr hinüber, ob es ihr auch gut geht. Dann sage ich:

„Darf ich fragen, warum?"

„In deinem Blut sind unreife Vorstufen weißer Blutkörperchen zu sehen, die normalerweise nur im Knochenmark vorkommen.

Auch ist die Zahl deiner weißen Blutkörperchen deutlich erhöht."

„Aha!" Ich verstehe nur Bahnhof. Es wäre nett, wenn meine Mutter auch mal etwas dazu sagen würde. Ach, es wäre schon nett, wenn sie einfach mal wieder Luft holen würde.

„Ich möchte dich gerne zu weiteren Untersuchungen in ein Krankenhaus schicken, damit wir eine bösartige Erkrankung ausschließen können."

„Ach so!" Ich zeige mit meinem rechten Zeigefinger einmal durch den Raum: „Können Sie das nicht gleich hier machen?"

„Nein, tut mir leid, Chrissi, aber ein Krankenhaus ist da schon etwas besser ausgestattet als meine Praxis. Mein Sonographie-Gerät ist nicht ganz so gut, außerdem würde ich eine Knochenmarkpunktion empfehlen. Das Labor ist in einem Krankenhaus auch viel besser."

Meine Mutter findet plötzlich ihre Stimme wieder, aber sie hört sich anders an als sonst.

„Hat Chrissi sich vielleicht einen Virus eingefangen?"

„Ich glaube nicht", sagt Doktor Richter. Meine Mutter lässt sich auf dem Stuhl weit hinunterrutschen. Sie schaut mich mit großen Augen verzweifelt an. Ihr Verstand schaltet schneller, als mir lieb ist. Doktor Richter füllt ein paar Zettel aus und reicht sie dann zu uns herüber. Meine Mutter schafft es gerade noch, nach den Zetteln zu greifen, bevor sie fast vom Stuhl fällt.

„Welches Krankenhaus können Sie uns empfehlen?", wispert sie.

„Ich habe schon in der Uniklinik angerufen und gesagt, dass Sie in der nächsten Stunde eintreffen werden."

Er hat schon einen Termin gemacht?

In der Uniklinik?

In einer Stunde?

Verdammt, was soll ich denn eigentlich haben?

Ich reiße meiner Mutter die Zettel aus der Hand und suche den Überweisungsschein.

Meine Arme fühlen sich plötzlich schwerer an als in den ganzen letzten Wochen. Auch in meiner Brust stimmt etwas nicht. Ich kann nicht mehr richtig atmen. Es ist so, wie Yume es beschrieben hat: Wenn dich die Angst überfällt, dann setzt sie sich blitzschnell in jede Zelle deines Körpers, ohne dass du es ändern kannst. Alles was du sonst reflexartig machst, funktioniert plötzlich nicht mehr. Einatmen. Ausatmen. Mit den Augen klimpern. Meine Güte, welch enorme Kraftanstrengung mich das plötzlich alles kostet!

In diesem Zustand wollte ich Yume in ein Flugzeug setzen oder mit ihr in einer Badewanne voll Spinnen baden.

Was bin ich für ein Unmensch! Ich hatte ja keine Ahnung!

Doktor Richter klopft mir auf den Rücken, er sagt aber nicht, dass alles gut werden wird.

„Ich werde mich bei ihr entschuldigen müssen", stöhne ich und verlasse mit den Zetteln in der Hand das Sprechzimmer. Meine Mutter stolpert hinter mir her. Natürlich kann Doktor Richter mit meiner Aussage nichts anfangen, aber ich mit seiner verdammten Krankheit, die er mir da gerade aufbrummen will, auch nicht.

Unter Diagnose, auf dem rosa Einweisungsschein, hat sein Scheißcomputer ‚Verdacht auf Leukämie' ausgespuckt.

Leukämie?

Ich weiß gar nicht mehr, an welche Krankheit ich überhaupt gedacht habe.

„Was ist mit Papa", frage ich meine Mutter. Gerade habe ich eine Lumbalpunktion hinter mir und liege auf einer Liege. Eine Schwester soll uns zurück auf die Station bringen. Wir warten in den letzten Stunden immer auf irgendwelche Ärzte oder Schwestern, die irgendetwas untersuchen oder mich irgendwohin bringen wollen.

„Sollten wir Papa nicht mal allmählich informieren?"

Meine Mutter atmet tief durch. „Gönn ihm noch eine Pause!", sagt sie und das meint sie ernst. Sie selber ist in den letzten sechs Stunden um zehn Jahre gealtert. Um ihre Augen haben sich Sorgenfalten tief in ihr Gesicht gegraben und ihre Haut sieht aus wie helles Plastik. Bei weiteren Blutentnahmen passierte einer Schwesternschülerin ein blödes Malheur. Als sie ein Blutröhrchen beschriften wollte, kullerte es plötzlich vom Tisch, der Deckel sprang ab und alles landete im Schoß meiner Mutter. Die Ärzte hatten meine Mutter vorher auf den Stuhl neben dem Schreibtisch verfrachtet, weil es aussah, als würde sie jeden Moment kollabieren. Das Blut aus dem Röhrchen sickerte heraus und ruinierte ihr gelbes Kleid.

„Oh je", entschuldigte sich die Schülerin. „Das wollte ich nicht. Heute ist irgendwie nicht mein Tag!"

Meine Mutter nahm das Blutröhrchen wie mechanisch von ihrem Schoß, griff zu der Kappe und schloss es damit, dann legte sie es auf den

Schreibtisch zurück. „Schon gut", meinte sie, „unserer anscheinend auch nicht!"

Das war noch vor der Bestätigung des Verdachtes von Doktor Richter auf Leukämie. Sonst hätte sie das *anscheinend* definitiv weggelassen. Meine Krankheit hat sich leider schnell bestätigt und jede Sekunde, die ich seit der Diagnose Leukämie erlebe, fühlt sich vollkommen anders an. Vielleicht sieht mein Vater auch ganz anders aus, wenn wir ihn jetzt anrufen und ihm sagen, was mit mir nicht stimmt und er zu uns ins Krankenhaus eilt? Ein bisschen wundert mich schon, dass er uns noch gar nicht vermisst.

Eine Schwester kommt und schiebt mich auf die Station zurück. Bei der Punktion wurde mir Nervenwasser aus dem Wirbelkanal entnommen. Sie wollen feststellen, ob auch mein Gehirn von Leukämiezellen befallen ist und durch die vielen Blutuntersuchungen, an welcher Form der Leukämie ich leide. Ich dachte, Leukämie sei Leukämie, aber welch Quatsch, ich dachte auch immer, Angst sei Angst. Ich musste auf der Liege sitzen, einen runden Buckel machen und ein hoffentlich fähiger Arzt hat mit einer Hohlnadel zwischen meinen Wirbeln in den Rückenmarkskanal gestochen. Dabei tropfte mein Nervenwasser in ein Röhrchen. Danach musste ich eine Stunde auf dem Bauch liegen, was ich hasse wie die Pest. Ab jetzt habe ich weiterhin Bettruhe und hoffe, dass alles gut wird und ich nicht auch noch eine dieser Nebenwirkungen bekomme, die nach so einer Punktion auftreten können. Irgendwie habe ich heute schon mehr erhalten, als ich ertragen kann. Mein Pensum an Kraft ist verschossen. Als die Schwester mich ins Zimmer schiebt und mich von der Liege in mein Bett umbettet, eilt meine Mutter kurz auf die Toilette. Das ist das erste Mal, dass sie mich heute alleine lässt. Als sie weg ist, döse ich erleichtert ein. Aber schon kurz darauf wache ich erschrocken wieder auf, weil ich mich beobachtet fühle.

Meine Mutter steht neben mir und schaut mit einem Blick zu mir herunter, den ich an ihr noch nie gesehen habe.

Plötzlich weiß ich: Sie hat es schon weit vor der heutigen Diagnose geahnt!

Ihre Augen sind rot vom Weinen. Auf ihrem Kleid hat sich der Blutfleck ausgebreitet, aber er ist jetzt eingetrocknet. Ich starre auf den Fleck und denke an die Hinfahrt zum Kinderarzt heute Morgen. Ich wollte nicht dorthin und wollte kein Baby sein. Jetzt wäre ich gerne eines. Ich möchte eine Kinderkrankheit, wie Masern, Röteln oder Mumps. Meine Mutter soll mir einfach ein Paracetamol-Zäpfchen in den Hintern schieben, mich auf den Arm nehmen und mit mir wieder nach Hause fahren. Und sie soll mir über den Kopf streicheln und zuflüstern: „Alles wird gut, mein Schatz!"

Das Krankenhausbett ist für mich viel zu groß. Die Wände zu weiß. Meine Mutter setzt sich auf die Bettkante und greift nach meiner Hand. Yumes Hand ist viel kleiner und fühlt sich immer weich und warm an. Meiner Mutters Handfläche ist kalt und nassgeschwitzt. Sie versucht, tapfer zu lächeln. Haarsträhnen haben sich aus ihrem Zopf gelöst und stehen wild zu allen Seiten ab.

„Chrissi, wir schaffen das!", sagt sie und empfindet dabei sicher mehr Leid als ich selber. Ich schaue wieder auf ihr Kleid.

Dieses Blut von mir!

Wie gut, dass Krebs nicht ansteckend ist!

Dann versuche ich, einen kleinen Scherz zu machen: „Ich habe bis jetzt alles tapfer ertragen und nicht geweint, Mamilein. Was bekomme ich nun dafür?", frage ich mit einem falschen Grinsen. Meine Mutter versucht ebenfalls, zu lächeln, aber bricht dann in Tränen aus: „Chrissi, kämpf und bleib bei mir!", schluchzt sie. „Dann schenke ich dir die ganze Welt!"

Emily

Seitdem ich keine Nachricht mehr von Chrissi bekommen habe, schwillt der Klumpen in meinem Magen zu einem dicken Ball an. Ich kann nichts essen. Deshalb habe ich auch nichts, was ich wieder auswürgen kann. Krankenhaus hin oder her, Chrissi hätte mir längst wieder eine Nachricht zukommen lassen können. Ich kann mein Handy aus meinem Versteck immer nur herauskramen, wenn kein Feind in der Nähe ist. Nicht einmal Lisa darf davon etwas mitbekommen, dass ich ein Telefon besitze. So etwas kann hier schnell zu Erpressungen führen. Mein Handy ist ziemlich klein und ich habe es in einem Waschlappen, zwischen meinen gestapelten Handtüchern, versteckt. Wenn ich sehen möchte, ob Chrissi mir geschrieben hat, muss ich das Handy erst herausschmuggeln und mich damit ins Klo verziehen. Dann muss ich es erst wieder anstellen, die PIN eingeben und warten, bis Nachrichten zu mir durchkommen. Das kann schon mal ein paar Minuten dauern. Ich sitze aber jetzt seit zehn Minuten auf dem Klodeckel und nichts passiert. Im Waschraum hinten höre ich ein paar Mädchen kichern. Die letzte Nachricht ist genau dreiunddreißig Stunden und zwölf Minuten her. Ich scrolle durchs Display und lese noch einmal unseren Chatverlauf durch:

Sonntag, 16.August 2015

Hallo Yume. Freue mich auf nächstes Wochenende. Kuss, Chrissi. Vergiss mich nicht!   18:18 Uhr

Hallo Chrissi. Nein, auf keinen Fall. Freue mich

auch. Küsschen zurück. Yume… schönster Name

der Welt…   21:59 Uhr

Montag, 17.August 2015

Morgen Yume. Heute wieder Fieber. Geht-gar-nicht-Liste hat das Wort noch nicht verschluckt. Schöne Scheiße. Bin gerade mit meiner Mutter auf dem Weg zum Arzt. Melde mich später. Vergiss mich bloß nicht! HDL Chrissi   09:01 Uhr

Hallo Chrissi. Und, weißt du schon, wovon   das Fieber kommt?? Könnte deine Krankheit wegküssen, bei mir geht das leider nicht so leicht. Gute Besserung, melde dich, wenn du mehr weißt. HDAL Yume 18:22 Uhr

Dienstag, 18.August 2015

Hallo, lebst du noch? Mache mir Sorgen. Yume

06:01 Uhr

Guten Morgen, Süße. Bin leider im Krankenhaus gelandet. Akku fast leer. Muss meiner Mutter unbedingt sagen, dass sie das Kabel mitbringen soll. Vielleicht kann ich ja nachher auch wieder nach Hause? Melde mich. P.S. Für mich gibt es nur noch zwei Zeiten: Die erste Zeit ist das Leben ohne dich und die zweite Zeit das Leben mit dir. 1000 Küsschen, Chrissi

Die zweite Zeit ist natürlich die beste.   08:04 Uhr

1 Million Küsschen (hatte ich vergessen).   08:05 Uhr

Hallo Chrissi. Was machst du denn im Krankenhaus?
Muss ich mir Sorgen machen? Ich hoffe, du kommst
schnell wieder raus. Melde dich. Alle Küsse
zurück. HDGDL Yume   16:04 Uhr

Hallo Chrissi. Bist du wieder zuhause? Wie geht
es dir? Vermisse dich ganz doll. Yume   21:59 Uhr

Guten Abend Yume. Durfte heute kurz nach Hause. Akku war
komplett leer. Habe Handy kurz aufgeladen. Durfte nur neue Sachen
holen und musste gleich wieder ins Krankenhaus. Habe das Kabel wieder
vergessen. Muss meine Mutter mir unbedingt morgen mitbringen. Fieber
ist im Moment weg. HDMAGDL, dein Chrissi
    22:21 Uhr

Mittwoch, 19.August 2015
Hallo Chrissi. Was hast du denn jetzt? Hört sich
irgendwie nach einer Blinddarmentzündung an. OP?
Vermisse dich. Was heißt denn HDMAGDL? 5:59 Uhr

Guten Morgen Yume. Du bist aber früh auf! Hat dich wer aus dem
Bett geschmissen? HDMAGDL heißt: hab dich mehr als ganz doll lieb.
6:01 Uhr

Hallöchen, endlich treffen wir uns mal hier.

HDAMAGDL, grins… Jetzt sag doch mal, was du hast?

6:03 Uhr

Du hast mich auch mehr als ganz doll lieb? Das ist super. Kann ich gut gebrauchen. Leider kein Blinddarm. Aber ist zu blöd, das jetzt alles zu schreiben. Irgendwas stimmt mit meinem Blut nicht. Werde es überleben. Grins. 100 Küsschen. Chrissi   6:06 Uhr

Chrissi, du machst mir Angst. Und ich hasse Angst,

das weißt du doch.   6:07 Uhr

Keine Angst haben, ich bin doch da. Muss aufhören. Schwester Rabiater kommt gerade und verteilt Spritzen. Weiß auch nicht, ob die nicht nach Hause will? War doch die ganze Nacht da. Schreibe dir später. 1000 Küsschen   6:11 Uhr

Christopfer Bernd Adams, ich hoffe, die Schwester

ist hässlich, fett und total blöd.   6:12 Uhr

*** grins*** du bist doch sowieso unschlagbar, du süßer, süßer Erdbeermund!   6:13 Uhr

Das wollte ich auch sagen. Muss jetzt auch los.

Bis später. HDGDL ML (mega lieb), Yume   6:14 Uhr

Hallo Chrissi,

du wolltest dich doch melden. Alles okay bei dir? Vermisse dich ganz doll und hoffe, dass du am Wochenende wieder raus bist. Sonst komme ich dich einfach im Krankenhaus besuchen. Halte es nicht mehr viel länger ohne dich aus. Wollte noch sagen, dass du selber einen leckeren Erdbeermund hast. HDGDL, Yume. Melde dich bitte.   22:04 Uhr

Donnerstag, 20.Augsut 2016

Chrissiiii????????? Sprichst du nicht mehr mit

mir? Yume   06:00 Uhr

Jetzt haben wir es fünfundzwanzig Minuten nach drei. Ich habe mich aus der Cafeteria verzogen, weil ich von dem Kuchen sowieso keinen Bissen hinunterbekommen hätte und weil mir der Grund, ich müsse mich wegen Übelkeit ein wenig hinlegen, leicht über die Lippen gekommen ist. Mir ist wirklich schlecht. Frau Dr. Norek ist mir mit einer Tasse Pfefferminztee gefolgt und hat sich davon überzeugt, dass ich nicht simuliere und auch wirklich im Bett liege. Kurz darauf hat sie mich wieder alleingelassen. Drei Minuten, nachdem Lisa zu ihrer Turngruppenstunde aufgebrochen ist, habe ich mir mein Handy geschnappt und bin auf die Toilette geflohen. Wenn jetzt einer klopft, werde ich ihm von ordentlich Dünnschiss berichten. Mir reicht es, dass sie uns von der Außenwelt abschirmen. Ich komme mir vor, als wohne ich auf dem Mond. Sie machen aus uns Aliens. Wie soll mich ein Junge unter diesen Umständen nur ernst nehmen?

Wütend tippe ich eine Nummer ins Handy. Ich sitze auf dem Klodeckel und stelle meine Füße frech gegen die Kabinenwand. Das ist hier bestimmt auch verboten!

„Emily, ist etwas passiert?", fragt mein Bruder aufgeregt.

„Nein. Das heißt ja. Du musst mir einen Gefallen tun."

„Soll ich dir eine Kiste Süßigkeiten schicken?"

Ich verdrehe meine Augen. „Nein, du musst auf dem Reiterhof anrufen und fragen, ob Chrissi noch im Krankenhaus liegt." Einen Moment ist es still. Dann fängt mein Bruder an zu kichern.

„Ich wusste es! Haha, du und Chrissi!"

Ich verdrehe wieder meine Augen. Dann höre ich eine Tür und reiße meine Füße blitzschnell nach unten auf den Boden.

„Emily, du darfst gar nicht telefonieren!"

„Mann Sven, machst du es jetzt oder nicht?", flüstere ich.

Schritte kommen näher.

„Wieso soll Chrissi im Krankenhaus sein?"

Die Badezimmertür wird geöffnet.

„Emily bist du hier?"

Viel schlimmer kann es nicht kommen!

„Ja Frau Dr. Norek. Ich sitze auf dem Klo und habe Durchfall. Ob ich wohl gleich Kohlekompretten haben kann?"

Ich muss selber grinsen, als ich das frage.

„Natürlich. Ich werde eine Schwester bitten, dir welche zu bringen. Ich komme später nochmal bei dir vorbei!"

Dann höre ich wieder die Tür. Ich betätige einmal die Klospülung. Sicher ist sicher. Als ich den Hörer wieder ans Ohr halte, höre ich, wie mein Bruder sich halb totlacht.

„Du bist so raffiniert!", grölt er. „Also gut, ich rufe an und frage. Wie kommst du darauf, dass Chrissi im Krankenhaus liegt? Ist er vom Pferd gefallen oder was?"

„Nein, er ist nicht vom Pferd gefallen. Ich weiß aber, dass er im Krankenhaus ist. Zumindest war!"

Mein Bruder begreift anscheinend schneller, als ich von ihm gedacht habe. „Scheint dir ja echt wichtig zu sein, wenn du dafür riskierst, dass sie dir das Handy wegnehmen. Mama wird es nie wieder rausrücken!"

„Ich weiß."

„Okay, ich rufe bei den Eltern an und frage. Soll ich dir dann eine SMS schicken?" Ich überlege einen Moment. Dann schreibt Sven nur ja oder nein und ich bin immer noch kein Stück schlauer.

„Nein! Quetsch die Mutter über Chrissi aus! In einer Stunde rufe ich dich wieder an. Dünnschiss hört auch mit so blöden Kohlekompretten nicht sofort wieder auf!"

„Und?", flüstere ich in den Hörer. Mir sind in der letzten Stunde tausend Dinge durch den Kopf gegangen, die von Sonntag bis heute passiert sein könnten.

Chrissi will gar nichts mehr von mir wissen!

Chrissi ist wieder mit dieser Elaine zusammen.

Er findet mich verrückt, weil ich verrückt bin.

Vielleicht hatte er doch eine Operation oder vielleicht will er mich einfach nie wiedersehen?

Der Reiterhof ist abgebrannt? Nein, das hätte Sven gewusst. Chrissi wird die Nase schon nach einem einzigen Wochenende gestrichen voll von mir haben!

„Also er ist wirklich noch im Krankenhaus."

„Uff!", mache ich und lasse mich auf das Klo fallen.

Irgendein Idiot hat den Deckel vorher nicht heruntergeklappt und so lande ich mit meiner Jogginghose in der Kloschüssel.

„Mist!", fluche ich.

„Ja, das ist echt Mist", meint Sven. „Seine Mutter war auch irgendwie so merkwürdig. Sonst ist sie immer total nett."

„Was hat sie denn gesagt?" Ich bin wieder aufgesprungen und fahre mit meiner freien Hand über den Stoff an meinem Hintern. Der Schaden hält sich in Grenzen. Also knalle ich den Deckel runter und setze mich.

„Natürlich habe ich seine Mutter nicht sofort gefragt, ob Chrissi im Krankenhaus liegt. Ich habe dich einfach für das kommende Wochenende mit angemeldet und wollte wissen, ob für dich noch Platz ist. Frau Adams meinte, dass das kein Problem sei. Wir können dasselbe Zimmer haben wie letzte Woche. Danach habe ich sie gefragt, ob Chrissi das Turnier in Oldenburg am Samstag auch mitreitet, und da hat sie von alleine erzählt, dass Chrissi leider im Krankenhaus liegen würde."

„Und?", frage ich wieder.

„Was und? Und? Und?"

„Was hat er denn jetzt?"

„Das hat sie mir doch nicht erzählt!" Ich könnte Sven würgen. „Oh! Sven!" Ich stiere einen Moment auf den Telefonhörer in meiner Hand und halte ihn dann wieder ans Ohr. Wenigstens hat mein Bruder mich für das Wochenende mit angemeldet.

„Sind Mama und Papa denn damit einverstanden?" Mir fällt auf, dass mein Bruder in letzter Zeit so einige Probleme für mich löst.

Sven kichert. „Du wirst es nicht glauben. Sie fanden die Idee sogar sehr gut. Mama meint, du hättest ihr am Sonntagabend das erste Mal seit Wochen wieder richtig gut gefallen. Sie denkt, vielleicht würdest du eines Tages doch wieder auf ein Pferd steigen."

„Im Leben nicht", stöhne ich und erinnere mich an meinen schmerzvollen Absturz vor ein paar Jahren. Ich habe es danach nie wieder versucht.

Ich klemme den Hörer zwischen Ohr und Schulter und ziehe

meinen rechten Pullover-Ärmel hoch. Eine feine Narbe von etwa fünfzehn Zentimetern ziert meinen Unterarm. Damals hatte ich einen komplizierten Armbruch, der sogar operiert werden musste. Schrauben rein, ein Jahr später wieder heraus. Meine Narben vom Ritzen sind viel kleiner, aber dafür dicker und wulstiger. Anscheinend sind meine Probleme heute viel schwerwiegender. Es ist übrigens ein komisches Gefühl, seine selbst zugefügten Narben zu betrachten, wenn man im Moment nicht den inneren Druck verspürt, sich zu ritzen. Das Ganze kommt einem komplett falsch vor.

Warum habe ich das Rasiermesser je auf meine Haut gesetzt und mir freiwillig geschadet und mich verunstaltet?

Ich ziehe den Ärmel meines Pullovers schnell wieder nach unten. Mein Bruder macht sich gerade über Chrissi und mich lustig.

„Wo habt ihr denn dieses Knutschi-knutschi gemacht? Ich habe davon ja gar nichts mitbekommen", sagt er und lacht.

„Mann, Sven!"

„Sag doch mal! Habt ihr auch schon ein bisschen gefummelt?"

Es hört sich an, als würde er in einem langen Seufzer lachen. Ich stöhne genervt und lege einfach auf.

Auch wenn mir der Zwerg in letzter Zeit sehr erwachsen vorkommt, es gibt Dinge, die gehen einen kleinen Bruder nun wirklich nichts an!

Auch in der zweiten Nacht saßen wir wieder auf den Heuballen hinter der Scheune. Auch dieses Mal hatte ich gewartet, bis Sven schlief und hatte mich dann aus dem Zimmer geschlichen. Als ich am Schuppen ankam, saß Chrissi schon auf dem Heu und grinste. „Hallo Yume. Wie schön, dass du endlich da bist!" Dieses Mal saß ich in den ganzen Stunden so nah neben ihm, dass wir durch das Licht der Kerze einen einzigen großen Schatten hinter uns zeichneten. Als gehörten wir schon ewig zusammen. So, als könnte uns nichts mehr trennen.

„Geht es dir gut?", fragte er und zog mich noch näher zu sich hin. Ich grub mein Gesicht in seine Halskuhle und konnte seine Hitze spüren. Er hatte wieder Fieber. Auf seiner Stirn schimmerten Schweißperlen und sein dunkles Haar kringelte sich im Nacken. Er sah zum Anbeißen aus. Ich fuhr mit meinem kleinen Finger durch seine Locken. Und jedes Mal, wenn er mich küsste, lief es mir eiskalt über den Rücken. Unsere Zungen schlängelten sich ineinander, genauso wie sich unsere Finger miteinander verknoteten.

„Mir gefallen deine Sommersprossen!", sagte er und tippte mit seinem Zeigefinger einmal auf jede einzelne. Mir war nicht bewusst, dass ich so viele hatte.

„Und ich mag deine Art, wie du lachst!"

Ich schaute ihn verwirrt an. Schließlich war ich kein Mensch, der Fröhlichkeit ausstrahlte und wollte protestieren: „Ich lache doch nun wirklich nicht…"

„Pst!", unterbrach er mich. „Lass mich weitererzählen! Schließlich will ich dir eine Liebeserklärung machen und werde dir erzählen, wie ICH empfinde!" Ich hielt einen Moment die Luft an und nickte.

„Also", er strich eine Haarsträhne aus meinem Gesicht und sah mich mit glänzenden Augen an: „Ich liebe es, wie du auf deinem Kaugummi kaust und nach meiner Strawberry riechst!"

Dieses Mal versuchte ich, nicht zu kichern. Ich hatte im Laufe des Tages seine ganze Kaugummipackung verputzt.

„Außerdem fasziniert es mich, wie du versonnen in den Himmel schaust und nach Antworten suchst. Ich bekomme eine Gänsehaut, wenn du dein langes Haar nach hinten wirfst und die weichen Haarspitzen meine nackten Unterarme streifen. Ich mag …" Er holte tief Luft, nahm eine Haarsträhne von mir und zeichnete damit über seinen nackten Unterarm. Wie in Zeitlupe stellten sich seine Härchen der Reihe nach auf.

„Yume?", fragte er flüsternd und schob mich mit seiner Schulter ein Stück von sich weg. Die oberste Kante unseres Schattens riss einen kurzen Moment auseinander.

„Ja?" Ich blickte ihn fragend an. Unsere Hände waren noch genauso verknotet wie vorhin und unsere Herzen schlugen immer noch im gleichen Takt. Ein Lächeln umspielte sein schönes Gesicht und er atmete tief durch.

„Ich glaube, ich kann dich gut leiden!"

Ich weiß nicht, was schlimmer ist: dass Chrissi im Krankenhaus liegt oder dass er sich einfach nicht bei mir meldet. Meine Mutter lenkt gerade den Wagen mitsamt Pferdeanhänger gekonnt durch die Einöde von Oldenburg und mein Bruder schreit aufgeregt: „Sieh mal Emily, da reite ich morgen!" Ich schaue hoch und kann nur ein großes Werbeplakat entdecken, dass das sensationelle Turnier vom Wochenende ankündigt. Nur ein großer Pferdekopf mit Datum. Sven winkt affig dem Schild zu und wieder wundert es mich, dass meiner Mutter immer noch nicht aufgefallen ist, dass ihr einziger Sohn schwul ist. Mein Blick löst sich von dem Plakat. Vielleicht ist sie viel zu beschäftigt mit mir. Laufend beobachtet sie mich. Manchmal macht mich das so unsicher, als würde ich nackt vor ihr stehen. Deshalb habe ich mich auch nach hinten in den Wagen verzogen und meinem Bruder den Vortritt auf seinen geliebten Beifahrersitz gelassen. In meinem Bauch kribbelt es. Vor Aufregung und vor Angst.

Was ist bloß los mit Chrissi?

Ich muss mich beherrschen, dass ich nicht in mich zusammensacke und unterdrücke einen dicken Seufzer, sonst nimmt meine Mutter mich gleich auf direktem Weg wieder mit nach Hause. Deshalb fange ich an, gegen Sven zu sticheln. „Mann, du machst um das dämliche Schild ein Theater! Ich dachte, da stehen jetzt tausend Pferde oder so!"

Sven sieht mich immer noch fröhlich an. „Mensch Emily, da reite ich doch morgen!" Seine Augen strahlen.

„Ach nee", sage ich gekonnt gespielt. „Mal sehen, ob du auch gewinnst? Ich wette, du hast nicht die entfernteste Chance!"

„Warum nicht?" Die Fröhlichkeit verliert sich aus seinem Gesicht. Jetzt werde ich auch noch gemein: „Na ja, ich habe dich doch letzte Woche beobachtet. So toll bist du dann nun auch noch nicht!"

Meine Mutter schnappt nach Luft, sagt aber nichts.

Sven zieht einen Schmollmund, was ebenfalls affig aussieht. Meine Mutter nimmt die Hand vom Lenkrad, tätschelt ihm aufmunternd das Knie und knipst ihm auch noch ein Auge zu.

Das zeigt mir, dass ich wie immer alleine gegen den Rest der Welt schwimme. Außerdem wird sie so nie einen richtigen Mann aus ihm machen. Dieses Mal sage ich es laut.

Meine Mutter schnappt wieder nach Luft und weist mich in die Schranken: „Emily, es reicht!"

Ich schaue beleidigt aus dem Fenster. Meine Mutter kann mir schon mal nicht nachsagen, dass ich wie ein armes Würstchen im Sitz hänge und depressiven Gedanken nachgehe, höchstens, dass ich ausflippen könnte.

„Entschuldigung", murmele ich deshalb. Schließlich will ich auf dem Reiterhof bleiben. Damit hat sich das Thema, dass meine Mutter sich über mich falsche Gedanken machen könnte erledigt. Ich wühle in meiner Hosentasche und finde das Kaugummipapier und den Zettel von letzter Woche. Ich rolle das Knäuel wie damals zwischen meinen Fingern hin und her und lese mir das Wort auf dem Zettel mindestens dreißig Mal durch.

Ist das wirklich alles erst eine Woche her?

Fliegenscheiße klebt neben mir am Fenster und Oldenburg rollt weiter an mir vorbei. Falsch, ich rolle an Oldenburg vorbei!

„Du benutzt mich!", sagt mein Bruder plötzlich. Zuerst fühle ich mich gar nicht angesprochen. In den letzten Monaten verzeiht mir eigentlich jeder immer alles sofort. Zumindest in unserer Familie. Deshalb schaue ich wieder auf meinen kleinen Zettel und lese noch weitere sechs Male das Wort *Konfrontation.* Immer wieder von vorne. Chrissi hat eine sehr schöne Schrift, auch wenn er behauptet hat, er hätte es schnell hingekrakelt. Am Zettel klebt noch etwas Kaugummi. Dann sehe ich hoch, weil Sven nicht aufhört, mich anzustarren. *Schau nach vorne und achte auf den Straßenverkehr,* würde ich am liebsten sagen, aber meine Mutter steuert ja das Auto. Ich dachte, alleine durch meinen unschuldigen Blick würde er sich vielleicht wieder nach vorne drehen, aber nichts da.

„Ich warte!", sagt er.

„Worauf?", frage ich jetzt wirklich erstaunt.

„Auf eine Antwort!" Ich ziehe meine Stirn kraus und sehe dann zwischen Sven und meiner Mutter hin und her, die mich durch den Rückspiegel beobachtet.

„Du hast mir keine Frage gestellt?"

„Ich. Habe. Gesagt: Du. Benutzt. Mich!" Es hört sich an, als würde er hinter jedes Wort einen Punkt setzen. Die Kröte schafft es, dass ich unsicher werde.

„Ich habe mich bei dir entschuldigt!" Jetzt schweift der Blick meiner Mutter zwischen meinem Bruder neben sich und mir im Rückspiegel hin und her. Ich kann das dicke Fragezeichen auf ihrer Stirn förmlich sehen. Sekunden vergehen und füllen sich mit Unbehagen. Der Innenraum des Autos schrumpft auf die Größe einer Streichholzschachtel. Der eiskalte Blick meines Bruders klebt an mir wie Hundekacke am Schuh. Ich schlucke einmal, dann ein zweites Mal. Danach benutze ich meine gefährlichste und gleichzeitig gemeinste Waffe, aber ich sehe keinen anderen Ausweg, ohne dabei mit irgendetwas von letzter Woche aufzufliegen. Sei es wegen Chrissi oder dem Handy. Wichtig ist jetzt, dass meine Mutter nichts von meinem Ausraster erfährt. Sie würde mich mit meinem Bruder kein zweites Mal alleine lassen. Also rücke ich ein Stück hinter den Sitz, sodass meine Mutter mich im Spiegel nicht sehen kann, setze mich stocksteif hin, überkreuze meine Arme und spiele ein leichtes Zittern vor. Dann streiche ich mit meinen Händen abwechselnd über meine Unterarme. Die Augen meines Bruders weiten sich. Er öffnet den Mund und sieht aus wie ein Vögelchen im Nest, das auf Nahrung wartet und Angst hat, dass seine Mama nicht wiederkommt.

„Ach, schon gut!", sagt Sven plötzlich und lenkt meine Mutter mit einem weiteren Werbeschild ab, das er sieht.

Meine Mutter dreht sich an der nächsten Ampel zu mir um und funkelt mich mit zusammengekniffenen Augen böse an.

„Was?", fauche ich, bis sie sich wieder wegdreht.

Ich habe nie behauptet, nicht gemein zu anderen Menschen zu sein.

Meine Strafe lässt nicht lange auf sich warten. Ich kann Chrissi nirgends auf dem Hof entdecken. Auch hilft mein Bruder mir nicht, in Erfahrung zu bringen, in welchem Krankenhaus Chrissi liegt. Seitdem meine Mutter den Pferdeanhänger in einer Parkbucht abgesetzt hat und mit Sven zuerst Fleur in den Stall und dann mit uns zusammen die Taschen ins Haus gebracht und sich danach von uns verabschiedet hat, redet Sven kein Wort mehr mit mir. Er lässt mich links liegen.

„Entschuldigung", sage ich noch einmal: „Tut mir leid!"

„Mir auch, Emily", sagt Sven plötzlich ernst und verschwindet in den Stall. In seiner Stimme schwingen tausend Enttäuschungen mit. Eine Zeit lang setze ich mich auf den Holzzaun der Außenreitanlage, in der Hoffnung, dass Chrissi plötzlich wieder neben mir auftaucht, aber nichts passiert. Nicht einmal die Sonne scheint. Es hat angefangen zu regnen. Der Regen wird dichter und mein Pullover wird schnell durchnässt. Bald schon sickert das Nasse durch die Hose und durchweicht meine ganze Wäsche bis auf die Haut. Als das Wasser in meinen Stoffschuhen ankommt, springe ich vom Zaun und lande mit meinen Füßen in einer dicken Pfütze aus Matsch. Nasser Sand spritzt zu allen Seiten. Meine Gedanken schwimmen zwischen meinem Bruder und Chrissi hin und her. Wenn mich mein eigener Bruder schon nicht mag, warum sollte mich dann Chrissi mögen?

Ich stiefele quer über den Reitplatz und versinke bei jedem Schritt mit meinen Turnschuhen tief in Matsche. Wenn ich den Schuh aus der Plörre ziehe, entsteht ein Schlürfen.

Eigentlich will ich zum Gästehaus rüber, aber als ich am Ende der Bahn ankomme, stapfe ich den ganzen Weg wieder zurück. Die Narben auf meinen Armen kleben von innen wulstig an meinem weißen Langarmshirt fest und werden durch den nassen, dünnen Stoff sichtbar. Obwohl der Regen warm ist, wird es mir innerlich ganz kalt. In meiner Kehle fühlt es sich furchtbar an. Ich brauche nur noch ein paar Meter, dann kann ich sehen, ob Chrissi mich vielleicht schon ganz aus seinem Leben radiert hat. Für so einen tollen Typen wie ihn bin ich vielleicht nur eine von vielen. Aber er ist in ein paar Stunden alles für mich geworden. Seitdem ich ihn kenne, habe ich nicht ein einziges Mal mehr an Suizid gedacht. Ich brauche ihn daher wie die Luft zum Atmen. Meine Kehle zieht sich immer weiter zu und ich versuche, mir etwas mehr Luft zu verschaffen, indem ich mit beiden Händen den Kragen meines Shirts vom Hals wegziehe. Als ich um die Ecke biege, zittern meine Knie. Doch in der nächsten Sekunde fällt alle Last von mir ab und ich atme erleichtert auf. Unsere Geht-gar-nicht-Liste ist immer noch da. Die rote Schrift unter dem Rasiermesser und darüber unsere zwei geritzten Worte. Tränen der Erleichterung steigen mir in die Augen und deshalb erkenne ich es auch erst etwas später. Es sind drei! Nicht zwei, sondern drei Worte! Ich trete einen Schritt näher und erstarre.

Ich habe letzte Woche nachts verbotenerweise unter der Bettdecke mit meinem Handy im Internet gesurft. Lisa schlief tief und fest, wahrscheinlich durch ihre erhöhte Medikation und sägte dabei unseren halben Baumbestand der Parkanlage ab. Ich wollte meine Ängste aufzählen und habe gegoogelt und fand so einige, die zu mir passen: Angst vor Fröhlichkeit. Sogar lateinische Namen gibt es dafür: Cherophobie. Angst vor verschlossenen Räumen: Klaustrophobie; Angst vor Menschenmassen: Demophobie; Angst, vor Leuten zu sprechen: Glossophobie. Angst vor der Einsamkeit: Isolohobie. Angst vor Blitz und Donner: Keraunophobie. Viele könnte ich noch aufzählen, aber keine ist so schlimm wie die, die ich wegen Chrissi gerade erlebe. Es gibt für diese Angst bestimmt keine Bezeichnung. Ich sehe mir das dritte geritzte Wort noch einmal genau an, obwohl es sich schon wie ein

Brandmal in meinen Kopf gesetzt hat und mir unsagbare Schmerzen bereitet.

LEUKÄMIE

Ich greife mir mit beiden Händen an den Kopf, um die Schwingungen, die durch das Hämmern unter meiner Schädeldecke entstehen, zu stoppen, aber es funktioniert nicht.

Dann schmeiße ich mich bäuchlings über den Strohballen und greife nach dem Schraubendreher, der auf dem Stroh liegt. Er flutscht aus meiner Hand und landet hinter dem Ballen. Hektisch versuche ich ihn zu packen, aber er sackt immer weiter zwischen Wand und Stroh nach unten. Ich muss ihn aber haben, dieses verdammte Wort muss weg! Als ich ihn endlich zu packen bekomme und befreit habe, sind meine Handflächen von der rauen Wand aufgekratzt und blutverschmiert. Ich versuche mit aller Kraft, das Wort Leukämie wegzukratzen, aber es klappt nicht richtig. Irgendwo bleibt immer noch ein Stück stehen.

Die Wand soll dieses verflixte Wort einfach verschlucken! Als meine Hand schmerzt, hämmere ich mit meinen Fäusten über die Stelle, aber es passiert nichts weiter, als dass ich Blutschlieren über die Wand verteile. Ich schmeiße den Schraubendreher wütend auf den Boden und ziehe die Rasierklinge vom Nagel.

Was habe ich damit jetzt vor?

Dann starre ich auf all das Blut und auf die Klinge in meiner Hand und lasse mich auf den Strohballen sinken.

Der Wind heult auf und fegt wie resigniert durch mein Haar.

Unbekannt

„Mein Gott, wie traurig!", sagt meine Mutter und streichelt der Puppe über den Kopf. Ihre Augen glänzen vom Morphium. Meine Mutter ist achtundfünfzig Jahre alt und der erste Haarflaum, der sich auf ihrem Kopf nach der letzten Chemotherapie sichtbar macht, ist so grau wie das Haar einer achtzigjährigen Frau. Einer Therapie, die nichts weitergebracht hat, außer der Erkenntnis, dass es für alles zu spät ist. Ihr Kopftuch liegt auf dem Nachtschränkchen neben ihr. Sie wiegt die Puppe liebevoll hin und her. „So", sagt sie plötzlich und reicht Florentine die Puppe zurück: „Die Kleine weint, sie möchte unbedingt wieder zu ihrer Mama!" Als sie sich zu Florentine bückt, verzieht sich ihr Gesicht vor Schmerzen. Meine Tochter ergreift ihr Puppenbaby mit beiden Armen und drückt es dann fest an sich. So würde sie ein lebendiges Kind erwürgen.

„Ich habe mich mit einem Arzt unterhalten", sagt meine Mutter plötzlich und schaut mir durchdringend in die Augen: „Übrigens ein sehr, sehr netter Arzt, aber leider kann ich kein Organspender werden!"

Ich schnappe nach Luft. Meine Mutter hat Halluzinationen. Sie ist eindeutig verrückt. Das liegt an den Medikamenten.

„Was wolltest du?"

„Jetzt schau doch nicht wie ein Esel!", sagt sie und winkt Florentine zu, die ihre Puppe in den Puppenwagen gelegt hat und durch das Zimmer spazieren fährt.

„Oma, Baby schläft schon!"

„Wunderbar", zwinkert meine Mutter ihr zu. „Sieh zu, dass der Wagen schön in Bewegung bleibt, damit Baby nicht schon wieder brüllt!"

Florentine nickt und kichert glücklich. Ihre kleinen Füße stapfen über den polierten Boden. Dann fängt sie an, ein Liedchen zu summen.

„Herrliches Kind", lacht meine Mutter. „Sie macht mir so viel

Freude!"

Ich hole ein Mentos aus meiner Hosentasche und schiebe mir das Pfefferminz in den Mund. Dann hole ich ein paar Mal tief Luft. „Kannst du mir das mit den Organspenden nochmal genauer erklären?" Dieses Mal ist es meine Mutter, die tief Luft holt. Dann dreht sie sich ganz zu mir und ihre Augen glänzen, als hätte man ihr gerade verkündet, ein Weltwunder sei geschehen und sie sei auf dem Wege der Besserung. „Also, ich habe mir überlegt, wo ich doch sowieso sterbe, einfach meine Organe zur Spende freizugeben."

Ich lutsche auf dem Mentos.

„Aber der Arzt sagt, das geht nicht, weil ich ja bei der Entnahme noch leben muss. Wir leben ja hier nicht in Holland", sagt sie und lacht.

„Holland?"

„Ja, dort kann man sich doch auch umbringen, wenn man nicht mehr kann!"

„Mutter!" Ich schiebe mein klein gewordenes Mentos in die linke Backentasche. „Du kannst dich in jedem Land umbringen." Sofort beiße ich mir auf die Zunge. Auf so eine dumme Idee hätte ich sie sicher nicht bringen sollen.

„Ich glaube, du verwechselst da etwas mit der Sterbehilfe."

Sie schaut mich einen Moment groß an. Dann winkt sie Florentine wieder zu, die immer noch den Kinderwagen durch das Zimmer spazieren fährt.

„Du hast recht. Ich habe mich vertan. Das war das mit der Sterbehilfe, die in Deutschland verboten ist. Aber ich wollte ja meine Organe spenden, wenn ich noch lebe und dann könnten sie mich in der Narkose einschläfern."

„Mutter!"

„Kleiner Scherz", kichert sie. Ich weiß nicht, woher sie den ganzen Humor nimmt oder ob sie mich einfach nur veräppeln will. Sie weiß, dass ich mit Abschieden nicht gut umgehen kann. Und wir haben schon zig Mal darüber gesprochen, dass sie es vergessen kann, dass sie nach ihrem

Tod eingeäschert wird. Nicht, solange ich lebe. Und ich bin ihr einziges Kind und mein Vater ist schon lange tot. Also habe ich das Sagen. Meinetwegen soll sie unter der Erde von Würmern langsam aufgefuttert werden, aber ich werde nicht zulassen, dass jemand sie verbrennt und ich am Ende nur eine Urne in die Hand gedrückt bekomme und nicht einmal weiß, ob da wirklich ihre Knöchlein und ihre Asche drin sind.

Nie und nimmer!

Und dieses 'Ohne Organe dazuliegen', den Gedanken finde ich auch schrecklich. Gut, dass das bei ihr sowieso nicht in Betracht kommt. Ich lutsche erleichtert auf meinem Bonbon und schaue einen Moment Florentine zu, die stehengeblieben ist und in den Wagen schaut.

„Nicht stehenbleiben, Mäuschen!", ruft meine Mutter.

„Schläft noch", sagt Florentine und nimmt die Fahrt wieder auf.

Ob meine Mutter eigentlich gar keine Angst vor dem Tod hat?

Ich könnte sie fragen, aber ich weiß nicht, ob ich sie damit wieder auf komische Gedanken bringen könnte.

„Morgen muss ich zu ein paar Untersuchungen in die

Augenklinik. Kannst du mich fahren?"

Herrgott, wollen sie meiner Mutter jetzt noch eine neue Brille verpassen?

„Was sollst du in der Augenklinik?"

„Wegen meiner Hornhautspende."

„Wegen deiner was?" Ich verschlucke mich an meinem Mentos und huste, was das Zeug hält. „Von was sprichst du da eigentlich, Mutter?"

„Junge, Junge", sagt sie und haut mir mit einer Wucht auf den Rücken, dass ich nur staunen kann.

„Meine Hornhaut kann ich auch spenden, wenn ich schon tot bin. Sie kann mir nach dem Tod entnommen werden und vielleicht kann ich dadurch einem anderen Menschen sein Augenlicht retten."

Ich bekomme wieder einen Hustenanfall. Tränen treten mir in die Augen. Tränen der Verzweiflung.

„Mutter", keuche ich. „DAS kannst du nicht tun! Lieber werde ich dich für unzurechnungsfähig erklären lassen! Entmündigen!"

Meine Mutter schaut mich entsetzt an. „Was?", schreit sie auf und hebt ihre Hände erschrocken vor den Mund.

„Ich möchte nicht, dass du dein Augenlicht nach dem Tod verlierst. Wie sollst du denn da meinen kleinen Sohn im Himmel in der ganzen Masse finden und auf ihn aufpassen?"

Chrissi

Am zweiten Tag durfte ich kurz nach Hause. Ich hatte den Stationsarzt angebettelt, ich müsste mir unbedingt selber meine Sachen holen, weil Mütter doch nie das mitbringen würden, was man wirklich braucht. Ich versuchte, so bemitleidenswert auszusehen, wie es nur ging. Der Stationsarzt, ein klasse Typ mit rasiertem Schädel und einem eintätowierten Schwert am rechten Unterarm, verstand mich sofort und gab mir drei Stunden.

Als Erstes lud ich zuhause mein Handy auf und stopfte meine Lieblingsklamotten in die Tasche. Meine Eltern schlichen dabei durchs Haus, als wenn ich Ohrenschmerzen und keinen Blutkrebs hätte und sie jeden Lärm vermeiden müssten.

Irgendwann sackte ich auf mein Bett und sah durch mein Zimmer. Der Stuhl stand noch am gleichen Platz wie gestern. Auch lehnten meine Reitstiefel noch da, wo ich sie nach dem letzten Ausritt ausgezogen hatte. Mein Bett, meine Lampe, mein Wecker und meine Poster, alles noch genauso wie vor der Diagnose, aber alles kam mir plötzlich so anders vor. Auch Eminem sah mich immer noch an. Beobachtete jede meiner Bewegungen, aber irgendwie war sein Blick jetzt anders. So fremd. Fast so, als könnte der Anblick ihm Schmerzen verursachen. Ich fing an, all die Dinge zu vermissen, obwohl ich doch noch da war!

Mist, zwischen vorgestern und heute lagen doch nur ein paar Stunden!

Zuerst wollte ich Yume eine Nachricht schreiben, aber dann ließ ich es. Was sollte ich ihr Aufmunterndes erzählen, wenn es für mich selber keine Worte gab? Ich ließ das Handy noch für einen Moment am Kabel und wollte kurz zu meinem Pferd. Die Sehnsucht nach seinem weichen Fell war groß. Als ich an der Küche vorbeikam, konnte ich meine Eltern sehen. Sie standen schweigend nebeneinander und füllten die Spülmaschine mit dreckigem Geschirr. Von draußen schien das Licht durch die farbige Gardine rötlich ins Zimmer und traf auf die beiden. Es sah aus, als würden ihre Herzen bluten.

Auf dem Weg zum Stall erblickte ich Elaine. Sie zog ein Gesicht, als hätte sie gerade in eine Zitrone gebissen. „Bist du jetzt mit dieser komischen Emily zusammen?"

„Was soll an ihr komisch sein?", fragte ich. Von meiner Krankheit hatte sie anscheinend noch nichts gehört.

Elaine zog beleidigt ihre Achseln hoch. „Bist du oder bist du nicht?"

„Ich glaube schon", sagte ich ehrlich. Daraufhin wurde sie wütend: „Manchmal wünsche ich mir, ich müsste dich nie wiedersehen!", schrie sie und rannte weg.

Pass auf, was du dir wünschst, wollte ich ihr nachschreien, aber dann drehte ich mich um und ging. Meine Zeit war vielleicht zu kurz, um mit ihr darüber zu streiten.

Ricardo stand auf der Weide, ganz nah am Zaun, als hätte er auf mich gewartet. Ich kletterte über das Stahlgatter auf die Wiese, gab ihm den mitgebrachten Apfel und legte mein Gesicht an seinen Hals.

„Ricci mein Liebling", sagte ich und krallte mich in seiner Mähne fest: „Ich habe voll in die Scheiße gegriffen!"

Zum ersten Mal seit der Diagnose traten Tränen in meine Augen und ich fing an zu weinen. Ricardo schubste mich ein paar Mal mit dem Maul an, als wolle er sagen: „Weine nicht, das schaffen wir!"

„Meinst du?", fragte ich. Daraufhin fing er an zu wiehern.

Ein Blick auf die Uhr sagte mir, dass die Zeit drängte. Ich machte mich auf den Weg zum Schuppen. Immer, wenn ich mich umdrehte, konnte ich Ricci sehen. Er blieb wie angewurzelt auf dem gleichen Fleck stehen und nickte jedes Mal mit dem Kopf, wenn ich ihn ansah. Ich verstehe nicht, wie es Menschen geben kann, die glauben, Tiere hätten keine Seele.

Sie haben eine, die viel reiner ist als unsere und dem Himmel viel näherkommt, als wir denken.

Im Schuppen ging ich mit hängenden Schultern zu unserer Wand, nahm den Schraubendreher in die Hand und ritzte das Wort Leukämie in den Putz. Yume war die Woche über in dieser Einrichtung, von der sie mir am Ende doch erzählt hatte. Da wir uns das nächste Mal erst wieder auf dem Turnier treffen konnten, würde sie das Wort nicht lesen, bevor ich ihr von meiner Krankheit berichtet hätte. Sie meinte nämlich, in der Psychiatrie ging es zu wie in einem Knast, also würde sie niemals einfach so hier mitten in der Woche erscheinen können.

Als ich mit meiner fertiggepackten Tasche aus meinem Zimmer kam, war meine Mutter nirgends zu sehen. Das Haus kam mir vor wie eine Leichenhalle.

„Ich bringe dich zurück!" Mein Vater nahm seine Jacke vom Haken, obwohl es draußen mindestens fünfundzwanzig Grad waren.

„Hast du denn Zeit", fragte ich ihn, weil ich schon die nächsten Reitschüler auf dem Hof gesehen hatte.

„Für dich habe ich ab jetzt immer Zeit", sagte er und es war das erste Mal in meinem Leben, dass ich in dem Arm meines Vaters lag und wir beide weinten.

Ich darf über das Wochenende nach Hause. Meine Therapie beginnt erst am Montag. Darüber freue ich mich wie ein kleines Kind. Das heißt, ich kann morgen zu dem Turnier und werde Yume treffen. Ich hoffe, sie wird mir verzeihen, dass ich ihr nicht geschrieben habe. Es kann gut sein, dass ich den weiteren Weg ohne sie gehen muss, weil sie es nicht aushalten wird und allein der Gedanke daran ist fast noch unerträglicher als die Krankheit selber.

Mein Gott, ich weiß erst seit einer Woche, dass es Yume überhaupt auf dieser Erde gibt!

Nach der Analyse meines Knochenmarks, wobei mir durch eine Spritze unter örtlicher Betäubung Knochenmark aus meinem Hüftknochen entnommen wurde, steht fest, dass ich an einer akuten lymphatischen Leukämie, der sogenannten ALL leide.

Es klopft an der Tür, was sich anhört wie ein unsicheres Pochen. Meine Eltern. Sie wollen mich zusammen abholen. Das wir gleich zu dritt das Gebäude verlassen werden, ist das erste Mal in meinem Leben, denn auf einer Reiteranlage gibt es immer etwas zu tun. Selbst nach Stürzen vom Pferd hatte immer nur einer der beiden für mich Zeit. Bevor meine Eltern ins Zimmer treten, räuspern sie sich. Sie sehen aus, als sollte ich sie zu meiner eigenen Beerdigung begleiten. Mein Zimmernachbar Timo hängt an einer Infusion. Seine Chemotherapie tropft langsam über einen Schlauch in seinen Port. Timo verkörpert all das, was mir ab Montag bevorsteht. Meine Mutter starrt auf die Infusion und auf Timo, als wäre sie auf einen Marsmenschen im Raumanzug gestoßen.

Heute trägt er zum ersten Mal kein Cap. Er kratzt sich etwas verlegen seine Glatze und versichert: „Glauben Sie mir, Frau Adams, früher oder später werden Sie sich an diesen Anblick gewöhnen!"

„Entschuldigung!", sagt meine Mutter und schaut verlegen zur Seite. Timo verschränkt seine Arme hinter dem Kopf. Er ist achtzehn Jahre alt und leidet schon das zweite Mal an dieser beschissenen Krankheit. „Ich sage dir, Chrissi, das schlimmste Wort, das dir einer sagen kann heißt: Rezidiv!"

„Was ist das?", hatte ich ihn gefragt, weil ich mir nichts Schlimmeres als Krebs vorstellen konnte oder vielleicht noch den Tod. Oder dass es mit Yume schneller enden könnte, als es begonnen hat.

„Ein Rezidiv ist der Rückfall einer Krankheit. Also, deine Heilungschancen wandern damit ordentlich in den Keller!" Dabei zischte er mit seinem Atem und bewegte seine Hand abwärts, was den Absturz eines Flugzeuges symbolisieren sollte.

„Je früher man sich daran gewöhnt, umso besser", sagt Timo jetzt und versucht zu grinsen. Ich weiß, dass ihm kotzübel ist. Meine Mutter sieht schon wieder aus, als würde sie gleich in Tränen ausbrechen. Timo greift mitfühlend in sein Nachtschränkchen, nimmt sein Cap und setzt es sich verkehrt herum auf den Kopf. Dann zieht er die Bettdecke bis an seinen Mund, damit meine Mutter den Portkatheter nicht sieht. Das ist ein dauerhafter Zugang, der in der Nähe seines Schlüsselbeines liegt, wodurch das Zytostatikum, gegen den Krebs, seit heute Morgen in seinen Körper fließt.

Ich stelle mir den Konflikt meiner Mutter vor. Einerseits will sie nicht unhöflich sein und andererseits kann sie es einfach nicht ertragen.

Was wird sie ab Montag machen, wenn das alles bei mir losgeht? Wird sie dann weglaufen oder nur noch heulend an meinem Bett sitzen?

Mein Vater blättert verlegen im Speiseplan.

„Heute gibt es Hühnerfrikassee", sagt er und leckt sich dabei über die Lippen. „Wir sollten hierbleiben Chrissi!"

Im Witze machen war er noch nie besonders. Aber sein Lächeln tut gut. Meine Mutter setzt sich auf mein Bettende und spielt mit dem Zipfel der Decke.

„Worauf warten wir eigentlich?", frage ich, meine Tasche steht schon seit Stunden gepackt neben mir.

„Doktor Albert wollte noch einmal mit uns sprechen." Mein Vater klappt das Essensprospekt wieder zu und legt es auf den Tisch zurück.

„Habe ich noch mehr?", frage ich erschrocken und ziehe den Reißverschluss meiner Tasche auf, nur, um ihn wieder zu schließen. Meine Mutter blickt panisch zu meinem Vater, als hätte ich sie auf eine Idee gebracht. Der zieht seine Schultern fragend hoch. In dem Moment klopft es wieder an der Zimmertür und Doktor Albert kommt, zusammen mit seinem Charisma, ins Zimmer gefegt. Er trägt ein weißes Poloshirt, eine weiße Jeanshose und Adidas-Turnschuhe. Seine gebräunte Haut sticht von dem Weiß seiner Kleidung ab, wie ein Yin-und-Yang-Gegensatzpaar. Seine Figur ist sportlich. Er strahlt das aus, was uns allen am meisten fehlt: Gesundheit und Zuversicht. Das Beste an ihm ist aber immer noch dieses Schwert auf seinem rechten Unterarm. Doktor Albert sagt, er hat es sich stechen lassen, weil er damit zeigen will, dass er für uns alle kämpft. Sollte ich diese Krankheit je überleben, werde ich mir auch so ein Tattoo stechen lassen. Meine Mutter wird ausflippen.

Oder auch nicht!

„So", sagt Doktor Albert und klatscht in die Hände. „Dann wollen wir mal sehen. „Du gehst also übers Wochenende nach Hause", sagt er zu mir. „Am Montag um acht Uhr bist du wieder hier, dann legen wir dir als Erstes den Port. Bis dahin habe ich mit dem Chefarzt deine genaue Therapieform erstellt und dann geht es los."

„Wie sieht diese Therapieform denn ungefähr aus?"

„Du wirst eine Chemotherapie bekommen und begleitende Therapien zur Behandlung der Nebenwirkungen. Alle Bestandteile des Ablaufes dienen dazu, die Leukämiezellen überall in deinem Körper möglichst vollständig abzutöten."

„Und was muss ich mir unter diesen Nebenwirkungen vorstellen?"

„Gliederschmerzen, Fieber, Übelkeit. Du erhältst auch Mittel, damit deine Nieren nicht zu sehr geschädigt werden und …" Einen Moment wird er aus dem Konzept gebracht und sieht zu Timo hinüber, der gerade panisch nach etwas in seinem Nachtschränkchen sucht.

„Wir bekommen die Nebenwirkungen eigentlich immer ganz gut in den Griff", sagt er und springt in Timos Richtung, greift im Vorbeigehen zu Zellstofftüchern, die auf dem Tisch liegen und hält diese Timo unter die Nase. Timo würgt und aus seinem Mund fließt gelbgrünliche Galle.

„So viel zu dem Thema im Griff haben", witzelt Timo zwischen zwei Würgern. Meine Mutter steht auf, verschwindet im Badezimmer und kommt mit einem nassen Waschlappen zurück. Sie fährt Timo damit über den Mund, als hätte sie ihr Leben lang nichts anderes getan und als wäre es das Selbstverständlichste auf dieser Welt, einem fremden Jungen einfach über das Gesicht zu wischen. Doktor Albert schmeißt den dreckigen Berg aus Zellstoff in einen Müllsack und desinfiziert sich dann die Hände. „Hast du noch Fragen Christopfer Bernd Adams?", keucht er und fängt an, auf einer Stelle zu joggen.

Tausend, denke ich, aber schüttele nur mit dem Kopf. Ich kann mich einfach nicht von dem Anblick meiner Mutter und diesem Waschlappen in ihrer Hand lösen.

„Das ist super!", sagt Dr. Albert und joggt aus dem Zimmer. „Chrissi und Timo", ruft er, bevor er den Raum ganz verlassen hat, „ihr wisst ja, wir müssen einfach nur schneller rennen als der Krebs!"

Der Regen peitscht mir um die Ohren, als wollte er mich vom Hof fegen. Der Wind heult um die Häuser und treibt alles in eine Ecke. Er lässt Fensterscheiben vibrieren. Kein halbwegs vernünftiger Mensch geht bei dem Wetter hinaus. Eigentlich sollte ich mir besser keine Erkältung einfangen, aber ich habe Sehnsucht nach Ricardo. Mein Handy hängt am Aufladekabel. Ich muss Yume unbedingt eine Nachricht schreiben. Meine Mutter steht in der Haustür und brüllt gegen den Wind, etwas von einem Schirm, aber da habe ich auch schon den Pferdestall erreicht. Die Tür quietscht, als ich in den Stall trete. Ich rieche Pferdemist, Heu, Futter und den Geruch von Pferden. Ein dermaßen großer Kontrast zu den Gerüchen im Krankenhaus, dass ich einen Moment vor Glück schwanke. Ich nehme ein paar gigantische Atemzüge von dieser herrlichen Luft. Pferde sind mein Leben.

Als ich in die Nähe von seinem Stall komme, wiehert Ricardo erfreut auf. Wie haben uns seit drei Tagen nicht gesehen.

Himmel, was habe ich den schwarzen Hengst vermisst!

Im Moment fühle ich mich gut. Also hole ich Ricardo aus der Box, binde ihn mit einem Strick in der Stallgasse an und hole den Putzkasten. Draußen platscht der Regen noch unaufhörlich auf den Boden, als wollte die ganze Welt versinken. Nach etwa fünfzehn Minuten habe ich Ricardos Fell so bearbeitet, dass es glänzt wie eine Speckschwarte. Ein Prachtpferd! Am liebsten würde ich mich jetzt auf seinen Rücken schwingen und ein paar Runden reiten, aber Doktor Albert meint, ich soll in der nächsten Zeit kein größeres Risiko eingehen. Ricardo wird ab jetzt täglich von meinem Vater geritten, damit er genug Bewegung bekommt.

„Hey Chrissi!" Sven steht mit einem Sattel in seinen Händen hinter mir und lächelt. „Bist du wieder aus dem Krankenhaus raus?"

„Klar."

„Super", meint er und geht Richtung Sattelkammer. Woher er wohl weiß, dass ich im Krankenhaus lag? Von Emily? Ich schüttele leicht mit dem Kopf. Dass ich krank bin, wird sich sowieso bald herumsprechen wie ein Lauffeuer.

„Ach Chrissi", Sven kommt ohne Sattel zurück. „Solltest du meine Schwester sehen, sag ihr doch bitte, dass ich nicht mehr böse auf sie bin!" Dabei grinst er und geht pfeifend weiter.

„Geht klar!", rufe ich ihm hinterher.

Plötzlich verstehe ich, was er meint. „Ist sie etwa hier?" Ich werfe den Striegel in den Putzkasten und stolpere vor Glück. Es ist das erste Mal, dass ich losrenne und mein Pferd einfach in der Stallgasse alleine stehenlasse. An der Tür fällt es mir wieder ein und ich drehe um. Sven hat Ricardo längst losgebunden und führt mein Pferd in die Box. „Lauf schon!", lacht er. „Und mach die Ziege bloß glücklich!"

Ziege. Ich grinse und laufe nach draußen. Der Regen hat etwas nachgelassen. Vielleicht hätte ich mich bei Sven besser erkundigen sollen, wo ich seine Schwester finden kann, denn der Hof ist wie leergefegt. Nur ein paar Pferde grasen auf der Weide und andere haben Schutz unter dem Dach des Offenstalls gesucht. Die Außenanlage sieht aus wie ein riesig großer, matschiger Spielplatz. Und dann sehe ich es. Die Fußspuren führen über den gesamten Reitplatz. Am Ende hören sie da auf, wo man geradewegs auf die Ecke zusteuert, zu der man zum Schuppen abbiegt. Zu unserem Schuppen! Zu unserer Wand!

„Yume!", schreie ich und laufe los. Als ich um die Ecke biege, sitzt Yume klatschnass auf einem Strohballen und weint. Sie hält das Rasiermesser in ihrer Hand und ihr Shirt ist blutverschmiert.

„Was machst du da?", frage ich und knie mich vor sie hin.

„Stimmt es?", fragt sie. Ich suche ihre Unterarme nach neuen Schnitten ab, aber finde keine. Erschrocken stelle ich fest, wie viele Narben auf ihren Armen ihre Leidensgeschichte erzählen und nehme sie fest in den Arm. Ich würde ihr jetzt gern sagen, dass nichts an meinem Wort wahr ist. Dass das Wort ein einzig großes Missverständnis ist, ein Irrtum. Ich würde ihr gerne vorschwärmen, wie wir glücklich den restlichen Sommer über zusammensein und uns im Winter vor dem Kamin im Clubhaus aneinanderkuscheln könnten. Ich würde ihr jetzt gerne den Sternenhimmel zeigen und ihr erklären, dass mich im Himmel noch keiner erwartet und ich noch Millionen von Lichtjahren von dort oben entfernt bin. Ich würde ihr wenigstens gerne einen Regenbogen zeigen, um ihr klarzumachen, dass alles, was mich mit Himmel und Erde verbindet, lediglich bunte Farben sind, aber es scheint nicht einmal die Sonne. Deshalb sage ich nur: „Ja."

Mein Herz fühlt sich dabei so schwer an wie ein Stein.

Immer noch knie ich vor ihr in dieser Pfütze. Meine Hose zieht sich voll Wasser, also stehe ich auf und sehe Yume weiter an. Sie folgt meinem Blick. Ihre Augen sind glasig und undurchdringlicher, als ich es je gesehen habe und ihre Lippen sind blutleer. Plötzlich steht sie auf, in Regen gebadet und flüsterte: „Können wir es schaffen?"

Ich greife nach ihrer Hand, ziehe sie ganz nah zu mir, küsse sie und versinke in ihrem Haar. Unsere Kleidung tauscht das Nasse aus. Es fühlt sich wahnsinnig gut und richtig an.

„Yume", seufze ich erleichtert auf und hauche einen Kuss auf ihren nassen Mittelscheitel: „Ich habe mir so sehr gewünscht, dass du genau das sagst!"

Der Tag gestern mit Yume war wunderschön. In meinem sechzehnjährigen Leben habe ich bislang eigentlich die meisten Entscheidungen klug getroffen, aber, dass ich nachts zu dem Gatter zu Yume gegangen bin, war die beste Entscheidung meines Lebens überhaupt. Vielleicht klopft die Zeit gerade bei mir an. Vielleicht soll ich nur noch kurz auf dieser Erde leben, aber, sollte es so sein, dann möchte ich diese verbleibende Zeit gerne mit Yume verbringen. Unsere Seelen unter der Haut haben sich getroffen. Ich fühle wie sie, sie fühlt wie ich. Wenn so etwas überhaupt möglich ist. Manchmal beendet sie den Satz, den ich gerade angefangen habe mit den gleichen Worten, die ich aussprechen wollte und manchmal kann ich Worte mit ihr synchron zusammen sprechen, weil ich genau weiß, was sie mir jetzt sagen will.

Eigentlich merkte ich gar nichts von ihrer psychischen Krankheit, wären da nicht ihre Narben und manchmal dieser Moment, in dem sie durch mich hindurchschaut und ihre Augen dieses große Geheimnis bekommen, das ich nicht deuten kann. Ich werde sie nicht drängen, früher oder später wird sie es mir erzählen. Irgendwann kann ich vielleicht mit ihr zusammen ihre dunklen Wolken einfach ziehen lassen.

Gerade stehen Yume und ich am Zaun und teilen uns eine Fanta. Wir sind auf dem Turnier und sehen uns den Springwettbewerb an. Noch ein Reiter, dann müsste Sven auf Fleur starten. Yumes Eltern müssten auch irgendwo sein, aber sie möchte nicht nach ihnen suchen, sagt sie. Doch in Wirklichkeit sehe ich genau, wie sie mit den Augen über alle Besucher und Buden, die am Zaun stehen, wandert. Das Pferd von dem Reiter, der gerade durch den Parcours donnert, reißt eine Stange. Yume grinst.

„Freut dich das?"

„So ungefähr", sagt sie und nippt wieder an der Fanta. „Ich habe Sven nämlich gesagt, dass er keine Chance hat!"

„Echt?", frage ich verwundert. „Dein Bruder ist einer der besten Springer bei uns im Stall." Yume wird rot.

Ich sehe den Ausdruck von tiefer Zerrissenheit in ihren Augen.

Anscheinend ist ihr Bruder in vielem der Beste. Ich würde ihr gerne sagen, dass die Dinge oft nicht so sind, wie man meint, aber ich lasse es. Darum nehme ich sie nur in den Arm. Yume legt ihren Kopf auf meine Schulter, aber reißt ihn Sekunden später wieder hoch. Sie fixiert einen Punkt auf der gegenüberliegenden Seite. Ich kann ihre Mutter sehen. Ihre Mutter bringt Chrissi und Fleur oft zu uns, und da sie Tierärztin ist, hat sie sich auch schon das eine oder andere Mal um eines unserer Tiere gekümmert. Einmal kam sie sogar im richtigen Moment und hat Riccardo mit einer schlimmen Kolik behandelt. Yumes Vater kenne ich nicht, nehme aber an, dass es der elegante Mann ist, der neben ihrer Mutter steht.

„Können wir gehen?", fragt Yume.

„Warum? Dein Bruder startet jetzt." Genau in diesem Moment wird Sven über das Mikrofon angekündigt. Ich greife nach Yumes Hand und verstecke unsere Hände hinter meinem Rücken, damit ihre Eltern, sollten sie uns entdecken, davon nichts mitbekommen. Bestimmt will sie unsere Freundschaft noch vor ihnen geheimhalten. Ich spüre, wie ihre Hand leicht zittert, als Sven im rasenden Tempo über die Hürden springt und mit der Bestzeit im Ziel ankommt. Sven strahlt und sieht zu uns herüber. In Yumes Augen schimmern Tränen und sie blinzelt ein paar Mal. „Den wird keiner mehr schlagen!", jauchzt sie und winkt ihrem Bruder fröhlich zu. Dann schiebt sie uns hinter die Lorbeerbäume, die in weißen Kübeln dekorativ am Rand stehen. Als Sven unter großem Applaus vom Platz reitet, stehen Yumes Eltern am Tor. Sein Vater klopft ihm anerkennend auf die Schulter. In diesem Moment merke ich, wie Yumes Hand in meiner Hand erschlafft, als wäre sie kollabiert.

„Komm, lass uns gehen!", sage ich und ziehe Yume hinter mir her.

„Ich will nicht zu meinen Eltern!", protestiert sie.

„Ich auch nicht", sage ich grinsend und laufe mit ihr in die entgegengesetzte Richtung.

„Wir können aber jetzt hier keine wilden Sachen machen, oder?"

„Wer soll uns sehen?" Ich schaue mich um. Ich habe Yume durch den Stall gelockt und dann nach oben zum Heuboden entführt. Von draußen dringt gedämpft die Stimme des Richters durch den Lautsprecher zu uns. Man hört Besucher miteinander reden und lachen, dann wird wieder geklatscht.

„Und wenn einer hier hochkommt?", fragt sie und schiebt mich von sich weg.

„Wer soll hier hochkommen?" Sie glaubt mir nicht, ich sehe es an ihrem skeptischen Blick. „Yume, hier kommt jetzt keiner hin. Alle die hier arbeiten, sind mit dem Turnier beschäftigt und kein Schwein wird sich gerade jetzt um die Strohballen kümmern, die hier oben gelagert sind."

„Und wenn doch?"

„Nein", sage ich grinsend und gebe ihr einen kräftigen Schubs. Sie fällt rückwärts auf das Stroh und kichert. „Das pikt!"

„Egal", sage ich und werfe mich neben sie. Yume greift mit beiden Händen um meinen Hals, zieht mich zu sich und küsst mich. Sie soll nie wieder aufhören.

„Woher kennst du diesen Platz eigentlich, Christopfer Bernd Adams?", fragt sie zwischen zwei Küssen, als sie tief Luft holt.

„Nenn mich nicht so!", brumme ich und lege meine flache Hand auf ihren Bauch. „Ich habe mal hier in den Sommerferien gejobbt", murmele ich und küsse sie weiter.

„Hier?", fragt sie. „Habt ihr bei euch zuhause nicht genug zu tun?" Ich muss grinsen, als mir der Ferienjob auf diesem Hof einfällt. Meine Eltern hatten mir fünf Euro versprochen, hier hatte ich aber die Aussicht auf acht Euro in der Stunde. Es war mir im Vorfeld allerdings nicht bewusst, dass mich der Stallbursche schnell zu seinem Laufburschen machen würde, weil er endlich im Rang aufgestiegen war. Er donnerte so viele Aufträge in meine Arbeitszeit, dass ich kaum Luft holen konnte. Nach ein paar Tagen warf ich das Handtuch.

„Und wenn jetzt andere auf die gleiche Idee kommen wie wir? Ein anderes Liebespaar?", fragt sie plötzlich und schiebt mich wieder von sich weg.

„Yume!", ich zeige mit einer Hand zu einem Strohballen neben uns und verliere mich wieder in ihren Haaren. „Dann sollen die sich da hinlegen!"

Yume prustet los. Sie findet die Vorstellung, dass sich einfach ein anderes Paar neben uns legt, zu köstlich. Ich warte, bis sie aufhört zu kichern und mich endlich wieder küsst. Wie immer zeichne ich mit meinem Zeigefinger jeden der Sommersprossen auf ihrer Nase nach.

„Das kitzelt!", flüstert sie, als hätte sie Angst, uns könnte jemand hören. Yume trägt ein langärmeliges T-Shirt trotz Hitze. Heute ist es sogar verdammt schwül, aber sie zeigt nie ihre nackten Arme. An ihrem Shirt gibt es allerdings ein paar interessante Knöpfe, die man öffnen kann. Das sieht total sexy aus. Ich versuche, den oberen Knopf durch das Knopfloch zu schieben, aber erst mit beiden Händen schaffe ich es. Draußen ertönt tosender Applaus. Svens Name fällt. Wir lauschen. Er hat es tatsächlich geschafft und den ersten Platz belegt.

„Wow!", jubelt Yume. „Wieder eine gelbe Schleife für seine Vitrine. Wird bald langweilig", meint sie. Ich höre trotzdem den Stolz in ihrer Stimme. Aber ich sehe auch wieder dieses Geheimnis in ihren Augen.

Was ist nur bei euch zuhause passiert?

„Nicht jetzt!", bittet Yume, als hätte ich die Frage laut gestellt. Sie legt ihren Finger auf meinen geöffneten Mund, in dem meine Frage festsitzt und zieht mich zu sich hinunter. Ihre Haare liegen wie ein Fächer um ihren Kopf und nur das Rötliche kann sich gegen die Farbe des Strohes durchsetzen. Ihr restliches Haar verschwimmt im schattigen Gelb der Halme.

Schon als ich noch ein kleines Kind war, hatte ich das Bedürfnis, mich mit etwas abzulenken, wenn ich vor etwas Bestimmtem Angst hatte. Einmal mussten meine Eltern ein Wochenende weg und ich sollte die erste Nacht woanders schlafen und bei meiner Oma verbringen. Also wollte ich nicht weiter darüber nachdenken, um nicht selber vor mir als Schisser dazustehen und lenkte mich bockig damit ab, dass ich mein neues weißes, teures Deutschland-Trikot nahm und mit einem Eddingstift fett und breit über die gesamte Rückseite schrieb: Blöde Eltern! Bei meiner Mutter löste ich damit einen mittelschweren Wutanfall aus. Sie schimpfte mit mir und brummte mir tausend Strafarbeiten auf, bis ich letztendlich froh war, am Wochenende fliehen zu können. Ich musste jeden einzelnen Cent, den das Trikot gekostet hatte, bei ihr abstottern. Unkraut zupfen, Leergut mit dem Rad zum Lebensmittelladen bringen. Einkaufen, Stall ausmisten, die Stallgasse fegen.

Als ich Yume den Sinn einer Konfrontation beibringen wollte, vergaß ich zu erwähnen, dass ich selber sehr schlecht mit Angst umgehen kann und darum einfach irrationale Dinge sage und Sachen tue, nur, um mich mit meiner Angst nicht weiter auseinandersetzen zu müssen. In diesem Fall habe ich nämlich eine Scheißangst vor dem, was mich ab Montag erwartet! Mindestens tausend Mal am Tag taucht Timo mit seinem kahlen Schädel in meinen Gedanken auf, wie er kotzend über einer Nierenschale hängt oder wie meine Mutter an seinem Bett steht und versucht, ihm mit dem Waschlappen das Elend aus dem Gesicht zu wischen.

Also öffne ich den zweiten und dann noch den dritten Knopf von Yumes Shirt. Bevor ich mich an den vierten und fünften wage, kuschele ich mich ganz nah an sie. Streichele ihr mit meiner rechten Hand über die Wange und gehe mit meinem Mund dicht an ihr Ohr: „Yume, bitte schlaf mit mir!"

Emily

Ich glaube, ich habe in meinem ganzen Leben noch nie solange die Luft angehalten. *Ich bin doch erst fünfzehn!*, will ich sagen, und denke an all die Mädchen aus meiner Klasse, die schon längst Sex hatten.

Aber man macht so etwas doch nicht sofort, wenn man gerade erst zusammen ist!

Ich spüre Chrissis warmen Atem an meinem Ohr, dann schaut er plötzlich hoch und stützt sich auf seinem Ellenbogen ab.

„Atmest du noch?", fragt er. Seine Augen glänzen dunkel.

Ich verneine mit einem Kopfschütteln.

„Du willst nicht?", fragt er.

„Ich atme nicht mehr", korrigiere ich ihn. Ein Grinsen umspielt seine Lippen. Die Sonne verschwindet. Auf dem Heuboden wird es dämmrig. Zum Glück, vielleicht kann er so nicht sehen, dass sich mein Gesicht gerade tief rot gefärbt hat. Ich bin noch Jungfrau, ich hatte noch keinen Sex. Außerdem ist es mir im Traum nicht eingefallen, vielleicht schon in fünf Minuten welchen zu haben. Chrissi fährt mit seiner Hand den Stoff am Oberschenkel meiner Jeans entlang und stoppt erst kurz vor meinem Beckenknochen. Ich muss dringend die Notbremse ziehen und räuspere mich. „Chrissi…"

„Pst!", sagt er und küsst mich lange und innig. Dann dreht er sich auf den Rücken und zieht mich zu sich hin, bis ich mit dem Kopf auf seinem Oberkörper lande. Ich höre seinen Herzschlag, der leicht aus dem Takt geraten ist.

„Yume, Entschuldigung", meint er. „Das war total blöd von mir!" Der Klang seiner Stimme vermischt sich mit seinem Herzschlag und hört sich an wie ein Brummen.

„Wenn du es gar nicht wirklich willst, warum hast du das dann gesagt?" Ich bleibe mit meinem Kopf an der Stelle liegen, weil ich mir im Moment keinen schöneren Ort vorstellen kann. Sein Arm umfasst mich, als fürchte er, ich könne weglaufen.

„Weil ich das am besten kann!"

„Was?" Jetzt sehe ich doch hoch. Draußen fängt es an zu grummeln. Das angekündigte Gewitter zieht auf. Die Luft lädt sich noch einmal kräftig auf, so stickig, dass man kaum vernünftig atmen kann. Es wird noch ein bisschen dunkler und Chrissis Augen sind nur noch zwei schwarze Punkte über mir.

„Ja, was soll ich sagen?" Er kratzt sich verlegen an seinem Hinterkopf. Seine Haare fallen in weichen Wellen nach hinten. Er wird eine Chemotherapie erhalten, sagt er.

Wann wird er die Haare eigentlich verlieren?

In meinem Hals bildet sich ein dicker Kloß. Plötzlich weiß ich, was er sagen will, aber ich will von seiner Scheißangst nichts hören. Unsere Ängste sind für unser Alter viel zu schwer. Sie wiegen mehr als ein paar Tonnen. Mit fünfzehn und sechzehn Jahren sieht man vielleicht dem ersten Kuss ängstlich entgegen; oder hat ein Magengrummeln vor der nächsten Arbeit oder davor, dass man einen ordentlichen Anschiss einkassiert, weil man einen Englischtest versaut und die Unterschrift der Eltern gefälscht hat, was dem Lehrer aufgefallen ist. Aber so richtige, fette Angst? Ich fürchte mich vor meinem weiteren Leben und Chrissi davor, keins mehr zu haben.

Was könnten wir beide denn noch falsch machen?

Oder was richtig?

Ich weiß nicht, ob es noch eine tiefere Liebe für einen von uns beiden geben kann, als die, die wir gerade zusammen erleben, weil es in den Sternen steht, was in der nächsten Zeit aus einem von uns beiden werden wird. Ich habe keine Ahnung davon, wie lange unser Morgen noch dauern kann. Ich weiß überhaupt gar nichts! Chrissi räuspert sich wieder und dieses Mal bin ich es, die ihm den Mund verbietet. Ich setze mich auf seinen Bauch und drücke seine Arme rechts und links neben seinem Kopf auf den Strohballen. Ich glaube, er hat das schönste Gesicht, was ich je bei einem Jungen gesehen habe.

Warum hat er ausgerechnet mich genommen?

Ich atme glücklich auf und mir fällt plötzlich kein Grund mehr ein, worauf wir noch warten sollten.

Mir fällt auch nicht ein, was daran falsch sein könnte.

„Lass es uns tun", flüstere ich, genau in dem Moment, als der erste Donner über uns grollt und beuge mich tief zu Chrissi hinunter.

Danach fühlen wir uns gleich. Als hätten sich unsere Seelen einen Moment aus unserem Körper geschlichen und sich außerhalb verbunden. Als hätten sie mit den Donnern und Blitzen über unseren Köpfen ein wildes Durcheinander gespielt und wären anschließend miteinander verschmolzen.

„Wow", sagt Chrissi und schiebt ein paar Haarsträhnen aus seinem Gesicht. „Du hast an meinen Haaren gezogen, als wolltest du sie mir ausreißen!"

Das macht mich einen Moment verlegen, aber auch glücklich. Und wir haben nicht miteinander geschlafen. Jedenfalls nicht richtig. Trotzdem haben wir allerhand auf dem Heuballen angestellt.

Ich schiebe meinen BH wieder in die richtige Position und suche nach meinem Shirt. Ich finde es hinter Chrissis Kopf.

Vor einer Stunde noch hatte ich den Plan, mit Chrissi bis zum Ende zu gehen. Aber schon nach ein paar Minuten war die Lust dazu verschwunden. Mit Chrissi zu knutschen, war viel zu schön, um es mit irgendeinem unguten Gefühl wieder kaputtzumachen. Genauso, wie es jetzt passiert ist, war es richtig. Als Chrissi sein T-Shirt über den Kopf zieht, bleibt mein Blick einen Moment auf seinem nackten Oberkörper haften. Für seine sechzehn Jahre ist er schon sehr muskulös. Aber was werden die Medikamente mit ihm machen? Und all das Zeug, das ab Montag durch seinen Körper gepumpt wird. In meinem Kopf beginnt ein kleines Chaos aus Gedanken.

„Nicht daran denken!", sagt Chrissi und steckt das T-Shirt in die Hose, bevor er seinen Reißverschluss zuzieht.

„Woher willst du wissen, was ich denke?"

„Ich sehe es daran, wie du mich anschaust. Du hast den gleichen Blick, mit dem meine Mutter mich seit fast einer Woche unentwegt beäugt." Natürlich weiß ich, was er meint.

„Meine Mutter sieht mich seit Monaten so an!" Ich verdrehe meine Augen und Chrissi stöhnt. „Na, das kann ja heiter werden!"

„Das sag ich dir! Es werden immer nur ein paar Prozent fehlen, so kurz wirst du davor sein, sie anzuschreien, sie möge dich bitte nur einmal wieder anschauen wie einen normalen Menschen. Manchmal könnte ich meine Mutter würgen!"

Chrissi zieht seine Stirn kraus, dann greift er nach der Fanta. „Leer", stöhnt er. Das Turnier geht gerade nach einer Unterbrechung wegen des starken Gewitters weiter. Die nächsten Reiter werden aufgerufen. „Jetzt wäre ich dran!" Chrissi macht große Augen. „Wo sind eigentlich meine Turnschuhe?" Einen Schuh findet er ein paar Meter weiter hinter einem Futtersack, den anderen irgendwo am Rand neben einer toten Maus.

„Möchtest du dein Turnier sehen?"

„Armes Ding!" Chrissi schüttelt mit dem Kopf. Er scheint wirklich traurig über den Tod der Maus zu sein und winkt mich zu sich. „Komm schnell!"

Es ist gar nicht so einfach, flott zu ihm zu gelangen, wenn einem die Jeanshose noch in den Kniekehlen hängt und man versucht, beim Hochziehen gleichzeitig zu laufen. Ich weiß auch gar nicht, warum er auf diese Schnelligkeit drängt, das Tierchen ist doch tot. Ich kann es jedenfalls nicht mehr retten.

„Schau sie dir an!", sagt er ernst und tauscht dann mit mir einen Blick aus. „Was fühlst du, wenn du die tote Maus hier liegen siehst?" Ich bin erstaunt, dass der Kadaver nicht riecht, als ich mich zu ihm hinunterbeuge.

„Schrecklich und traurig", sage ich ehrlich.

„Meinst du das wirklich?"

„Ja, total. Hoffentlich musste die Kleine nicht zu lange …"

„Yume!" Chrissi steht hinter mir und umgreift mich mit seinen Armen. Ich rieche seine Haut. Ich rieche seinen Schweiß und das Shampoo in seinem Haar. Ich spüre jede weiche Stelle an ihm. Und all die Stellen, die ich in der letzten Stunde kennengelernt habe.

„Weißt du denn nicht, was das heißt?"

„Nein", ich schaue fragend nach hinten. In seinen Augen hat sich ein feuchter Schimmer gebildet. „Yume, ich war mir sicher, dass du mir wieder sagen wirst, dass die Maus es guthat, weil sie das Leben schon hinter sich hat. In dem Fall würde sie dir aber nicht leidtun."

Mir wird etwas schwindelig. Chrissi schüttelt mich an den Schultern und lacht: „Weißt du nicht, was das heißt?"

Ich blicke erneut zu der Maus. Sie tut mir immer noch leid. Chrissi zieht mich noch fester zu sich hin. Sein Kopf sinkt auf meine Schulter. Eine Träne fällt aus seinem Auge, landet auf meinem Schlüsselbein und läuft abwärts. Ich zucke fragend mit den Achseln und habe keine Ahnung, was er meint und warum er weint.

„Verstehst du denn nicht, Yume? Du spürst endlich wieder Leben in dir!"

Leben in mir?

Mein Gott, muss das ausgerechnet jetzt passieren?

Chrissi

Als ich aufwache, habe ich keinen Pferdegeruch in der Nase. Dafür rieche ich nur den penetranten Geruch von Desinfektionsmitteln und Blut.

Fürchterlich!

Dann sehe ich in die blauen Augen einer zauberhaften, blonden, jungen Frau.

„Bin ich schon im Himmel?"

Timo sitzt aufrecht in seinem Bett neben mir und pflückt Kekskrümel von seiner Bettdecke. „Ne, so schnell stirbt es sich dann auch nicht!"

Ich lächele die Frau an und erkenne Schwester Birgit. „Die Spritze hat dich aber ganz schön umgehauen, hm?", fragt sie und macht sich an meiner Infusion zu schaffen, die über meinem Kopf an einem Ständer hängt. Jedes Mal, wenn ich wach werde, muss ich erst überlegen, ob ich wieder irgendeine Untersuchung hinter mir habe und darauf achten muss, etwas nicht zu tun. Sei es mich nicht auf den Rücken zu legen, weil ich eine Lumbalpunktion hinter mir habe oder sonst irgendetwas. Im Moment liege ich auf der Seite und mein Hüftknochen schmerzt fürchterlich. Ich habe gerade eine Knochenmarkbiopsie überstanden, wobei man mir Knochenmark aus meinem Beckenkamm entnommen hat. Meine Blutwerte gehen auch nach der dritten Chemotherapie dramatisch in den Keller und sind keinesfalls so, wie wir uns erhofft haben.

„Tat weh, oder?", fragt Timo.

„Scheiße! Gut, dass du mir das vorher nicht verraten hast. Ich dachte, die Engel spielen Geige!"

„Du darfst dich ruhig anders hinlegen", gönnt Schwester Birgit mir und verlässt den Raum. „Aber noch nicht rumlaufen!", warnt sie und verschwindet. Timo schaut ihr mit einem entzückten Blick nach. „Und weg ist sie!" Er legt sich enttäuscht lang ausgestreckt auf sein Bett, starrt zur Tür und wartet darauf, dass Birgit zurückkommt.

Als die Tür dieses Mal auffliegt, kommt aber nicht sein Engel herein, sondern ein Teufel. Der Teufel trägt einen weißen Kittel und bringt gleich ein ganzes Sortiment von Spritzen mit. Timo stöhnt.

„Na, wie geht's?" Doktor Klein, ein Assistenzarzt, der seinem Namen alle Ehre macht, grinst. „So dann wollen wir mal!", sagt er, ohne auf die Antwort auf seine Frage nach unserem werten Befinden zu warten. Fehlt nur noch, dass er sich die Kittelärmel hochkrempelt und agiert wie ein Metzger. Wenn Timo mit seinen ein Meter dreiundneunzig aufstehen würde, würde Dr. Klein allerdings ziemlich alt aussehen. Ich stelle mir vor, wie Timo den Arzt unter seinen Arm klemmt und spazierengeht, und grinse. Dr. Klein setzt eine bedeutungsschwere Miene auf und lacht plötzlich. „Timo, deine Werte sind heute überraschend gut. Wenn du magst, kannst du über das Wochenende gerne mal nach Hause." Timos Augen glänzen wie bei einem kleinen Kind, dem man einen dicken Lutscher vor die Nase hält.

„Wow", sagt er nur. Es ist für ihn der erste Wochenendtrip seit zwei Monaten. Anscheinend macht es ihn sprachlos. Auf keinen Fall hat er damit gerechnet.

Doktor Klein spritzt Timo alles Mögliche über den Port in seinen Körper. Wir haben bei solchen Prozeduren längst aufgehört zu fragen, wofür das alles gut sein soll. Als Doktor Klein das Zimmer verlässt, checken wir ab. Ich freue mich für Timo. Es wird nicht lange dauern, dann wird er mir aufzählen, was er an diesem Wochenende alles machen wird.

„Weißt du was", strahlt er. „Wenn ich Glück habe, kann ich mit meinem Kumpel nach Dortmund aufs Spiel. Der hat diese Dauerkarten."

„Super. Gegen wen spielen die denn?"

„Keine Ahnung, mir egal, Hauptsache Dortmund gewinnt." Timo lächelt vor sich hin.

Als ich zu meinem Wasserglas greife und meinen Kopf hebe,

sehe ich, wie ein paar meiner Haare zu Boden segeln. Das gibt mir einen gewaltigen Stich in meinem Herzen. Den Gedanken an Haarausfall hatte ich komplett verdrängt.

„Ich glaube, der Zwerg hat mir gerade wieder diesen Nierenschutz gespritzt." Timo greift sich an den kahlen Schädel.

„Wieso", frage ich und suche mein Kissen nach weiteren Haaren ab.

„Mir ist etwas schwindelig."

„Jepp!", sage ich. „Das passt!" Ich greife mir ins Haar und merke schon, dass meine Haarwurzeln ihre Festigkeit verloren haben. Als ich meine Hand von meinem Kopf ziehe, halte ich ganze Büschel zwischen meinen Fingern. „Scheiße", fluche ich. Timo schaut mir betreten zu: „Ich habe doch gesagt, freunde dich lieber früher als später damit an!"

„Ich werde es Yume schreiben müssen."

„Warum?"

„Sie wird mich ohne Haare nicht erkennen?"

„Doch, wird sie!", sagt Timo.

„Aber sie muss es auf unsere Geht-gar-nicht-Liste schreiben!"

Timo nickt. „Hat sie auch schon die Wörter Chemotherapie, Zytostatika, Schwester Rabiater und Dr. Klein eingeritzt?"

„Klar!" ich greife ins Nachtschränkchen und krame mein Handy hervor. Jedes Mal, wenn Yume mich im Krankenhaus besucht, haben Timo und ich ihr einen Zettel mitgegeben, was sie alles in die Wand einritzen muss. Yume hat niemals ein Wort darüber verloren, dass unsere Wand jetzt auch ein bisschen Timo gehört. Sie hat sich von Anfang an wunderbar mit ihm verstanden. Denn Timo und mich verbindet sehr viel. Wir sind dicke Freunde geworden. Oft liegen wir nachts wach, weil wir über Tag zu lang gedöst haben oder einfach, weil einer von uns Schmerzen oder Übelkeit hat und den anderen durch sein ewiges Hin- und Herwälzen aufgeweckt hat. Dann erzählen wir uns alles Mögliche aus unserem Leben. Timo ist ein absoluter Fußballfan, liebt es aber auch, wenn ich ihm von meinem Pferd Ricardo erzähle. „Einmal nimmst du mich mit und reitest mit mir an einem Strand entlang, ja?", fragt er oft und ich verspreche es ihm immer wieder. Timo hat ein weitaus beschisseneres Leben als ich. Seine Eltern haben sich getrennt, als er noch ganz klein war. Er sagt immer, sein Vater sei ein Arsch und deshalb wäre die Trennung gut gewesen. Seine Mutter hat dann einen anderen Mann kennengelernt, der besser zu ihm war als sein eigener Vater. Er habe oft mit ihm Fußball gespielt und auch sonst viel mit ihm unternommen. Als Timo dann zwölf war, hatte sein Stiefvater einen schweren Autounfall und ist nach ein paar Wochen auf der Intensivstation letztendlich an einer Lungenentzündung gestorben. Seitdem lebt Timo mit seiner Mutter alleine. Mit sechzehn trat zum ersten Mal diese Scheißkrankheit bei ihm auf, wie er sie immer nennt. Er hatte gerade mit einer KFZ-Mechaniker-Ausbildung angefangen und musste abbrechen. Und gerade als er dachte, er hätte alles hinter sich, brach die Krankheit erneut bei ihm aus. Dagegen war mein Leben bis jetzt ein Zuckerschlecken. Ich scrolle durch mein Handy, öffne meine Datei und suche. Dann werfe ich Timo das Handy hinüber. „Schau!"

„Kaum zu glauben!", kichert Timo. Er schaut sich das Bild von der Geht-gar-nicht-Wand, das Yume gemacht und mir geschickt hat, genau an. Die Hälfte der Schuppenwand ist mit Wörtern vollgeritzt.

„Wer ist denn der *Trottel*?"

„Erinnere mich nicht an den", stöhne ich auf und lasse meinen Kopf auf das Kissen sinken. Ich traue mich gar nicht, meine Hand hinter dem Kopf zu verschränken, aus Angst, noch mehr Haare auszureißen. „Das war der Arzt, der mir den Port gelegt hat. Ich glaube, die Schmerzen heute waren nichts dagegen."

„Den kenne ich auch", meint Timo ernst und wir lachen beide. Ich wackele ein wenig an dem Infusionskabel herum, bis ich die Schrift auf der Flasche erkennen kann. *1 Ampulle Tramal*, hat Schwester Birgit mit einem Eddingstift auf die Flasche geschrieben. Ich wundere mich auch schon, wieso meine Schmerzen plötzlich so deutlich nachlassen.

Timo reicht mir das Handy zurück, legt sich lang hin, verschränkt die Arme hinter seinem kahlen Schädel und träumt vor sich hin.

Ich öffne meine WhatsApp-Liste und suche Emily-Yume. Von ihrem Profilbild her grinst sie mich mit einer riesigen Kaugummiblase vor ihrem Mund frech an. Im Hintergrund steht die Sonne groß und rund. Ein gewaltiger Kontrast zu ihrer fast durchsichtigen Blase. Das Bild habe ich an unserem letzten gemeinsamen Abend auf dem Hof geschossen.

„Komm, mach die Blase noch einmal! Ich möchte ein Foto von dir machen."

Yume lachte. Ihr Lachen war schon viel lauter und leichter, als an dem Tag, an dem ich sie kennengelernt hatte. Seitdem waren allerdings erst zwei Tage vergangen, aber sie war kaum wiederzuerkennen. Die Sonne hatte ihre Haut leicht gebräunt und so die tiefen Sorgenschatten von ihrem Gesicht genommen. Es gab kaum eine Minute, in der ihre Hand nicht nach meiner suchte. Ich gab ihr erneut einen Schubs und forderte sie wieder auf, eine Blase mit ihrem Kaugummi zu machen. „Komm", bettelte ich. „Nur noch einmal."

Sie hopste vor mir her. Nach dem dritten Versuch wollte sie aufgeben. „Ich kann es einfach nicht mehr", kicherte sie, griff mit ihrem Zeige- und Mittelfinger in den Mund und zog das Kaugummi lang. Dabei streckte sie mir die Zunge heraus. Sofort schoss ich ein Foto.

„Zeig", rief sie. Wir mussten beide laut lachen, denn Yume hatte auf dem Bild den Blick einer Kuh. Mit Doppelkinn.

„Losch es!", maulte sie und wollte nach meinem Handy greifen.

„Nur, wenn du zwei Sachen machst!"

„Welche?", fragte sie und blieb ein paar Zentimeter vor mir

stehen.

„Erstens musst du mir verraten, warum du immer zwei verschiedenfarbige Turnschuhe trägst und zweitens müssen wir ein Foto von dir mit dieser gewaltigen Kaugummiblase schaffen."

Yume schaute so rasch zu Boden, dass sich unsere Nasenspitzen berührten. Dann lachte sie laut: „Du stellst die Frage spät!"

„Wie meinst du das?"

„Na ja, ich laufe jetzt seit Freitag so herum und erst jetzt willst du wissen, warum ich verschiedenfarbige Turnschuhe trage. Selbst meiner Psychologin ist es direkt in der ersten Therapiestunde aufgefallen. Eigentlich fällt es jedem sofort auf.“

„Und warum?“

„Weil die Leute nicht blind sind.“

„Nein, ich meine, warum trägst du sie so?“ Etwas verlegen kratzte sie an ihrem Kopf und fuhr sich nervös über die Nase. „Das ist ein Tick von mir“, flüsterte sie, so leise, dass ich es kaum verstehen konnte.

„Was?“

„Es ist ein Tick von mir.“ Sie sagte es etwas lauter. „Ich trage einen Schuh in Schwarz und einen in Rosa. Schwarz steht für mein beschissenes Leben. So, wie ich mich meistens fühle. Dunkel und grausig. Auf meine rosafarbenen Turnschuhe schaue ich nur, wenn ich mich glücklich fühle.“

„Was siehst du jetzt?“, fragte ich. Sie sah auf ihre All-Stars Converse-Turnschuhe hinunter und lächelte, als ob sie es erst jetzt begriff: „Rosa! Nichts als rosa!“

„Du bist verrückt“, sagte ich und musste schmunzeln.

„Nach dir!“, gab sie zu und rannte dann der Sonne entgegen. Dabei machte sie eine große Blase mit dem Kaugummi und sah in meine Richtung. Sofort fing ich den Moment im Bild ein und so kam es, dass die Sonne zwar das Hellste auf dem Bild war, aber kaum gegen das Strahlen in den Augen von Yume ankam. Ich bin mir sicher, in diesem Moment hatte sie ihre schreckliche Welt für einen Augenblick vollkommen vergessen.

Verliere meine Haare!, schreibe ich und lösche die Nachricht sofort wieder. Auch die Worte: *Es ist so weit!*

Bis ich schließlich wirklich eine Nachricht losschicke, dauert es noch über eine Stunde. In der Zwischenzeit habe ich auf meinem Nachtschränkchen einen kleinen Berg aus meinen ausgefallenen Haaren aufgeschichtet. Tränen fließen unaufhörlich aus meinen Augen und selbst Timo weint mit.

„Quäl dich nicht so", sagt er und wischt sich seine Augen trocken. „Rasiere dir die Dinger ab und fertig!"

Dass er mit mir weint, macht ihn unsagbar sympathisch. Er ist mehr als nur ein guter Freund. Der beste, wie ein Bruder. Und erst durch den Haarverlust wird mir bewusst, wie krank ich wirklich bin. „War es für dich auch so schlimm?"

„Klar", sagt Timo und schnieft. „Besonders beim ersten Mal.

Damals war ich richtig froh, im Krankenhaus zu liegen und dass mich keiner meiner Freunde in dem Moment sehen konnte." Ich nicke. „Aber irgendwann kommt der Moment der Peinlichkeit."

„Ja, der kommt", bestätigt er. Ich drücke auf senden und schicke eine SMS zu Yume. Dann wird Timo ernst: „Scheiß auf die Haare, Chrissi!" Er pfeffert mir sein nassgeheultes Tempotaschentuch mitten ins Gesicht. „Sieh lieber zu, dass du überlebst!"

Emily

Als mich eine wichtige SMS von Chrissi erreicht, bin ich gerade mit Sophie unterwegs. Wir haben unsere Mittagspause und können zwei Stunden tun und lassen, was wir wollen. Damit ist natürlich nicht gemeint, dass wir das Gelände der Psychiatrie verlassen. Haben wir aber trotzdem. Zuerst haben wir so getan, als würden wir einen Spaziergang im Park machen. Was auch wirklich so aussah. Dann allerdings schlichen wir an einer Kurve um die Bäume herum, nahmen den Besucherweg auf und spazierten wie selbstverständlich aus dem Park, über die Einfahrt, hinaus ins freie Leben. Wenn man seit Wochen in der Psychiatrie wohnt, und man vom Gelände tritt, ist es wirklich so, als wäre die Hauptstraße eine Mauer zwischen zwei Welten. Hinter dir die kranke und vor dir die gesunde. Meistens fühlt man sich in der gesunden Welt allerdings ein Stück wie alleingelassen. Völlig fehl am Platz. Die Festung fehlt, der Halt. Und der Plan und die Menschen, die einem den ganzen Tag über zeigen und sagen, was man tun und lassen soll. Ich bin froh, dass Sophie neben mir herstapft und über das Essen nörgelt.

„Lass uns bloß die nächste Pommesbude aufsuchen", mault sie. „Unser Essen steht mir bis zum Hals. Kartoffeln, Reis, Nudeln, Salat, Gemüse und noch mehr Salat. Wir sind doch keine Karnickel!"

Sie wühlt in ihrer Hosentasche. „Ich habe nur drei Euro mit. Ob das reicht?"

„Für eine Tüte Fritten bestimmt." Wir schlendern ein Stück weiter Richtung Innenstadt. Auf der rechten Seite müsste gleich eine Pommesbude kommen. Sophie holt sich ein großes Schälchen mit den Kartoffelstäbchen, mit ordentlich Mayonnaise und Ketchup und reicht mir die Schale herüber. Auf ihrer Oberlippe blinkt ein Piercing.

„Nein danke, ich möchte nicht." Sie mustert mich von oben bis unten mit einem düsteren Blick: „Ach, ich vergaß! Du isst ja nichts!" Sie nimmt sich mit den bloßen Händen ein paar Pommes, dippt sie abwechselnd in die Mayonnaise und den Ketchup, stopft sie dann in den

Mund und wischt sich danach einfach ihre fettigen Finger an ihrer Jeanshose ab.

„Lecker!" Sie kaut weiter. Plötzlich schaut sie sich um und hat eine Idee. „Komm!" Mit schnellen Schritten läuft sie mir davon. Ihre Po-Backen wackeln vor mir hin und her. Sie sollte nicht so viel fettiges Zeug essen! Aber ich kann kaum Schritt halten. „Wo willst du denn hin?" Sophie zeigt Richtung Bahnübergang. Ich ahne Böses. Aber bevor ich sie erreicht habe, hat sie schon die leere Frittenschale ins Gebüsch geworfen und klettert auf das Brückengeländer. Mayonnaise und Ketchup klecksen auf Blätter und laufen zäh abwärts. Hilfesuchend sehe ich mich um. Kein Mensch weit und breit. Das ist so typisch in solchen Situationen.

„Sophie lass das!"

„Warum?" Sie klettert auf das rostige Geländer und wirft mir einen Blick zu, wie von einem gehetzten Tier. Ihre Schnürsenkel sind an einem Turnschuh offen und flattern im Wind. Sie trägt eine alte, zerfetzte Jeans, auf deren Stoff man die Spuren ihrer Fettfinger genau sehen kann und ein schwarzes, altes, verwaschenes Unterhemd. Als sie die Arme wie Flügel zu beiden Seiten ausbreitet, wackelt der Speck ihrer Oberarme hin und her. *Wie wird sie erst mit fünfzig aussehen?*

„Sophie bitte!" Doch sie schaut mich nur grinsend an, dreht sich dann um und balanciert über das Geländer in die gefährliche Richtung. Ich hoffe, dass sie genau jetzt das Gleichgewicht verlieren wird. Noch fällt sie, egal, auf welcher Seite sie landet, in ein Gestrüpp. Es wird ihr die nackten Arme ordentlich aufreißen, aber es wird sie nicht töten. Bei jedem Schritt, den sie weitergeht, vergrößert sich auf der einen Seite der Abstand zum Gebüsch und an der anderen Seite zu den Eisenbahnschienen. In der Mitte sind es sicher an die fünf Meter. Wenn sie mit dem Kopf auf den Gleisen landet, wird ihr Schädel aufplatzen. An einen kommenden Zug mag ich gar nicht denken.

„Warum tust du das?", schreie ich gegen den Wind. „Was soll das?"

„Ich muss immer tun, was sie sagen, verstehst du?"

Nein, ich verstehe kaum noch, was sie sagt. Ihre Stimme klingt wie ein gedämpftes Echo. Darum klettere ich in das Gebüsch und stolpere neben ihr her. Unser Abstand wird trotzdem immer größer. Sie befindet sich schon gefühlte Meter über mir.

„Ich muss immer tun, was sie sagen!", wiederholt sie. Ein bisschen kenne ich Sophies Krankengeschichte. Sophie kommt aus einem erzkatholischen, konservativen Elternhaus. Sie durfte in ihrem Leben nie Entscheidungen alleine treffen. Sie leidet, im Gegenzug zu mir, an einer schrecklichen Fresssucht und bringt mindestens dreißig Kilogramm zu viel auf die Waage. Nachdem sie sich mit achtzehn Jahren ein Piercing in die Oberlippe hat stechen lassen, hat ihr Vater über Monate kein Wort mehr mit ihr gewechselt. Ihre Mutter hat jedes Mal, wenn sie ihrer Tochter ins Gesicht geschaut hat, das Kreuzzeichen gemacht und das Ave Maria heruntergerattert. „Warum bist du nicht ausgezogen?", habe ich sie mal gefragt, „Du bist jetzt schließlich zweiundzwanzig." Daraufhin hat sie mich mit großen Augen betrachtet und gemeint: „Sollte ich das jemals tun und meine Eltern alleinlassen, wird mich der Teufel holen!" Alleine wie ernst sie es sagte, ließ mir einen kalten Schauer über den Rücken laufen.

„Sophie, bitte komm zurück!", bettle ich, aber sie hört nicht auf, weiter einen Fuß vor den anderen zu setzen. Also bleibt mir nichts anderes übrig. Ich klettere selber auf das Geländer, stehe auf und strecke die Arme wie Sophie weit aus. „Menschen, die wie Chrissi um ihr Leben kämpfen, haben keine Wahl! Wir schon!", schreie ich. Sophie bleibt stehen und scheint mich einen Moment zu suchen, dann dreht sie sich waghalsig um. Sie hat jetzt den höchsten Punkt erreicht. „Weißt du Emily, genau das ist es. Zu meinen Konsequenzen zu stehen, würde mich zu einem freien Menschen machen!"

„Das kannst du schaffen!", sage ich und versuche, sie von dem Geländer zu locken. „Komm zurück, Sophie, bitte. Wo du gerade stehst, ist es furchtbar hoch."

„Es ist doch nicht hoch!", schreit Sophie und lacht hysterisch auf.

„Von oben gesehen geht es aber rechts und links runter", schreie ich zurück. Ich wage kaum, meinen Blick zu senken. Hier oben zu stehen, treibt mir Tränen in die Augen. „Komm Sophie. Wir werden mit Frau Dr. Norek sprechen und für dich einen Plan erstellen, wie du es schaffen kannst."

„Was schaffen?"

„Dass du dich gegen deine Eltern durchsetzt und ein freies Leben führen kannst."

„Du meinst so einen beschissenen Notfallplan, oder am Ende noch so ein Notfallköfferchen, das ihr Sensibelchen alle mit euch herumtragt?" Einen Moment bin ich sprachlos. So sieht sie mich also? Als Sensibelchen. Dann höre ich in der Ferne einen Zug ankommen und habe es furchtbar eilig.

„Es wäre toll, wenn du jetzt mit mir hier wieder runterkommst!" Ich setze mich langsam auf das Geländer und fühle einen Moment eine tiefe Erleichterung. Der Zug kommt immer näher. In meiner Hosentasche steckt mein Handy und piept und vibriert gleichzeitig. Bestimmt eine Nachricht von Chrissi. Die wird aber noch einen Moment warten können und nicht so wichtig sein wie das hier. Der Zug donnert weiter.

„Bitte! Komm zurück!", kreische ich und halte mich mit beiden Händen am Geländer fest. Einen Moment sieht es aus, als wolle Sophie wirklich zu mir. Sie setzt einen Fuß vor den anderen und kommt in meine Richtung.

„Es wäre toll, wenn meine Eltern mich in Ruhe lassen würden!"

„Das wäre wirklich toll!", rufe ich ihr zu und halte die Luft an. Nur noch ein paar Meter, dann hat sie es geschafft.

Aber der Zug kommt immer näher.

„Ich werde aber nie frei sein", schreit Sophie plötzlich, verliert die Balance und kippt!

Unbekannt

Daran, dass sie ihr Augenlicht spenden will, kann ich mich immer noch nicht gewöhnen. Meine Mutter sagt, wenn sie nach ihrem Tod etwas gibt, dann kann sie wenigstens das Augenlicht von jemand anderem retten. Das würde ihr ein wunderbares Gefühl geben. Der Gedanke daran, dass nach ihrem Ableben noch an meiner Mutter rumgeschnippelt wird, treibt mir Schweiß auf die Stirn. Ich stelle mir vor, wie sie auf dem Operationstisch liegt, ohne vorher narkotisiert worden zu sein, und wahnsinnige Schmerzen erleidet und sich nicht äußern kann. Dann denke ich an den Moment, wenn sie in ihrem Sarg liegend in die Erde gelassen wird und danach der Sandberg auf ihren Sargdeckel geschaufelt wird und ihr die Luft nimmt. Ich reiße meine Bettdecke von meinem Körper und schwinge mich aus dem Bett. Eine Schweißperle bahnt sich den Weg über meine Stirn und tropft zu Boden.

Meine Gedanken sind abgrundtief und hässlich, aber sie verfolgen mich bis tief in den Schlaf. Mir ist speiübel. Also gehe ich ins Badezimmer und versuche, meine Übelkeit mit ein paar Schlucken kaltem Wasser aus dem Hahn hinunterzuspülen. Anschließend spritze ich mein Gesicht nass und klopfe das Feuchte in die Haut ein, bis sie trocken ist. Ich lande sitzend auf dem Klodeckel und warte, bis meine Übelkeit verebbt ist. Lange kann das nicht mehr so weitergehen. Meine Schlafphasen sind zu kurz, um mich zu erholen. Einen Moment habe ich Angst, im nächsten Moment empfinde ich tiefen Hass darauf, dass meine Mutter uns verlassen wird, aber ich weiß nicht, gegen wen ich diesen Hass richten soll. Ich muss einer geregelten Arbeit nachgehen. Ich arbeite bei Capita. Capita liegt im Zentrum von Oxford. Ein Großunternehmen für den Arbeitsvermittlungsservice, in den Sparten Infrastruktur, Wirtschaftsanalyse und Personal. Im Moment sind wir zu viele Mitarbeiter, die Angestelltengehälter zu hoch und ich brauche meine volle Konzentration, um alles geben zu können, damit ich nicht auf der Straße lande. In unserer Firma wird gerade mit dem Ellenbogenprinzip gearbeitet und ich kann mir keinen Fehltritt leisten. Eine Diele knarrt, dann öffnet sich die Klotür. Florentine steht im

Türrahmen und schaut mich verschlafen an. „Was ist denn los, Süße?“, frage ich. „Kannst du nicht schlafen?“

„Ich kann schlafen“, sagt sie und reibt sich über die müden Augen. „Aber du nicht.“

„Doch. Kann ich. Ich muss nur Pipi!“

„Aha“, meint Florentine. „Seit wann kann man denn durch den Klodeckel pinkeln?“ Ich brauche einen Moment, um zu verstehen, dann muss ich lachen. „Erwischt!“, gebe ich mich geschlagen und bringe meine Tochter zurück in ihr Bett.

Noch bevor ihr Kopf auf dem Kissen liegt, schläft sie. Neidisch schaue ich ihr einen Moment zu und schleiche dann ins Schlafzimmer zurück. Meine Frau liegt auf der Seite, ihr Gesicht ist mir zugewandt. Ihr Atem ist gleichmäßig, aber sie schläft nicht. Sie hält ihre Bettdecke hoch und lädt mich damit zu sich ein. Ich schlüpfe zu ihr und spüre ihren warmen Körper an meinem.

„Wieder schlecht geträumt?“, fragt sie und schlingt beide Arme um mich.

„Ich ertrage den Gedanken einfach nicht, dass sie bald nicht mehr da sein wird.“

„Ich auch nicht“, sagt sie und ich sehe in ihren Augen Tränen im Mondlicht glitzern.

„Manchmal denke ich, dass es besser gewesen wäre, wenn sie von einem auf den anderen Tag gestorben wäre. Dieses Dahinsiechen, wenn man keine Hoffnung mehr hat und weiß, dass es enden wird, ist die Hölle. Für sie und für uns.“

„Ja!“, sagt meine Frau und nimmt mich noch fester in den Arm.

„Und immerzu diese Schmerzen!“

„Sie ist tapfer!“ Meine Frau fängt an, meinen Hals zu küssen und bahnt sich mit schnellen Küssen den Weg über mein Kinn, bis hin zu meinem Ohrläppchen. In mir regt sich etwas. Und bevor ich es mir wieder anders überlege, schlafe ich mit ihr. Unser Akt ist viel zu schnell und ein wenig brutal, aber er macht mich schläfrig. Meine Frau liegt *danach eng an mich gekuschelt und starrt vor sich hin. Sicher rechnet sie schon wieder nach, ob es dieses Mal geklappt haben könnte.*

„Lieber Gott", denke ich, weil ich das Beten in den letzten Wochen gelernt habe. „Wenn sie jetzt nicht schwanger wird, kann meine Mutter dann nicht einfach aus dem Prinzip der Gerechtigkeit am Leben bleiben? Meine Mutter gegen ein Kind." Der Gedanke macht mich ein wenig glücklich und ich merke, wie der Schlaf über mich kommt.

„Vergiss es, Papa", höre ich meinen kleinen Sohn sagen. „Mit dem Tod kannst du niemals feilschen!"

Chrissi

„Willkommen im Club!", sagt Timo, als er mit seiner Mutter ins Zimmer tritt und mich mit der Glatze sieht. Es ist erst Sonntagnachmittag. Timo ist viel zu früh dran. Er kramt in seiner Tasche, holt ein Bild hervor und hält es mir unter die Nase: „Schau Glatze, das bin ich mit Haar."

„Wow!" Timo sieht völlig anders aus, als ich ihn mir vorgestellt habe. Er hat blonde, glatte Haare, die so lang sind, dass ihm die Ponyfransen bis tief in die Augen hängen. Auch ist sein Gesicht auf dem Foto viel schmaler als jetzt, da es noch nicht durch die ständige Cortisongabe aufgedunsen ist. Ein bildhübscher junger Mann mit dicken Muskeln und sportlicher Figur. „Ich weiß nicht, ob wir das Bild Yume zeigen sollen!", witzle ich. „Über die Namensgebung Glatze muss ich allerdings noch ein Wörtchen mit dir reden." Ich spiele eine wenig beleidigte Leberwurst, bis ich merke, dass er kaum Luft bekommt. Timo liegt lang ausgestreckt auf dem Bett und pustet, als sei er die Stufen bis hier oben in die elfte Etage gelaufen.

„Fahrstuhl kaputt?"

Er sieht mich Luft schnappend an: „Nee, Akku leer!"

Das bedeutet nichts Gutes. Timo ist auch auffallend blass. Nicht, dass mich hier unbedingt die Sonne mit Farbe beschenkt, aber seine dunklen Augenränder treten stark hervor. Oder noch dramatischer ausgedrückt, als hätte ihm jemand eins auf das linke und rechte Auge verpasst. Seine Mutter macht ein besorgtes Gesicht, als sie Timos Tasche ausräumt und seine Sachen in den Schrank einsortiert. Ich hatte mich so auf einen tollen Bericht vom Wochenende gefreut! Außerdem wollte ich ihm von meinen grausigen, einsamen Tagen hier erzählen, aber jetzt tritt wieder nur die Krankheit in den Vordergrund.

Denn, nachdem ich Yume geschrieben hatte, dass die Haare bei mir nun rieseln würden, wie die Nadeln bei einem zehn Wochen alten, im warmen Wohnzimmer aufgestellten Weihnachtsbaum, kam sie schon am nächsten Abend mit einer Schere und einem Rasierapparat bewaffnet in mein Zimmer spaziert. Ihre Augen waren vom Weinen dick geschwollen. Zuerst dachte ich, ihr würde mein Haarverlust so zusetzen, aber dann erzählte sie mir die grausige Geschichte von Sophie und wie diese auf der Brücke ihr Gleichgewicht verloren hatte. Zum Glück war sie ins Gebüsch gefallen und hatte neben einem Armbruch nur Schrammen abbekommen, aber Yume hatte das Ganze einen Schock fürs Leben versetzt. Nun hatten sie Sophie in die geschlossene Abteilung verlegt. In dieses Sammelbecken der Verrückten.

„Meine Schuhe sind im Moment nur noch schwarz", meinte Yume traurig. Sie bestand darauf, meine Haare erst abzuschneiden und dann den Rest mit dem Rasierapparat abzuscheren. Ich kam mir vor wie ein Schaf bei der Schur. Jedes Büschel, was Yume abschnitt, legte sie behutsam in eine durchsichtige Frischhaltetüte. Sie meinte, die Haare würde sie ihr Leben lang aufbewahren wie den größten Schatz der Welt. Nachdem sie mir den Schädel rasiert hatte, sodass bloß noch Stoppelchen sichtbar waren, küsste sie mich mitten auf den Kopf. Ich spürte, wie ihre Tränen auf meinen fast nackten Schädel tropften und fühlte mich wie ein Greis. Dann setzte sie sich auf die Bettkante und atmete einmal tief durch. „Müsste ich dir nicht jetzt eigentlich sagen, wie toll dir der kahle Kopf steht?" In meinem Inneren brannte es plötzlich wie Feuer und mein Puls hämmerte wie verrückt. Sie sah mich so anders an als sonst, irgendwie befremdlich. Sicher fand sie mich jetzt vollkommen hässlich. Ich wagte einen kurzen Blick in den Spiegel. „Na ja", murmelte ich verlegen und stellte mit Schrecken fest, dass ich an einem gewaltigen Eierkopf litt.

„Vielleicht war ich eine Zangengeburt?", fragte ich Yume, die mich daraufhin noch mehr anstarrte. Plötzlich kramte sie in ihrer Tasche, zog eine coole, graue Beanie-Mütze heraus und setzte sie mir auf den Kopf. „Hat Lisa für dich gehäkelt!"

„Echt?" Mein Puls normalisierte sich. Probleme konnte man anscheinend gut verstecken. Und von der Mütze war ich wirklich total begeistert. „So etwas kann die?"

„Ja, hat mich auch gewundert", meinte Yume. „Seitdem sie den verpatzten Selbstmord hinter sich hat, ist sie total verändert."

Ich zupfte ein wenig die Mütze in Position. Timo würde neidisch werden. Der durchdringende Blick von Yume veränderte sich und sie faltete die Tüte langsam zusammen und steckte sie in ihre Tasche. Plötzlich blieb ihr Blick auf Timos leerem Bett haften. „Wo ist eigentlich Timo?"

„Du wirst es nicht glauben", sagte ich und freute mich immer noch für ihn. „Er durfte übers Wochenende nach Hause."

Und das war das erste Mal an diesem Abend, dass Yume lächelte. „Cool! Dann ist er bestimmt auf dem Wege der Besserung. Es geht aufwärts! Ich glaube, ich sehe meinen rosa Schuh wieder", meinte sie und schaute lächelnd zu Boden.

Timo pustet neben mir immer noch wie eine Dampflok. Außerdem ist ihm kalt. Seine Mutter hilft ihm in eine Joggingjacke und zieht ihm dann die Bettdecke bis unter die Nase.

„Erzähl", er holt wieder tief Luft, „was hat Yume zu deiner Glatze gesagt?"

Ich krame die graue Strickmütze aus dem Nachtschränkchen und zeige sie ihm. Seine Mutter verlässt das Zimmer. „Wow!" Wieder dieses nach Luft Schnappen. „Eine echte Beanie-Mütze." Er greift danach und betrachtet sie sich genauer. „Hat Emily die gemacht?"

„Nein, Lisa."

„Lisa?", fragt er. „Diese bestimmte Lisa? Die, die ihr Leben einfach so wegwirft und nicht weiß, wie gut sie es hat?"

„Ja, genau die."

„Häkeln kann sie aber!", sagt er beeindruckt und wirft mir die Mütze zurück. Wie so oft in den letzten Tagen, will ich mit meiner Hand in meine Haare greifen, um sie mir aus dem Gesicht zu streifen, aber greife mit einem enttäuschten Gefühl ins Leere.

„Habe ich auch ewig gemacht", schnaubt Timo.

In diesem Moment kommt seine Mutter mit Schwester Birgit ins Zimmer. Sie bringt eine Maske und einen Schlauch mit, für den Sauerstoffanschluss in der Wand. Geschickt fummelt sie alles zusammen. Timo schaut ihr bewundernd zu. „Sie sind eigentlich die Einzige, die ich vermisst habe, Schwester Sonnenschein!", keucht er. Schwester Birgit lacht. Sie sieht wirklich toll aus, mit ihrem langen, blonden Zopf und den stahlblauen Augen. Natürlich nicht so gut wie Yume.

„Und mich nicht?", frage ich.

Der Sauerstoff zischt aus der Wand. Schwester Birgit setzt Timo die Maske über Mund und Nase.

„Okay, Eierkopf!", kommt seine Stimme gedämpft bei mir an.

„Dich auch!" Ich kann sehen, dass er grinst. Sofort greife ich wieder ins Nachtschränkchen. Dieses Mal ziehe ich einen Spiegel heraus und betrachte mich.

„Ich habe wirklich eine komische Kopfform!", stöhne ich.

Timo kichert, was sich, mit dem Zischen gepaart, ulkig anhört. Ich lege den Spiegel zurück in das Nachtschränkchen, und setze mir die Mütze schnell auf mein Haupt. „Yume meint, mein Kopf ist wunderschön!"

Timo grinst mit den Augen: „Ich schwöre dir, Chrissi, ab jetzt ist deine Krankheit sichtbar. Ein sicheres Zeichen dafür, dass dir einige Leute ordentlich Honig um den Mund schmieren werden."

„Ja, davon habe ich schon gehört."

„Doktor Klein kümmert sich gleich um dich", sagt Schwester Birgit und verlässt das Zimmer. Timos Mutter zieht sich einen Stuhl ans Bett und lässt sich darauf plumpsen.

Timo zieht die Maske von seinem Mund. „Fahr doch nach Hause!"

„Nein, natürlich bleibe ich hier!" Timos Mutter streicht eine Haarsträhne hinter ihr Ohr. Seitdem Yume mir die Glatze rasiert hat, ist mein erster Blick bei allen Menschen die mir begegnen, grundsätzlich immer auf deren Haarpracht.

„Meine Mutter hat nämlich heute Geburtstag", ruft Timo herüber.

„Wow!" Ich schäle mich aus dem Bett, gehe zu seiner Mutter hinüber und schüttele ihr die Hand: „Herzlichen Glückwunsch!" Kummer klebt in unseren Handinnenflächen und schweißt uns zusammen. Ein Seitenblick von uns beiden mündet besorgt in Timos Richtung.

„Danke", lächelt sie. Ich kann ihr ansehen, dass sie sich große Sorgen macht und ihr ihr eigener Geburtstag völlig egal ist. In dem Moment klopft es und meine Mutter kommt ins Zimmer. Sie gibt mir einen Kuss, streift ihre Sommerjacke ab und setzt sich zu mir auf die Bettkante. An der Beule in ihrem Haar kann ich sehen, dass sie einen Reithelm aufhatte.

„Tolle Mütze", staunt sie.

„Hat Lisa gemacht."

„Lisa?"

„Ja, du weißt doch, diese Zimmernachbarin von Emily."

„Ach ja, die". Meine Mutter legt wie immer ihre Handfläche auf meine Stirn und überprüft, ob ich Fieber habe.

„Du könntest auch so eine tolle Mütze häkeln", sage ich, weil ich sie loswerden will. Timo soll mir endlich erzählen, was er das Wochenende über gemacht hat.

Meine Mutter zieht ihre Augenbraue hoch. „Seit wann kann ich häkeln? Ich kann nicht einmal den Unterschied sehen, ob die Mütze gestrickt oder gehäkelt ist."

„Timos Mutter hat Geburtstag. Sie freut sich sicher, wenn du jetzt mit ihr in die Cafeteria gehst und Kuchen isst und einen Geburtstagskaffee trinkst." Erst jetzt schaut meine Mutter zum Nachbarbett und checkt die Lage. Ihr Blick schweift über den schweratmenden Timo, dann über das Sauerstoffgerät, an dem er hängt. Am Ende blickt sie auf das Gesicht von Timos Mutter. Ihre Augen sind zu schmalen Schlitzen geworden. „Nein, das gibt es ja nicht!", höre ich sie sagen. Sie steht auf und schüttelt Timos Mutter die Hand. „Herzlichen Glückwunsch. Kommen Sie! Natürlich muss das gefeiert werden!" Das Ganze ist genauso abstrakt wie die Situation mit dem Waschlappen. Meine Mutter würde eine gute

Schauspielerin abgeben. Ehe Timos Mutter sich versieht, wird sie aus dem Zimmer befördert. Timo sackt erleichtert in sich zusammen. „Danke. Kumpel!"

„Kein Problem." Ich weiß selber, wie anstrengend es ist, seinen Eltern etwas vorzuspielen. Die ängstlichen und besorgten Blicke der eigenen Mutter zu sehen, ist nämlich tausend Mal schlimmer als Schmerzen.

„Sie sieht mich manchmal an, als sei ich schon tot", japst er. Ich nicke nur mit dem Kopf und warte, bis er sich etwas entspannt hat.

„Und? Was hast du alles am Wochenende geschafft?"

Timo verdreht die Augen. „Wenn ich ehrlich bin, nicht viel. Das mit dieser beschissenen Luft fing schon am Freitagabend an. Ich hatte aber keinen Bock, hierherzukommen, wo ich die herrliche Aussicht hatte, doch mal endlich wieder in meinem eigenen Bett schlafen zu können." Timo macht zwischen jedem Satz eine Pause und atmet mehrmals tief durch. „Das war so geil, dass ich die zweite Nacht auch noch spielend überstanden habe. Heute Morgen ging allerdings nichts mehr. Gar nichts. Rien ne va plus!" Sein Gesicht verdunkelt sich. „Ob ich wieder Scheißwerte habe?"

Es klopft. Doktor Klein kommt herein. In seinen Händen balanciert er ein paar dieser durchsichtigen Röhrchen für eine Blutentnahme.

„Wenn Sie mir noch mehr Thrombozyten abzapfen, bekomme ich gar keine Luft mehr", stöhnt Timo. Er hustet. Doktor Klein hört zuerst Timos Rücken und dann den Brustkorb mit seinem Stethoskop ab.

„Läuft deine Nase?"

„Nö!"

„Husten?"

„Manchmal."

Ich hänge an dem Geschehen fest. Schließlich kann mich jeden Tag das gleiche erwischen.

„Hm", Doktor Klein wackelt mit dem Kopf. „Ich glaube eher, es liegt nicht an schlechten Blutwerten, Timo, sondern ich tippe auf eine Bronchitis."

„Ist das besser oder schlechter?", will Timo wissen.

„In eurer Lage ist es am besten, wenn alles in Ordnung ist", sagt Doktor Klein ehrlich und nimmt Chrissi zur Bestimmung der Entzündungswerte etwas Blut ab.

„Gleich dann noch ab zum Röntgen", sagt er und verschwindet.

Nur ein paar Tage später hätte diese Scheißbronchitis bei Timo auftauchen können, dann hätte er wenigstens ein paar tolle Tage gehabt, an denen er jetzt festhalten könnte.

„Kein Fußball?"

Timo schüttelt mit dem Kopf. „Im Fernsehen!"

„Keine Disco?"

„Tss!", macht er. „Konnte heute Morgen nicht einmal den Geburtstagstisch für meine Mutter decken!" Seine Enttäuschung streift mich wie ein Peitschenhieb. Ich verbringe seit Wochen Seite an Seite so viel Zeit mit ihm, dass mich sein Kummer verrückt macht. Selbst sein Tod würde mich mehr treffen als mein eigener. Plötzlich werde ich wütend und reiße die Mütze von meinem Kopf. „Scheiß auf meinen Eierkopf!", schreie ich und pfeffere die Mütze gegen die Wand. „Timo, versprich mir, dass wir beide hier wieder gesund rauskommen!"

„Verspreche ich dir!", sagt er und tippt mit seinem Finger auf seinen rechten Unterarm. „Schwert", sagt er nur, macht noch schnell das Victory-Zeichen und schläft dann ein.

Emily

„Was willst du?" Diese blöde Elaine steht vor mir und versperrt mir den Weg.

Himmelherrgott, ich habe es eilig, sie soll sich verpissen.

„Wie alt bist du eigentlich?" Sie mustert mich von Kopf bis Fuß. Ich komme mir in meinen alten Joggingklamotten ziemlich schäbig vor.

„Wenn es dir so wichtig ist: fünfzehn", sage ich bissig.

„Fünfzehn?" Sie zieht eine Augenbraue amüsiert nach oben.

„Wie alt bist du denn?", kontere ich.

„Ich werde siebzehn", raunt sie zuckersüß, was sicher so viel heißt wie: Ich bin gerade sechzehn geworden.

„Toll!", gebe ich mich geschlagen, denn in unserem Alter gilt man mit nur einem Jahr jünger noch als kleines, dummes Ding. „Und, was willst du von mir?"

„Ganz einfach: Chrissi. Mehr nicht!"

„Hähää", aus meinem Inneren kommt ein Grunzer wie aus einem Schwein. „Was ist das für eine beschissene Aussage: Du willst Chrissi?"

„Einfach so, wie ich es sage!"

In meinem Schädel fängt es vor Hass auf diese dumme Person an, zu brummen. Ich habe heute Nacht nicht wirklich gut geschlafen. Mir fiel ein, dass ich das Wort Haarausfall und Glatze noch nicht in unsere Mauer geritzt habe. Deswegen bin ich hier. In diesem uralten, hässlichen Jogger, um eine Joggingrunde im Park vorzutäuschen, die es gar nicht gibt. In siebzehn Minuten fährt mein Bus zurück.

„Geh mir aus dem Weg!", fauche ich. Ein blassblauer Himmel hinter ihr, der ihre Schönheit noch hervorhebt. Meine Beine fühlen sich plötzlich bleischwer an. Ich schüttle meinen Kopf, um ihn wieder klarzubekommen. Elaine steht vor mir in den schicksten Klamotten, den der Reitladen Equiva sicher zu bieten hat und trommelt mit ihrer Gerte auf ihre Handinnenfläche. Ich bemühe mich, dass meine Stimme nicht ihren Klang verliert und fordere Elaine auf, mir endlich aus dem Weg zu gehen.

„Du hast mir keine Antwort gegeben."

„Und du hast mir keine Frage gestellt. Oder sollte die etwa heißen: Gibst du mir Chrissi zurück?"

Elaine nickt mit dem Kopf. Oh Mann, sie nickt wirklich mit dem Kopf. Wie albern ist das denn? Ich öffne den Mund und atme zwei tiefe Züge Stallluft ein.

„Können wir jetzt mit diesem dummen Spielchen aufhören?"

„Gerne", sagt sie und grinst mit ihren gebleachten Zähnen. „Du verpisst dich ganz schnell wieder aus Chrissis Leben und alles ist gut."

„Warum sollte ich das tun? Er liebt mich, nicht dich!"

Jetzt macht Elaine einen abfälligen Laut und schaut mich wieder Zentimeter für Zentimeter von oben bis unten an. Sicher sucht sie nach einem Stück an mir, von dem sie sich vorstellen könnte, dass es Chrissi gefällt. Scheinbar findet sie keines.

„Emily, ganz ehrlich …", kichert sie und ihr Blick bleibt an meinen Turnschuhen hängen. Leider bin ich so dumm und denke, ich müsse eine Erklärung abgeben: „Habe ich mit meiner Freundin getauscht. Als Zeichen der Freundschaft. Jeweils einer von uns trägt einen rosa und einen schwarzen Schuh."

„So?" Immer noch umspielt dieses amüsierte Lächeln ihren Mund. „Ich war mir sicher, für zwei gleiche hat dein Geld nicht ausgereicht, oder dein Verstand. Vielleicht hast du die Dinger auch geklaut?"

„Und ich bin mir sicher, dass du nicht mal eine Freundin hast, mit der du dir die Schuhe teilen kannst!"

Elaine faucht. „Was machst du eigentlich hier? Haben sie dich mitten in der Woche freigelassen? Aus deiner Zwangsjacke?", fügt sie boshaft hinzu.

Die Welt wird dunkel. Geheimnisvolles Getuschel fällt mir ein, zwischen Elaine und Chrissi und wie sie sich über mich, in der Psychiatrie, lustig machen. Aber ich kann es mir nicht vorstellen. Im Leben würde Chrissi mir das nicht antun. Wer weiß, wer der blöden Pute das gesteckt hat.

„Ich hole eine Mütze für Chrissis Kopf", lüge ich, etwas Besseres fällt mir in diesem Moment nicht ein.

„Eine was?" Ihre Lippen werden blutleer.

Ob sie ihn wirklich immer noch so doll liebt?

„Jetzt, wo er keine Haare mehr auf dem Kopf hat, wird es ein bisschen kalt." Ich bin immer noch giftig, aber für einen Moment tut sie mir auch leid. Schließlich weiß ich, was es heißt, ihn zu lieben und mit ihm zu leiden.

Aber dann verlässt ein abfälliges Geräusch ihren Mund und sie kneift ihr Gesicht angewidert zusammen. Gerade noch dachte ich, sie sei schön.

„Glatze?", fragt sie. „Du meinst, er hat jetzt eine Glatze?"

Zuerst öffne ich meine Augen weit, dann schließe ich sie zu gefährlich schmalen Schlitzen. „Geh mir aus dem Weg, du Bitch!" Meine Stimme kratzt und ich bin so wütend, dass es nicht mehr lange dauern wird, bis ich ihr die Gerte aus der Hand reiße und einmal quer durch ihr Gesicht ziehe. Aber Elaine macht das einzig Richtige in diesem Moment: Sie tritt auf die Seite und lässt mich vorbei.

„Wie oft hast du dich in der letzten Zeit geritzt?" Frau Dr. Norek hält ihren Kugelschreiber bereit, um sich Notizen in meine Akte zu machen.

Zuerst will ich lügen. „Zwei Mal", sage ich dann und schiebe meinen Ärmel zum Beweis hoch. Über den Schnitten auf meinem linken Unterarm hat sich eine feine Blutkruste gebildet. Ich halte ihn ihr noch näher hin, meinen Arm des Zweifels.

„Warum hast du es gemacht?"

Ich starre sie einen Moment an. Was für eine blöde Frage, die habe ich doch schon tausend Mal beantwortet.

„Weil… wegen meinem inneren Druck…"

„Entschuldigung", Frau Dr. Norek räuspert sich. „Ich wollte eher wissen, was ist vorher passiert?"

Ich tue so, als würde ich überlegen, dabei weiß ich es ganz genau. Aber die Erde soll aufhören, sich zu drehen, damit ich nicht nachdenken muss.

„Welches Gefühl spürst du in dir, bevor du dich ritzt?"

„Hm!", eigentlich gleicht ihre Frage jetzt der ersten. Sie bringt mich damit ein bisschen durcheinander und meine Frage, ob ich heute Abend einmal außer Plan zu Chrissi ins Krankenhaus fahren darf, hat sie geflissentlich überhört. Ich ziehe meinen Ärmel wie gewohnt bis weit über meine Hand und halte den Sweatshirtstoff mit meinen Fingern fest. Meine Bedenken lade ich in meinen Hinterkopf ab und mache eine imaginäre Tür zu. „Frau Dr. Norek, eigentlich bin ich hier, weil ich heute ausnahmsweise einmal zu Chrissi ins Krankenhaus muss. Ihm geht es nicht gut. Sein bester Freund ist auf der Intensivstation gelandet."

„Ausnahmsweise?", fragt Frau Dr. Norek. „Du warst am Tag seiner ersten Chemotherapie auch ausnahmsweise dort, genauso wie an einem Tag der zweiten Chemotherapie und letzte Woche noch, weil du deinem Freund versprochen hast, die Haare abzurasieren, wenn es losgeht." Sie kennt meine Aktivitäten anscheinend auswendig. Ich sehe sie ungläubig an.

„Und außerdem warst du heute Morgen auch unerlaubterweise für über eine Stunde verschwunden!"

Puh, an den Schlamassel mit Elaine soll sie mich besser nicht erinnern.

„War joggen! Im Park!"

„So?" Frau Dr. Norek lächelt schief. Für einen kurzen Moment sehe ich meine Faust in ihrem Gesicht landen.

Müssen mich denn heute alle bis aufs Blut reizen?

„Mein Gott, mein Freund ist todkrank!", fauche ich.

„Du aber auch!", sagt sie monoton.

„Ich bin nicht todkrank!"

Frau Dr. Norek atmet einmal tief durch. „Emily, ich muss abwägen, ob es hilfreich ist, zu ihm zu fahren, oder ob es dich zu sehr aufwühlt. Nur deshalb möchte ich wissen, warum du dich die letzten zwei Male geritzt hast."

Vor dem Fenster fliegt eine Taube vorbei. Ich beobachte sie kurz, dann sehe ich wieder zu Frau Dr. Norek. „Okay, das erste Mal habe ich es nach dem Besuch meiner Eltern gemacht."

„Nach dem Besuch deiner Eltern? Nach dem unangekündigten? Als sie hier in der Nähe zu tun hatten und dachten, es sei eine gute Idee, hier eben vorbeizuschauen?"

„Ja, genau nach dem. Die Idee war scheiße!"

„Ist bei dem Besuch etwas Besonderes passiert?"

„Nein!"

„Aber deine Eltern waren schon öfters hier bei dir."

„Da konnte ich mich aber auf den Besuch vorbereiten."

„Vorbereiten?", fragt sie und kritzelt etwas in meine Akte.

Ich wette, sie hat ein dickes Ausrufezeichen in ihr Heft gemalt. Die Frage, die jetzt kommen wird, ist unvermeidlich.

„Wieso musst du dich auf den Besuch deiner Eltern vorbereiten?"

Ich schaue wieder nach draußen und suche nach der Taube. Dann greife ich in meine Hosentasche und ziehe meine Papierkugel heraus. Ich rolle sie wie so oft zwischen meinen Fingern hin und her. Das beruhigt mich. Die Kugel ist schon ganz dreckig und speckig. Wenn ich den alten Zettel auseinanderziehe, kann ich den Namen Strawberry Gum nur noch erahnen. Ein verschmierter Sinn auf einem kleinen Stück Papier.

„Emily?"

„Ja?" Frau Dr. Norek sieht mich fragend an.

„Weil ich mir dann zurechtlegen kann, was ich sage und was nicht."

„Ist das wichtig? Gibt es Sachen, die du deinen Eltern erzählen darfst und andere nicht?"

„Ja, genau!" Mir wird schwindelig. Es fühlt sich an, als würde ich in einem Karussell fahren.

„Welche Sachen darfst du denn nicht erzählen?"

Ich denke wieder an Chrissi, der einsam in seinem Zimmer liegt und keine Chance hat, herauszubekommen, wie es Timo geht. Er braucht mich. Dringend. Ich sehe Frau Dr. Norek tief in die Augen. Sie wird mich nicht eher zu ihm lassen, bis sie das Letzte aus mir herausgequetscht hat. Mein Karussell hält an. „Meine Güte, ich sage meinen Eltern immer nur das, was sie hören möchten!" Ich dachte, damit wäre es gut.

„Wen meinst du mit meinen Eltern? Deinen Vater oder deine Mutter?"

„Puuuuh!" Luft entweicht aus meinem Mund. Am liebsten wäre ich jetzt auf Droge. Mein Handy vibriert an meinem Bein. Ich trage meine Stoffturnschuhe und lange Socken. Mein Handy habe ich weit in den Strumpf geschoben und meine Hose darüber gezogen. Mir macht es schon lange nichts mehr aus, dass es mir jemand wegnehmen könnte. Ich würde dann einfach vom Klinikgelände spazieren und mir ein neues kaufen.

Ich werde immer wieder vom Gelände spazieren, wenn es nötig ist und wenn Chrissi mich braucht!

„Eigentlich meinen Vater!" Frau Doktor Norek schreibt erneut etwas in die Akte. Mein Handy vibriert wieder.

„Und nein, um ihre nächste Frage gleich auszuschließen: Mein Vater hat mich nicht missbraucht. Er hat mich auch noch nie geschlagen", sage ich patzig. Frau Dr. Norek zieht eine Augenbraue hoch und schaut mich an. „Welchen Grund hattest du bei dem zweiten Ritzer?"

„Das war, nachdem Sophie vom Brückengeländer gekippt ist." Meine Augen füllen sich mit Tränen. Frau Dr. Noreks Blick wird etwas versöhnlicher und menschlicher. „Erzähl mir, was es in dir ausgelöst hat", fordert sie mich auf.

Ich überlege wirklich. „Wut! Entsetzliche Wut."

„Wut? Auf Sophie?"

„Nein, in erster Linie auf mich selber. Weil ich sie nicht aufhalten konnte. Sie ist einfach gekippt!"

Frau Dr. Norek nickt. „Was meinst du? Hat Sophie die Balance verloren oder ist sie extra gefallen?"

Ich ziehe ein Kleenex aus der Box, die vor mir auf dem Tisch steht und wische mir mit dem Tuch über die Augen. „Wollen Sie von mir wissen, ob ich den Eindruck hatte, dass Sophie sich in dem Moment hat wirklich umbringen wollen?"

„Ja, genau."

„Die Frage stellen Sie mir wirklich?"

Frau Dr. Norek legt ihren Stift auf dem Tisch ab und schaut mich erwartungsvoll an.

„Wenn Sophie sich hätte umbringen wollen, meinen Sie nicht, sie hätte sich dann auf die richtige Seite fallenlassen?"

Die Taube fliegt wieder am Fenster vorbei. Am liebsten würde ich mit ihr davon flattern. Dieses Mal dreht Frau Dr. Norek sich nach hinten, um zu schauen, was ich die ganze Zeit beobachte. Als sie sich zurückdreht, nickt sie anerkennend. „Mit dem Kopf machst du das alles schon sehr gut, Emily", lobt sie mich und haut mir dann wieder eine in die Weichen: „Aber noch nicht mit dem Herzen."

Ich muss sie entsetzt anstarren, denn sie fügt sofort hinzu:

„Aber Emily, du bist auf dem besten Wege, gute Fortschritte zu machen."

„Was meinen Sie dann mit dem Herzen? Ich bin mit dem Herzen dabei", sage ich und fange plötzlich heftiger an zu weinen. „Ich wette, bevor ich Chrissi kennengelernt habe, hätte ich in der Situation rein gar nichts gespürt."

Frau Dr. Norek nickt. Sie schiebt die Kleenex-Box weiter in meine Richtung. Ich zupfe mir gleich mehrere Tücher heraus und schnäuze mich. „Oh, und Sophie, die hat mich so wütend gemacht, weil sie einfach so ihr Leben wegwerfen wollte und es andere Menschen gibt, die darum kämpfen, zu leben." Chrissi fällt mir wieder ein. Und Timo. „Kann ich heute Abend endlich zu Chrissi? Ich bin auch ganz schnell wieder da."

„Emily, du springst. Du bleibst nicht bei einem Thema. Fällt dir das schwer?"

„Sie springen ja selber!"

„Wie meinst du das?"

Im Moment komme ich mir vor wie in einem Verhörsaal. Sie, die Richterin und ich die Angeklagte. Ich bin gezwungen, mich zu verteidigen. „Sie sind auch nicht darauf eingegangen, dass ich gesagt habe, dass mein Vater mich weder missbraucht noch geschlagen hat."

Frau Dr. Norek greift wieder zu ihrem Stift und schubst sich mit dem Bürostuhl vom Schreibtisch weg. Ich kann ihre Beine sehen. Endlos lange Beine, deren Füße in hochhackigen Pumps stecken. Sie schlägt die Beine galant übereinander. „Du hast recht Emily, aber ich finde, das Thema mit deinem Vater ist viel zu komplex, um das jetzt auf die Schnelle zu besprechen."

„Also kann ich gehen?", frage ich hoffnungsvoll.

„Nein. Ich finde im Moment die Antwort auf folgende Frage viel wichtiger: Warum hast du dich geritzt und nicht deinen Notfallplan aufgerufen?"

„Habe ich doch versucht."

„Was hast du versucht?"

„Zuerst habe ich mir diese Zitronenbonbons in den Mund gesteckt, aber das hat überhaupt nicht geholfen. Danach habe ich mir die Murmeln in die Socken gestopft und bin quer durch das Zimmer gestolpert. Auch das hat nichts gebracht." Ich denke an meinen Notfallkoffer und daran, dass Sophie uns wegen ihnen Sensibelchen nennt. Es gibt diesen Koffer nämlich wirklich. Meiner ist schwarz und vielleicht dreißig mal zwanzig

Zentimeter groß. Von außen also recht unauffällig. Schließlich soll ich ihn nicht wie ein Mahnmal mit mir herumtragen. Auch nicht, damit es wie bei einer Armbinde für Blinde sichtbar ist: Dieses Mädchen leidet am Borderline-Syndrom. Zu den typischen Inhalten von unseren Koffern gehören Gegenstände oder Lebensmittel, die starke Reize ausüben. Das können zum Beispiel Chilischoten, Pfefferminzöl oder saure Bonbons sein. Ich lutsche immer Zitronenbonbons. In Spannungssituationen hilft dies, damit wir uns ablenken, Druck abbauen und manchmal schaffen wir es, aus dem üblichen Handlungsschema der Selbstverletzung auszubrechen. Manche haben in ihrem Koffer Knete oder Gummibälle zum Spannungsabbau. Die helfen bei mir allerdings überhaupt nicht. Da ist meine kleine Papierkugel schon wirksamer.

Allerdings liegt in meinem Koffer ein Säckchen mit kleinen Murmeln. In Notsituationen schiebe ich mir die Murmeln in die Socken und laufe damit durch das Zimmer. Aber auch emotionale Unterstützungen kann der Koffer in Krisensituationen liefern: zum Beispiel mit tollen Fotos von Freunden oder mit Gegenständen, die man mit etwas Schönem in Verbindung bringt. Ich weiß, dass Louisa in ihrem Koffer einen MP3 Player mit ihrer Lieblingsmusik hat. Musik macht mich in solchen Momenten eher wahnsinnig und nervös. Chrissi könnte mir höchstens ein Band bespielen, auf dem er mir mit seiner beruhigenden Stimme etwas erzählt. Ein tolles Märchen. Schneeweißchen und Rosenrot. Vielleicht sollte ich ihn mal fragen?

„Und der Druck hat nicht nachgelassen?"

„Nein, überhaupt nicht. Eigentlich wurde die Situation nur noch schlimmer."

„Okay". Frau Dr. Norek notiert sich wieder etwas. „Wir werden deinen Notfallkoffer überprüfen müssen, Emily. Es kann sein, dass du dich an die Reize gewöhnt hast und diese keine Wirkung mehr zeigen. Wir müssen den Inhalt kontrollieren und austauschen." Sie rollt mit dem Stuhl ein Stück weiter zu ihrem Kalender und schaut mich dann an. „Ich würde vorschlagen, dass wir das morgen in deiner Einzeltherapiestunde um halb zwölf machen?" Das ist keine Frage. Was die Ärzte und das Pflegepersonal hier sagen, ist Gesetz. Natürlich halten wir uns nicht immer daran, aber seitdem ich mit Sophie einfach vom Gelände spaziert bin, werden wir zwei sehr engmaschig kontrolliert. Der Umstand, dass Sophie sich verletzt hatte und sie einen Anruf aus einem Krankenhaus bekommen haben, hat den Anschiss etwas gemildert. Sehr wahrscheinlich war deren eigenes schlechtes Gewissen zu groß, denn dass wir zur gemeinsamen Sportrunde um fünfzehn Uhr nicht erschienen sind, ist bis dahin keinem weiter aufgefallen.

„Darf ich denn heute Abend mit dem Bus zu Chrissi fahren?" Ich versuche zu schauen wie ein Baby aus dem Kinderwagen. Dann ziehe ich eine Schnute und lege den Kopf schief. Frau Dr. Norek muss tatsächlich lachen.

„Emily, ich bin weder von der Sitte und auch nicht von der katholischen Kirche, aber ich habe Angst, dass du deinen Freund idealisierst. Das ist häufig bei deiner Krankheit..."

Ich unterbreche sie, weil ich mir dessen bewusst bin. In den letzten Monaten bin ich ordentlich über meine Krankheit aufgeklärt worden. Zuerst idealisieren wir, einen Tag später können wir denselben Menschen komplett entwerten.

„Bei uns ist es anders... wir sind seelenverwandt."

„Genau das ist es, Emily", Frau Dr. Norek wechselt ihre Beinposition. „Ich habe große Angst davor, dass du Chrissi im Moment noch idealisierst und ihn in ein paar Tagen abstößt." Die Taube ist wieder da. Sie sitzt auf der Fensterbank und dreht uns den Rücken zu. „Im Moment gebt ihr beide euch Halt. Ihr braucht euch. Weißt du, wie schrecklich es für Chrissi sein wird, wenn du ihn plötzlich nicht mehr magst? Wegstößt? Und das in seiner Situation!" Die Taube flattert wieder davon und lässt einen dicken Haufen fallen.

Scheiße!, denke ich und starre Frau Dr. Norek entsetzt an.

Es geht hier gar nicht um mich!

Gegen achtzehn Uhr treffe ich im Krankenhaus ein. Ich tue so, als hätte mich völlig kalt gelassen, dass Frau Dr. Norek sich nicht um mich, sondern um Chrissi Sorgen macht.

Sie ist meine Ärztin!, faucht es aber in meinem Kopf, als ich den Fahrstuhlknopf betätige. Chrissi hat genug Ärzte, die sich um ihn kümmern. Ich habe nur die eine. Nachdem Frau Dr. Norek mir zu verstehen gegeben hatte, dass es um Chrissi geht und nicht um mich, saß ich, Luft schnappend, vor ihr. Plötzlich hatte sie es furchtbar eilig und erteilte mir, nach der letzten Anwendung am Nachmittag, Ausgang bis um zwanzig Uhr.

Der Fahrstuhl kommt. Gott sei Dank bin ich alleine. Ich trete einmal mit Wucht gegen die Tür. Die Kabine wackelt.

Elaine und diese blöde Norek!

Ich drücke nicht auf elf, sondern auf sieben, steige aus und renne die letzten vier Etagen nach oben. Ich brauche dringend Endorphine. Als ich in Chrissis Zimmer trete, keuche ich. Chrissi sitzt auf dem Bett und spielt mit einem Jo-Jo. Er sieht mich und stoppt, als die Scheibe wieder in seiner Hand liegt.

„Emily", freut er sich. „Hast du meine Nachricht gelesen?"

Erst jetzt fällt mir ein, dass ich das noch nicht getan habe. Während der Sitzung hat mein Handy zweimal vibriert, aber vor lauter Wut hatte ich das ganz vergessen. Bevor ich Chrissi einen Kuss geben kann, geht die Tür auf. Eine Schwester bringt Chrissis Abendessen und stellt es auf dem Tisch ab. Sie hält Karten in der Hand und bittet Chrissi, diese mit ihr auszufüllen. Es geht um das Essen für morgen. Ich setze mich auf das Fußende von Chrissis Bett und hole mein Handy aus seinem Versteck. Dann lese ich die zwei Nachrichten, die er mir geschickt hat.

Hallo Yume-Baby, schlechte Nachrichten. Die Chemo wird erst mal abgesetzt. Doktor Albert sagt, ohne eine Knochenmarkspende kommen wir bei mir nicht weiter! Melde dich doch mal. Hdl Chrissi 12:04 Uhr

Ach ja, und drück mir die Daumen, dass es einen passenden Spender für mich gibt! 12:07 Uhr

146

Ich bin wie vor den Kopf gestoßen und traue mich kaum, in Chrissis Richtung zu blicken.

„Mit Nutella", höre ich ihn sagen und: „Nee, lieber Kakao!" Die Schwester verlässt viel zu schnell das Zimmer. Meine Kehle fühlt sich an wie zugeschnürt, ich werde kein Wort sagen können. Als ich es doch endlich schaffe, ihn anzusehen, lacht er mich an, als hätten wir gerade unser erstes Date. Vergessen ist Frau Dr. Norek und diese blöde Elaine. Ich stürze mich auf seinen Schoß und küsse ihn wild. „Vielleicht kann ich für dich spenden?"

„Wäre toll!", lacht er.

„Oder deine Eltern? Deine Verwandten?"

„Wird gerade alles überprüft. Es gibt da auch eine Datenbank, in der alle potenziellen Spender aufgeführt sind, hat Doktor Albert gesagt. Aus vielen Teilen der Welt. Da wird doch wohl einer für mich bei sein, oder?"

„Bestimmt drei oder vier!", sage ich und lache. Das ganze Zimmer füllt sich so sehr mit Hoffnung, dass ich ein Glücksgefühl bekomme. „Mann, warum machen sie es nicht immer so? Einfach einen Spender suchen und dann das gesamte Blut austauschen."

An Chrissis Gesicht sehe ich, dass ich sehr wahrscheinlich keine Ahnung von all dem habe. Aber bevor er etwas sagt, schiebt er mich ein Stück von sich weg. „Ich darf nicht zu Timo! Sie haben Angst, dass er mich anstecken könnte."

Mein Gott, den hatte ich total vergessen!

Das Nachbarbett ist leer. Das Nachtschränkchen aufgeräumt.

„Kommt er etwa gar nicht wieder?", frage ich erschrocken.

„Ich weiß nicht", meint Chrissi. Ich sehe die Angst in seinen Augen blitzen. „Das bereitet mir doch so große Sorgen. Ich war heute Morgen zu einer Untersuchung und als ich wiederkam, waren seine Sachen weg. Schwester Birgit meint zwar, das müssten sie machen, falls mal ein Notfall reinkommen würde, der schnell ein Bett braucht, aber ich habe so ein verdammt ungutes Gefühl, dass sie mir etwas verschweigen."

„Ich mache es!"

„Was?", fragt Chrissi. Die genaue Antwort weiß ich selber noch nicht und sage deshalb einfach: „Timo suchen!"

„Mach es bitte!", sagt er und in seinen Augen schimmern Tränen. „Er fehlt mir so sehr!" Das ist für mich die größte Aufforderung überhaupt. Dagegen bin ich machtlos. Ich küsse Chrissi auf die Glatze. Auch seine letzten Stoppeln sind jetzt ausgefallen.

„Weißt du, auf welcher Etage die Intensivstation ist?"

„Nein, ich weiß nicht einmal, in welchem Bettenturm er liegt."

„Ich finde ihn!", verspreche ich und gehe. Das Beste und Sinnvollste, was mir einfällt, ist, nach unten zur Rezeption zu fahren und mich dort nach Timo zu erkundigen. Gerade, als ich am Fahrstuhl stehe, fällt mir etwas ein und ich gehe zu Chrissi zurück. Ich stecke den Kopf durch die Tür. Chrissi sitzt auf seinem Bett und spielt wieder mit dem Jo-Jo. Er zählt laut: „… dreiunddreißig, vierunddreißig, fünfunddreißig, sechsunddreißig…"

„Wie heißt Timo eigentlich mit Nachnamen?"

„… achtunddreißig, neununddreißig…" Chrissi verneint. Ich schaue ihm entgeistert zu. Na gut, so oft würde ich es nicht schaffen, ich würde schon beim zehnten Mal versagen, aber ich muss um acht Uhr wieder artig in meinem Zimmer sein. Ich habe keine Zeit für dieses Spielchen und Chrissis Angeberei. „Chrissi?", frage ich deshalb. Aber mein Freund hebt nur seine freie Hand hoch und fordert mich zum Warten auf. „… dreiundvierzig, vierundvierzig, fünfundvierzig …" Das Jo-Jo rollt nicht mehr richtig über das Band. Timo bewegt seinen Arm noch einmal hektisch nach unten. „Sechsundvierzig, siebenundvierzig, achtundvierzig, neunundvierzig, fünfzig… Puh!", stöhnt er und sieht mich dann an. „Sorry, musste es fünfzig Mal schaffen."

„Warum?"

„Weil ich jetzt weiß, dass du ihn finden wirst."

Ich lächele, bevor er zu Ende gesprochen hat. „Nachname?"

„Zeitzer."

„Danke!" Dann bin ich auch schon wieder verschwunden und fahre nach unten. Nachdem die nette, ältere Dame an der Rezeption ordentlich auf ihrer Tastatur geklappert hat, schaut sie wieder zu mir hoch: „Sie finden Herrn Zeitzer im Bettenturm B. Ebene zwölf. Allerdings ist das die Intensivstation. Sie müssten sich dort erst bei den Schwestern melden."

„Danke", rufe ich und bin schon weg. Ich laufe zu dem anderen Bettenturm hinüber, hole den Fahrstuhl und fahre dann bis in die zwölfte Etage. Als ich auf die Station trete, prangt ein großes Schild vor meiner Nase:

INTENSIVSTATION bitte klingeln

Ich drücke auf den Klingelknopf und versuche, meinen dicken Kloß im Hals einfach hinunterzuschlucken. Das gelingt mir nur bedingt. Als eine Schwester im blauen Anzug die Tür öffnet, verhaspele ich mich total. „Timo... ähm... ich meine, besuchen, ...ich möchte gerne zu Timo Zeitzer."

Die Schwester schaut mich von oben bis unten an. „Bist du eine Angehörige von Herrn Zeitzer?"

„Nein."

„Dann darf ich dich leider nicht zu ihm lassen. Du kannst dich vielleicht bei seiner Mutter nach seinem Zustand erkundigen?"

Ich öffne den Mund, aber es hat mir total die Sprache verschlagen. Wir sind seine besten Freunde. Seit Wochen teilen wir alles mit ihm. Chrissi liegt einen Turm weiter und macht sich große Sorgen um seinen Kumpel. Er möchte doch nur wissen, wie es ihm geht! Krokodilstränen rinnen aus meinen Augen. Ich weiß, dass ich ein Arschloch bin, aber mir fällt wieder nur meine Waffe ein. „Bitte!", flehe ich und fange an, die Ärmel meines Shirts hochzuschieben. „Mein Freund ist selber todkrank. Er liegt im Turm A und wartet auf einen Knochenmarkspender. Lassen Sie mich bitte zu Timo, damit ich mit eigenen Augen sehen kann, wie es ihm geht. Bitte!" Bei dem Wort Bitte mache ich einen Knicks. Es ist so demütigend, hier zu stehen und darum zu betteln. Wie es aussieht, findet die Schwester das auch. Sie sieht mich mitleidig an. „Tut mir leid, ich darf nur die nächsten Angehörigen zu ihm lassen!"

„Aber Timo hat doch nicht mal einen Vater", schluchze ich und schiebe meine Ärmel noch höher.

„Bist du denn wenigstens schon achtzehn?", fragt sie und schaut auf meine Arme.

„Nein. Ich bin sechzehn." Sie nickt.

„Schwester?"

„Ja?" Sie schaut mich fragend an.

„Alles was ich mir wünsche, ist ein kleines bisschen Glück. Mehr nicht. Ich bin vielleicht noch nicht achtzehn, aber ich wohne zurzeit in der Psychiatrie, wo sich die meisten in meinem Umfeld den Tod wünschen. Und meine einzigen zwei Freunde, die mir durch meine Scheißkrankheit geblieben sind, wünschen sich, dass der Tod sie in Ruhe lässt. Können Sie sich vorstellen, was es für mich heißt, wenn ich jetzt verschwinde und nicht sehen konnte, wie es Timo geht? Wenn ich gleich in dieses beschissene Krankenzimmer komme und meinem Freund erklären muss, das ich ihm nichts Weiteres sagen kann?"

Es ist alles ein bisschen durcheinander, was ich erzähle, aber ich hatte auch keine Zeit, mir einen bestimmten Text auszudenken. Ich sollte gehen. Bevor ich mich ganz umdrehe, schiebt die Schwester mich allerdings durch die Tür in einen angrenzenden Raum. „Ausnahmsweise", meint sie und knipst mir ein Auge zu. „Aber ich kann dir die Verpackungszeremonie nicht ersparen!", sagt sie und lacht. Als ich fünf Minuten später in Timos Zimmer geführt werde, sehe ich aus wie ein Marsmännchen. Ich trage einen grünen Kittel, einen Mundschutz, eine OP-Mütze und Handschuhe. Meine Turnschuhe quietschen auf dem Linoleumboden und ich bin vor Wärme und Aufregung nassgeschwitzt. Timo liegt in einem Bett und lebt. Er trägt eine Sauerstoffmaske. Ein Schweißfilm liegt auf seiner Stirn. Anscheinend hat er Fieber. Neben ihm piept ein EKG. Mehrere Infusionen laufen gleichzeitig in seinen Port. Die Infusionssysteme sehen aus wie Autobahnzubringer. Mir fällt auf, dass auch Timos letzte Wimpern und Augenbrauenhärchen verschwunden sind. Seine Gesichtsfarbe ist weißer als die Wand hinter ihm. Als er seine Augen öffnet und mich sofort erkennt, fange ich aus Erleichterung hemmungslos an, zu schluchzen. Die Schwester klopft mir aufmunternd auf die Schulter und schiebt einen Stuhl neben Timos Bett. „Setz dich", sagt sie und gibt uns fünf Minuten. Timo greift nach meiner Hand. Nur ein paar Millimeter Gummi trennen uns.

„Mann, Emily", sagt er und lächelt. „Wie hast du es hier rein geschafft?" Er bekommt noch schlechter Luft als am Sonntagabend, als ich ihn das letzte Mal gesehen habe. Ich blinzle, bis das Zimmer und Timos Gesicht wieder Konturen bekommen.

„Not macht erfinderisch", sage ich und versuche, tapfer zu lächeln. „Wie geht es dir?"

„Beschissen", sagt er, was kaum zu übersehen ist. Ich drücke einmal kräftig seine Hand. „Was hast du denn?"

„Eine fette Lungenentzündung. Heute Nacht dachte ich, ich gehe kaputt!" Daran kann man nicht sterben, will ich sagen, aber noch rechtzeitig fällt mir ein, dass genau daran sein Stiefvater gestorben ist.

„Du musst wieder fit werden!", sage ich deshalb und lege mein Gesicht neben seinem Kopf auf das Kissen. „Du", flüstere ich und mache eine Pause, weil ich weiß, dass ich ihm jetzt sehr wehtun werde. „Chrissi braucht uns jetzt ganz doll. Sie haben seine Chemotherapie gestoppt. Doktor Albert sagt, ohne Knochenmarkspender geht bei ihm gar nichts mehr."

„Scheiße!", sagt Timo und fährt sich mit einer Hand über sein Gesicht. Er versucht, nicht zu weinen. Oder vielleicht fehlt ihm auch einfach nur die Kraft dazu.

„Wenn man eine ausgefallene Wimper von sich findet, greift man sie mit zwei Fingern, flüstert leise einen Wunsch und pustet sie wieder weg. Und dann hofft man, dass der Wunsch in Erfüllung geht", flüstert er.

Mein Puls geht viel zu schnell.

„Als ich das erste Mal Leukämie hatte, habe ich mir bei allen gefundenen Wimpern immer nur mein eigenes Leben gewünscht." Timo bekommt einen Hustenanfall, dann sieht er mich wieder an: „Dieses Mal habe ich geteilt. Eine Wimper für ihn, eine für mich…"

„Ob das reicht?", wage ich zu fragen. Timo zieht die Schultern hoch. Sicher wollte er mir damit erklären, wie wertvoll Chrissi ihm ist, aber das weiß ich auch so. Dann schaue ich mich im Zimmer um. Geräte piepen, auf Regalen stehen Infusionen und Nierenschalen, Pflasterrollen stapeln sich neben Desinfektionsmitteln. Was ein kranker Mensch so alles braucht.

„Das Böse sitzt nicht hier in den Krankenhausecken, sondern in unserem Kopf, Emily. Wir müssen lernen, uns mit der Umgebung anzufreunden", krächzt Timo.

„Ich weiß". Meine Stimme klingt ebenfalls kratzig und rau, kaum besser als bei Timo, trotzdem schenke ich ihm ein Lächeln.

„Ritzt du es in die Wand", fragt er leise.

„Was?" Timo zeigt einmal mit seinem Finger durch den Raum: „Sauerstoff, Maske, Lungenentzündung … nein, schreib Pneumonie, das ist kürzer. Und Fieber!"

„Fieber, das Wort stand als Allererstes auf unserer Geht-gar-nicht-Liste!"

„Wow", sagt er. „Und dann natürlich, dass sie mich und Chrissi getrennt haben. Wie kann man das nur mit einem Wort beschreiben?" Ich überlege und hebe ein wenig den Kopf. Durch das Fenster kann ich den anderen Bettenturm sehen. Dann hebe ich meinen Kopf ganz. „Du Timo?". Ich stehe auf und trete an die breite Fensterfront. Mit den Blicken suche ich die Fensterreihen eine Etage tiefer, an dem gegenüberliegenden Turm ab. „Die haben euch gar nicht wirklich getrennt", sage ich plötzlich und lache. Wenn ich mich konzentriere und ganz genau hinsehe, kann ich Chrissi sehen. Er sitzt auf seinem Bett.

„Ich kann deinen Freund sehen!"

„Wirklich?" Timo versucht, seinen Kopf etwas anzuheben. „Wir müssen uns irgendwie bemerkbar machen", sagt er lachend.

„Ich könnte ihm schreiben?"

„Lass lieber", meint Timo. „Ich weiß nicht, ob das mit diesen ganzen Apparaten hier kollidiert! Nicht, dass du noch einen Herzinfarkt bei mir auslöst!"

„Spinner", sage ich, aber habe auch schon mal etwas davon gehört, Handys lieber nicht auf einer Intensivstation zu benutzen. Also schaue ich mich um. Dann habe ich eine Idee. Auf einem Tisch liegen grüne Tücher. Ich nehme mir eins, genauso wie einen Wickel vom Regal. Dann ziehe ich einen freien Infusionsständer zu mir, werfe das Tuch darüber und binde es mit der Mullbinde fest.

„Sieht aus wie ein Gespenst", meint Timo. Ich schiebe den Ständer neben sein Bett. „Wenn ich gleich da bin", sage ich zu ihm, „dann musst du den Infusionsständer zum Fenster halten und bewegen, okay?"

„Okay", lacht Timo. „Ich werde es versuchen!"

Und wie er so lacht, bin ich mir ziemlich sicher, dass er das schafft und auch die Lungenentzündung überstehen wird.

„Du musst mir aber mindestens zehn Minuten schenken, ja? Ich verwandele mich doch erst wieder von einem Marsmännchen in einen normalen Menschen."

Timo bleibt alleine zurück. Als ich gehe, lächelt er und wackelt mit dem Ständer, was ihn sicher eine enorme Anstrengung kostet.

Während ich mich umziehe, schaut die nette Schwester in den Raum.

„Alles klar?", fragt sie. Ich nicke und werfe den Kittel in einen dafür vorgesehenen Wäschesack. Die Handschuhe, den Mundschutz und die Haube in den Mülleimer. „Ich glaube, er schafft es, oder?

„Bei den Freunden!", lacht sie. Als die Schwester mir die automatische Tür öffnet, nickt sie mir noch einmal zu. „Wenn du ihn in den nächsten Tagen wieder besuchen möchtest, ich habe die Woche über Spätdienst. Frag einfach nach Schwester Susanne."

„Susanne", sage ich und lache. *Und es gibt doch noch Engel*, schreibe ich in mein Herz.

Als ich zurück in Chrissis Zimmer komme, sieht er mich fast panisch an. „Und?" Ich setze mich neben ihm auf das Bett und suche mit den

Augen nach Timos Zimmer. „Ich habe es geschafft, ich habe ihn gesehen!"

„Yume!", Chrissi zieht mich zu sich und drückt mich fest.

„Du bist die Beste! Wie geht es ihm?" Ich schaue wieder zum Turm B. Eine Etage höher. *Da!* An einem Fenster taucht plötzlich etwas Grünes auf und wackelt. „Chrissi schau doch", jauchze ich und ziehe ihn bis zum Fenster. „Siehst du gegenüber das Grüne?"

Chrissi sucht mit den Augen. Dann bleibt sein Blick an einem Punkt hängen. „Ja, etwas winkt!" Allmählich scheint er zu begreifen. „Macht das etwa Timo?" Als ich nicke, küsst und drückt er mich, bis es schmerzt, dann springt Chrissi auf das Fensterbrett, was sehr waghalsig aussieht. Seine Schuhsohlen quietschen auf der Fensterbank. Ich halte ihn am Bein fest. Nicht, dass er mir noch durch die Scheibe fliegt.

Chrissi klopft gegen das Fenster. Seine Erleichterung scheint grenzenlos. Zwei Mal habe ich heute gelernt, dass man für einen Freund mehr fühlen kann als für sich selber und sehe fasziniert zu, wie Chrissi mit seiner Hand winkt und winkt. Und das reicht mir, um wieder an echte Freundschaften zu glauben.

„Timo, mein Freund", schreit Chrissi. „Halte durch, wir werden uns bald wiedersehen!"

Chrissi

Ich weiß nicht, wie Yume es geschafft hat, aber auf der anderen Seite winkt Timo mir im Dreißig-Minuten-Takt mit diesem grünen Ding zu. Emily ist unschlagbar. Ich liebe sie einfach. Und ich liebe Timo.

Als meine Eltern um kurz vor acht kommen, hat sich Emily schon wieder auf den Weg nach Hause gemacht. Sie darf auf keinen Fall zu spät erscheinen.

In ein paar Wochen ist ein großes Turnier bei uns auf dem Hof und meine Eltern haben ordentlich zu tun. Trotzdem waren sie beide heute Morgen, mit meiner Tante und mit meinem Cousin hier und haben ihre Teststäbchen abgegeben und sich einer Blutentnahme unterzogen. Leider habe ich keine Geschwister, da läge die Wahrscheinlichkeit einer Übereinstimmung höher. Mein Vater sagt, bis das Ergebnis kommt, dauert es leider ein paar Tage. Ich erzähle meinen Eltern die geniale Aktion von Yume. Meine Mutter lächelt tapfer, geht zum Fenster und sucht das Zimmer von Timo. „Da", ruft sie plötzlich. Timos Gespenst – so haben wir das Tuch mitsamt Ständer inzwischen genannt- winkt wieder. Es ist acht Uhr.

„Deine Freundin ist der Hammer", sagt mein Vater. Er schaut sich im Zimmer um. „Was hat Timo denn jetzt?"

„Eine Lungenentzündung. Er bekommt hoch dosiert Antibiotika und Sauerstoff." Das weiß ich von Yume. Meine Mutter schaut erschrocken zum Nachbarbett hinüber. „Kommt er nie wieder in dieses Zimmer zurück?" Ich berichte ihr, dass Schwester Birgit meinte, wegen eines möglichen Notfalles müsste man das Bett freimachen.

„Dann hoffen wir, dass es keine Notfälle gibt", sagt sie ernst und eine große Sorge spiegelt sich in ihren Augen.

Mein Vater wandert durch das Zimmer. Anscheinend sucht er etwas? Vielleicht eine Antwort darauf, warum es ausgerechnet seinen Sohn so mies getroffen hat. Dann schaut er auf seine Armbanduhr. „Bin in einer halben Stunde wieder da!"

Als er, ohne uns anzuschauen, das Zimmer verlässt, fängt meine Mutter an zu kichern. „Jetzt wird er auch noch eigensinnig!"

„Hat er eine Freundin?", frage ich scherzend. Meine Mutter wird wieder ernst. „Nein, er hat einfach nur Angst um dich."

Aber auch nach einer Dreiviertelstunde ist mein Vater noch nicht wieder da. Timo hat uns in der Zwischenzeit schon wieder gewunken... Er wird seine ganze letzte Kraft bei diesem Akt für mich verpulvern.

„Wir haben schon neun Uhr", meint meine Mutter beunruhigt. „Die schmeißen mich doch sicher gleich hier raus, wegen Einhaltung der Nachtruhe?"

„Ich glaube, auf der Onkologie ist so ziemlich alles erlaubt", sage ich. Ich bin schon nachts um drei Uhr über die Station gewandert, weil ich nicht schlafen konnte und Timo nicht wecken wollte und habe im Spielzimmer Eltern gesehen, die mit ihren Kleinkindern spielten oder ihnen etwas vorlasen. Der Wettlauf mit dem Tod kennt keine Zeiten! Mein Vater kommt schwer beladen ins Zimmer gepoltert. Er gibt der Tür mit dem Fuß einen Schubs, dass sie mit einem Knall zuballert. Meine Mutter zuckt erschrocken zusammen. „Mensch, was machst du denn?", zischt sie.

„Nicht meckern, hilf mir lieber", ruft er. Meine Mutter steht auf und nimmt ihm ein paar Sachen ab. Meine Eltern legen dann alles auf mein Bett: ein weißes, langes Stoffstück, eine schwarze und eine grüne Sprühdose und eine Rolle doppelseitiges Klebeband.

„Was willst du denn damit? Und wo warst du überhaupt?" Meine Mutter schüttelt ungläubig mit dem Kopf.

„Im Baumarkt", sagt mein Vater lächelnd, als sei es das Selbstverständlichste überhaupt. In dem Moment klopft es an der Tür. Doktor Albert tritt ins Zimmer. „Guten Abend", sagt er. Er grinst wie ein Breitmaulfrosch. Wieder bewundere ich dieses geniale Schwert auf seinem Unterarm.

„Chrissi, ich habe mitbekommen, dass deine Eltern hier sind.

Wenn du möchtest, können sie dich mit nach Hause nehmen."

Ich schaue ungläubig zwischen ihm und meinen Eltern hin und her. Meine Mutter zieht fragend ihre Schultern hoch.

„Bis wir Ihre Ergebnisse haben", sagt er in die Richtung meiner Eltern, „dauert es ein paar Tage und auch, bis wir die Datenbank nach einem potenziellen Spender für Chrissi durchforstet haben, dauert es. Da Chrissi aber soweit ganz stabil ist, kann er die Wartezeit zu Hause verbringen." In mir jubelt es. Ich schaue nach gegenüber, sehe wieder, dass Timos Gespenst wackelt, und ziehe Doktor Albert zum Fenster. Ich erkläre ihm, dass dort Timo liegt und was Yume vollbracht hat. Doktor Albert schaut fasziniert auf den gegenüberliegenden Turm. „Geile Idee", sagt er. „Ich werde Timo zukommen lassen, dass du die nächsten Tage zu Hause bist, damit er seinen Arm schonen kann. Oder noch viel besser, ich gebe dir die Telefonnummer der Station und werde den Schwestern sagen, dass du gleich anrufst und ihnen die Anweisung geben, dass sie Timo den Hörer ans Ohr halten, damit du mit ihm sprechen kannst." Doktor Albert geht wieder. Meine Mutter macht sich euphorisch daran, meine Sachen in die Tasche zu packen. Es gibt nichts, was sie im Regal oder Nachtschränkchen liegenlässt. *Mama, ich muss wieder hierhin*, will ich sagen, aber schlucke die Worte hinunter. Soll sie sich doch freuen und einen Moment glauben, wir könnten der Krankheit einfach so davonlaufen. Mein Vater nimmt das weiße Tuch und breitet es auf dem Boden aus. Es ist etwa siebzig Zentimeter breit und zwei Meter lang. Dann faltet er seine Hände und überlegt. „Was schreiben wir denn jetzt am besten?"

„Wenn du uns sagen würdest, was du vorhast, dann könnten wir dir vielleicht helfen?" Meine Mutter zieht schnell den Reißverschluss meiner Tasche zu und stellt sie Richtung Ausgang. Mit dem Fuß schiebt sie die Tasche und den Drang, meine Krankheit möglichst weit fort zu befördern, noch ein ganzes Stück näher zur Tür. Mein Vater greift zu der schwarzen Sprühdose und geht nicht auf ihre Frage ein. Er sprüht große Buchstaben quer über das Tuch: TIMO, ALLES GUTE und malt dann mit der grünen Dose ein Kleeblatt daneben. Am oberen Rand auf dem Stoff verteilt er ordentlich doppelseitiges Klebeband. Danach zieht er die Folie von dem Kleber, steigt auf einen Stuhl und heftet das Tuch in meinen Fensterrahmen.

„Timo wird irgendwann wieder aufstehen können", meint er. „Dann freut er sich vielleicht, wenn du ihm alles Gute wünschst?" In seiner Stimme höre ich eine vergessene Fröhlichkeit. Überhaupt bin ich sprachlos über alles, was heute passiert ist. Hin und wieder muss man jeden Zweifel über den Haufen rennen. Wenn man liebende Eltern und Freunde hat, dann kann man sich auch einfach mal ein Stück von ihnen tragen lassen!

Oktober 2015

Emily

„Ist die jetzt gestrickt oder gehäkelt?" Lisa sitzt an ihrem Schreibtisch, auf ihrer Seite des Zimmers. Das Bett hinter ihr an der Wand ist so ordentlich gemacht, als hätte sie mit dem Bügeleisen die Tagesdecke glatt gebügelt. Unsere zwei Hälften sehen gegeneinander verglichen aus wie zwei fremde Planeten. Auf meiner Seite herrscht das totale Chaos. Etwas, das ich mir zu Hause nie erlauben dürfte. In unserer Familie werden Probleme gerne in Schubladen gestopft oder unter den Teppich gekehrt. Hier lasse ich alles genau da liegen, wo ich es gerade benutzt habe.

„Gestrickt", sagt Lisa und hält die Mütze gegen das Licht. Dann schneidet sie einen losen Faden ab. Ich kann nicht anders und muss Lisa einfach umarmen. „Danke!", sage ich. „Chrissi und Timo werden sich so freuen!" Lisa wird rot. Seitdem sie die Aufgabe hat, Mützen für uns mit dem roten &- Zeichen zu häkeln oder zu stricken, blüht sie richtig auf. Im Moment sind wir alle im Werbefieber. Chrissis Verwandte kommen als Spender für ihn leider nicht in Frage. Auch gibt es in der ganzen Datenbank keinen passenden Blutspender für Chrissi. Das hätte ich nie gedacht. Es sind so viele Menschen, die dort registriert sind, aber anscheinend sind es immer noch nicht genug. In den letzten Tagen habe ich mich darüber ausführlich informiert. Ich bin total erschrocken darüber, wie viele junge Menschen diese Krankheit haben und darüber, wie schwer es ist, einen genetischen Zwilling für sie zu finden. Frau Dr. Norek hat mir geraten, ich soll bei der ganzen Aufregung meine eigene Krankheit nicht aus dem Auge verlieren, aber trotzdem habe ich drei ihrer Familienangehörigen und sie selber zur Registrierung gewonnen. Die Registrierung ist eigentlich ganz einfach: Man fordert bei der Deutschen Knochenmarkhilfe ein Teststäbchen an, fährt mit dem Wattestäbchen durch seinen Mund und schickt das Röhrchen mitsamt ausgefülltem Fragebogen wieder zurück. Danach erhält man eine Registrierungsbestätigung und eine Spendernummer. Ich verstehe nicht, warum es nicht noch mehr Menschen machen. Wenn für Chrissi kein

Spender gefunden wird, hat er keine Chance auf ein weiteres Leben. Das ist fast schon unglaublich. Und tieftraurig.

Manchmal habe ich so große Angst um ihn, dass ich würgen muss, ohne mir dafür einen Finger in den Hals zu stecken.

Lisa wirbelt die Mütze einmal durch ihre Hand. Die Beanie-Mütze ist grau und am oberen Rand hat sie das rote &-Zeichen eingestickt, was bedeutet: Du und ich, nur gemeinsam können wir den Krebs besiegen. Oh mein Gott, ich würde Chrissi mein ganzes Knochenmark spenden, wenn ich nur könnte! Ich sehe in seinen Augen, wie sehr er am Leben hängt. Lisa zieht sich die Mütze auf den Kopf. Ihre dunklen Haarsträhnen fallen weich unter der Mütze hervor. Das bringt mich auf eine Idee. Ich laufe zu meinem Schrank und krame die Tüte mit Chrissis Haaren heraus. „Hast du Heißkleber?", frage ich.

„Heißkleber?" Lisa schaut mich skeptisch an.

Im Kunstunterricht war ich immer sehr gut. Unsere Lehrerin hat meinen Ideenreichtum stets gelobt, deshalb bin ich mir ziemlich sicher, dass das Ganze auch klappen kann.

„Frag doch mal in Haus siebzehn. Ich weiß, dass die Senioren dort zu Ostern den Schmuck gebastelt haben."

Zu Ostern? Meine Güte, so lange ist Lisa schon hier?

Da wohnen wir seit Wochen gemeinsam auf sechsundfünfzig Quadratmetern. Manchmal ist es erschreckend, wie viel man eigentlich voneinander weiß. Oder wie viel man nicht voneinander weiß.

Ich laufe den Gehweg hinauf und suche die Stationsschwester. Die lümmelt gerade auf einem Stuhl im Aufenthaltsraum und nippt an einem Kaffee. Ich erzähle ihr, was ich suche. Sie verschwindet in einen Raum, der vollgestopft ist mit Akten. Als sie wieder zu mir kommt, hält sie mir die Klebepistole entgegen und lächelt mich warm an, obwohl ich gerade ihre kostbare kurze Pause unterbrochen habe.

„Zeig mir die Mütze, wenn sie fertig ist, ja?" Das Telefon klingelt. Damit dürfte ihre Pause zu Ende sein.

„Versprochen!" Ich renne zurück, stecke den Stecker in die Steckdose und mache mich daran, Chrissis Haare zu sortieren. Mir wird ganz wehmütig ums Herz. Der ganze Berg aus Haaren war mal an Chrissis Kopf. Sie haben mich beim Küssen gekitzelt und ich konnte meine Verlegenheit überspielen, wenn ich in eine Strähne gegriffen und sie durch meine Finger haben gleiten lassen. Ich denke immerzu an Chrissi. Den ganzen Tag. Was macht er gerade? Wie fühlt er sich? Bekommt er wieder diese Panik, dass es keinen Spender für ihn geben wird und er an der Krankheit sterben muss? Mein Magen zieht sich zusammen.

Wie soll man weiterleben, wenn man das Beste verliert?

„Nicht daran denken!", sagt Lisa und hilft mir bei einer Haarsträhne, als ich den Heißkleber über die Enden laufen lasse. „Woher weißt du, was mir gerade durch den Kopf geht?"

Lisa schaut mich an und streicht mit ihren Daumen die Tränen aus meinen Augenwinkeln. „Was meinst du, Emily?", fragt sie und küsst mich auf die Stirn. „Glaubst du etwa, wir wären hier, wenn wir unter unserer Haut nicht eine Seele hätten, die mehr spürt als alle anderen?"

Die Mütze sieht einfach genial aus. Ich trage sie auf dem Kopf und wirbele damit durch unser Zimmer. Lisa sitzt auf ihrem Bett und lacht.

„Hast du schon mit ihm geschlafen?", fragt sie plötzlich. Ich halte mitten in der Umdrehung an. Zwischen meinen Wangen klemmt ein Grinsen: „Privat!" Sie schaut mich enttäuscht an.

„Nein, nicht wirklich", sage ich.

Dann denke ich an den Nachmittag mit Chrissi auf dem Heuboden. Mit ihm habe ich in der kurzen Zeit, seit wir uns kennen, schon mehr schöne Momente erlebt, als in meinem ganzen Leben zuvor.

„Ich küsse dich hier", flüsterte er. „Und hier!" Dann legte er seinen Mund auf eine andere Stelle an meinem Bauch. „Und hier!" Seine Hand fuhr dabei über meine Seite und es fühlte sich an, als würden tausend Funken in mir sprühen. Stimmengemurmel drang von draußen bis hoch

auf den Heuboden, von den Menschen, die sich unter den aufgebauten Schirmen zusammenquetschten, um dem Regen zu entkommen. Irgendwann wurden die Stimmen leiser, als hätte der Himmel die Erde stillgeküsst, aber es lag nur an unserem lauten Atem. Mit Chrissi war es so leicht, von einer in die andere Welt zu schlüpfen. Draußen trieb das Gewitter immer noch seinen Unfug und wenn ein Blitz den Dachboden in helles Licht tauchte, konnte ich einen Moment meinen rosa Schuh neben Chrissis Kopf auf dem Fußboden liegen sehen. Er legte seine Hände um mein Gesicht und zog hastig meinen Kopf zu sich. „Warum so eilig?", fragte ich. „Du bist so weit weg", brummte er in mein Ohr und knabberte dann an meinem Ohrläppchen. Er wollte einfach nur einen Moment vergessen. Vergessen, was ab Montag mit ihm geschehen würde.

Plötzlich waren seine Hände überall. Seine Finger streichelten über meinen Rücken und im nächsten Moment über meinen nackten Oberschenkel. Er schenkte mir mehr Lächeln, als ich ertragen konnte. „Himmel", flüsterte ich und klammerte mich an ihm fest. Mein Körper fühlte sich so lebendig an wie lange nicht mehr.

„Bleibst du für immer bei mir?", fragte ich, wie auf eine weiche Wolke gebettet.

„Natürlich", meinte er und rieb seine Nase über die Wölbung meines Bauches. Seine Zungenspitze fand meinen Bauchnabel und einen Moment dachte ich, ich sehe Sterne über mir, dabei waren es nur einzelne Strohhalme, die Vögelchen für ihre Nester in das alte Dach geflochten hatten. Ich fing an, mit meinen Händen in seinen Haaren zu spielen. Haare, die bald nicht mehr da sein würden. Meine Blicke wanderten über seinen Körper. Mein Pulsschlag rauschte in die Höhe. Auch wenn die Chemotherapie etwas von Chrissis Schönheit nehmen würde, würde er noch aussehen wie ein Adonis.

„Dich schön zu finden, ist einfacher als atmen!"

Chrissi sah mich einen Moment verdutzt an, dann legte er seine Lippen wieder sanft auf meine.

„Und du schmeckst wieder herrlich nach Strawberry", flüsterte er und sein warmer Atem kitzelte mich in meinem Ohr.

„Kann uns noch irgendetwas trennen?", fragte er. Mir fiel nichts ein, also schüttelte ich heftig mit dem Kopf.

„Nur der Tod", sagte er zögerlich und einen Moment erlosch der Zauber, der uns gerade noch umgeben hatte.

„Nein, der Tod kann uns auch nichts", sagte ich mit fester Stimme. „Im Leben werde ich dich nicht gehenlassen!"

„Das ist gut", flüsterte er so leise, dass ich ihn kaum verstehen konnte. Danach legte er seine Wange an meine und es dauerte weniger als eine Minute, dann atmeten wir im Gleichtakt. Wir lagen sogar so nah beieinander, dass unsere Herzschläge eins zu werden schienen.

Was konnte uns jetzt noch trennen?

Übermutig werfe ich meinen Kopf in den Nacken, nehme meine Haarbürste in die Hand und tue so, als sei sie ein Mikrophon. „Oh Baby", schreie ich. Ich benehme mich total albern, oder so, wie es Fünfzehnjährige normalerweise auch tun.

Frau Dr. Norek klopft und steckt ihren Kopf durch die Tür. „Zeit für die Gruppentherapiestunde!" Als sie Lisa lachen sieht, nickt sie erfreut. Ich glaube, es ist Wochen her, dass einer von uns hat Lisa lachen sehen. Als Frau Dr. Noreks Blick zu mir herüberschweift, stockt sie einen Moment: „Ist es das, woran ich denke?"

„Woran denken Sie denn?"

„Karneval? Du gehst als Rapper? Ach nein, noch etwas zu früh für die Faschingszeit. Ich tippe auf eine Mottoparty am Wochenende."

Lisa kichert wieder. Das gefällt Frau Dr. Norek. Sie tritt ins Zimmer und schließt die Tür hinter sich. „Verratet ihr mir, was ihr da treibt?"

Ich ziehe die Mütze vom Kopf und reiche sie Frau Dr. Norek. Sie dreht sie ein paar Mal durch die Hände. Die Haarsträhnen fallen dabei auseinander wie ein Fächer. Als sie sie in der Innenseite betrachtet, staunt sie. „Aha!", sagt sie. „Sind das echte Haare?" Ich habe einzelne

Haarsträhnen von Chrissi mit Heißkleber zusammengeklebt und dann mit Nadel und Faden in die Innenseite genäht. Wenn sich Chrissi jetzt die Mütze auf den Kopf setzt, dann wird es vielleicht so aussehen, als ob er noch Haare hätte, die unter der Mütze hervorschauen. Frau Dr. Norek nickt anerkennend. „Meine Güte, dein Freund hat aber wunderschönes Haar. Ich bin echt neidisch!" Sie lässt ihre Finger wieder durch die Haare gleiten. „Das ist übrigens eine super Idee. Wenn Chrissi die Mütze aufhat, dann mach doch mal bitte ein Foto. Bin gespannt, wie das wirkt." Dann geht sie wieder und zwinkert uns ein Auge zu. In der Tür dreht sie sich noch einmal um: „Und Emily", ruft sie. „Auch hier spiegelt sich das Chaos, das manchmal in deinem Kopf herrscht, auf deiner Zimmerseite wider!" Dann verschwindet sie. Ich starre einen Moment auf all das, was auf dem Boden liegt.

„Können wir die Haare nicht auch an Timos Mütze nähen?", fragt Lisa.

„Nein", ich rufe mir ins Gedächtnis, wie Timo auf dem Bild aussah, das Chrissi mir am Ende doch netterweise gezeigt hatte. Ein super Typ mit blonden Haaren und dicken Muskeln.

„Timo ist blond."

„Blond!", Lisa schaut mich interessiert an. „Hat er etwa auch noch blaue Augen?"

„Blau?", frage ich und zeige aus dem Fenster. „Ich schwöre dir Lisa, der Typ würde dir gefallen. Seine Augen sind noch blauer als der Himmel hinter dir!" Lisa dreht sich um und schaut nach draußen. Die Sonne hat sich hinter eine Wolke verzogen und scheint den Himmel von hinten zu beleuchten.

„Azurblau?", fragt sie.

„Noch schöner!"

„Wow! Du musst ihn mir unbedingt vorstellen!" Lisa nimmt die Mütze wieder in die Hand und sieht sie lange an. „Ach Emily", stöhnt sie. „Wäre das schön, wenn man für jedes Problem einfach etwas basteln könnte!"

Unbekannt

Ihre Stirn glänzt von Schweiß. Zwischen ihren Augenbrauen hat sich eine steile Falte gebildet. Eine Falte aus Schmerz. Das Morphin läuft über einen Perfusor in ihren mageren Körper. Die Krankenschwester hat die Dosierung vor gut einer Stunde stark erhöht und meiner Mutter vorher sogar eine Extradosis in die Bauchdecke gespritzt, aber es hat dieses Mal ungewöhnlich lange gedauert, bis der Schmerz nachgelassen hat. Mutter sagt, manchmal käme er in Wellen, fühle sich an wie Wehen oder noch schlimmer, wie Feuer, das einen atemlos machen und innerlich verbrennen würde. Seit der Extradosis fantasiert sie. Ich bin froh, dass Florentine heute bei meiner Frau geblieben ist. Irgendwie hatten wir uns zu Hause verpasst und so bin ich alleine ins Hospiz gehetzt. Als hätte mich eine böse Vorahnung heimgesucht. Bisher war es meiner Mutter noch nie so schlecht gegangen.

Ein paar Minuten später schläft sie ein.

Über dem Rand ihres Pullover-Ausschnittes sehe ich den Huckel, den sie mir direkt bei meiner Ankunft gezeigt hat. „Fühl! Bestimmt wieder ein neuer Knoten." Ich berührte den Huckel vorsichtig mit meinen Fingerkuppen und nickte. Ein neues Geschwür, was ihren Tod noch näherbringt. Etwas, das gestern noch nicht dagewesen ist. Plötzlich tauchen sie überall auf, diese Wölbungen aus entartetem Gewebe, aus tödlichen Zellen. Wie Stolpersteine.

Während meine Mutter schläft, schaue ich mich in ihrem Zimmer um. Ein schöner möblierter Raum, der eigentlich nur durch das Pflegebett und den auf dem Nachtschränkchen stehenden Perfusor wie ein Krankenzimmer wirkt. Die Möbel sind hell. Ein schmaler Kleiderschrank, eine hohe Kommode.

Ein kleiner Tisch mit zwei bequemen Stühlen und mitten im Raum prangt ihr eigener Ohrensessel. Ein großes Fenster bietet den Blick in einen wunderschön angelegten Park. Direkt an das Zimmer angeschlossen, ein eigenes Bad mit Dusche und Badewanne. Wie in einem hübschen Hotel.

Auf der Kommode stehen einige Bilder. Mein Vater, stolz vor seinem alten Cabriolet. Das Hochzeitsbild meiner Eltern. Ich selbst, als Säugling, im Kindergarten, der erste Schultag. Noch mehr Schulbilder verschiedener Jahrgänge. Mein Hochzeitsbild und danach folgen chronologisch die Bilder der Entwicklung von Florentine. Ich schließe die Augen und sehe für einen Moment ein Bild von meiner aufgebahrten Mutter im offenen Sarg. Schnell reiße ich meine Augen auf. „Puh!", entfährt es mir und doch lässt mich ein anderer Gedanke nicht los. Ich schließe wieder meine Augen und taste mich blind durch das Zimmer. Hangele mich von der Kommode zum Schrank, dann zu Mutters Bett zurück.

Rummpss, macht es und es scheppert. Ich bin über ein Kabel gestolpert, habe so die Lampe mitgezogen und sie zu Boden gerissen. Ohne Augenlicht kann so schnell etwas passieren.

„Was ist los?", fragt meine Mutter und nestelt an ihrer Bettdecke. „Ein Gewitter!", beruhigt sie sich selber und schläft wieder ein. Ich bleibe ein paar Minuten reglos stehen und starre auf die Lampe auf dem Boden. Die Glühbirne ist zersplittert, die feinen Glasscherben sind überall verteilt.

Wie würde ein blinder Mensch das jetzt zusammenfegen, ohne sich zu verletzen?

Bevor ich die Splitter aufsammele, trete ich an das Bett meiner Mutter und versuche sie zu wecken.

„Mama?"

„Ja!"

„Blind sein ist schrecklich!"

„Verstehst du mich jetzt?", fragt sie.

Ich küsse auf ihre beiden Augenlider und nicke. „Ich kann dich verstehen, Mama. Du hast recht, tue es!"

Und damit zaubere ich ihr das schönste Lächeln, das sie hat, auf ihr liebes Gesicht.

Chrissi

Als der Herbst kommt, mit allen Farben, kalter Luft und Wind, sind wir noch keinen Schritt weiter. Yume und ich haben uns auf unseren Heuballen zu unserer Geht-gar-nicht-Liste verzogen und schauen in den dunklen Himmel. Mein Kopf liegt auf ihrem Schoß und wir haben uns in zwei dicke Pferdedecken eingemummelt. Wenn meine Mutter uns hier findet, wird sie uns ins Haus scheuchen.

Der Wind weht heftig und die Blätter rascheln in den Ecken.

Yume seufzt. Ihre grünen Augen sind halb geschlossen und es sieht aus, als suche sie eine Antwort hinter den Wolken, die vom Wind getrieben über den Sternenhimmel jagen.

Die Gedanken um den Tod kreisen immer wieder durch unsere Köpfe. „Solltest du es nicht schaffen, dann komme ich mit", sagt Yume ernst. Ich nicke, als würde ich das jemals tolerieren.

„Dann werden wir im Himmel zusammen über die Wolken tanzen", sagt sie und lacht, und ihr Blick senkt sich zu mir herunter. „Seitdem ich dich liebe, habe ich eigentlich den Bezug zu meinem Wunsch, nicht mehr leben zu wollen, völlig verloren. Es ist schrecklich, genau daran jetzt zu denken. Es könnte alles so toll sein."

„Stimmt", gebe ich ihr recht. „Soll man sich nicht auch darauf konzentrieren, was man will und nicht darauf, was man nicht will?"

„Yes!", sagt sie und spielt mit dem Haar an meiner Mütze.

„Was wünschst du dir, wenn du es schaffst?"

„Als Erstes würde ich gerne wieder reiten, reiten und noch mehr reiten. Über die Wiesen und Felder jagen. Das fühlt sich wie Freiheit an."

Yume nickt. „Kann ich verstehen. Vielleicht werde ich es mal mit dir versuchen?"

„Super. Und was wünschst du dir, wenn wir es beide schaffen?"

„Dann wünsche ich mir, dass die Mauer hinter uns beiden zerbricht und diese grässlichen Worte verschluckt werden und einfach nicht mehr existieren. Dass wir fähig sind, all das Schreckliche zu vergessen. Dass wir normale Probleme haben wie alle anderen in unserem Alter und natürlich, dass Timo auch noch da ist und uns immer noch zum Lachen bringt."

„Timo!", schluchzt es aus meinem Hals und dann kommen mir doch die Tränen.

„Timo, es bedeutet deinen sicheren Tod, wenn du jetzt einfach nach draußen spazierst und Unsinn machst!"

„Doktor Albert, es bedeutet mein sicheres Gefühl von Ich- habe- nicht-mehr-all-das-gemacht-was-ich-alles-noch-machen-wollte, wenn ich jetzt bleibe und doch sterbe!" Dr. Albert schaut einen Moment zwischen uns dreien hin und her. Sein Abwägen heizt die Luft auf. Timo wird es sowieso machen. Mit dem Einverständnis von Dr. Albert würde mir allerdings wohler sein.

„Zwei Stunden gebe ich euch", sagt er und zeigt mit seinem Zeigefinger streng auf die Tür. Im Moment geben uns alle Menschen immer irgendwelche Zeit.

„Und ab mit euch!", sagt er. Er hat auch mir zuvor etwas Blut abgenommen.

Ach, wenn du schon mal hier bist, Chrissi, können wir auch eben deine Werte überprüfen, dann musst du morgen früh nicht extra wiederkommen.

Ich drücke noch einmal auf das Pflaster in meiner Armbeuge, das sich an einer Stelle gelöst hat. Timo zieht den Sauerstoffschlauch aus seiner Nase. Dann helfen wir ihm in den Rollstuhl. Yume ist keine ein Meter fünfundsechzig groß. Gegen uns drei sieht sie kümmerlich klein und zerbrechlich aus. Heute trägt sie ihre Haare offen und als sie sich über Timo beugt und die Decke geschäftig über seine Schultern zieht, füllt sich der ganze Raum mit so viel Liebe und Fürsorge aus, das mir ganz warm ums Herz wird. Doktor Albert verlässt mit uns das Zimmer. Als wir vor dem Fahrstuhl stehenbleiben, zeigt er auf sein Schwert am Arm: „Jungs, ihr wisst, ich kämpfe für euch. Macht mir also keinen Quatsch!"

„Auf keinen Fall", sage ich und wir grinsen unisono. Der Fahrstuhl kommt und Yume schiebt Timo hinein. Doktor Albert steht immer noch mit verschränkten Armen da und sieht uns nach. „Und Emily", ruft er, gerade, als sich die Aufzugtür schließt: „Deine Mützen sind der Hammer! Du solltest ein Patent darauf anmelden!"

Yumes Wangen färben sich rot. „Mach ich", freut sie sich. Die Aufzugkabinen sind so klein, dass die Innenarchitekten sich bestimmt die Idee mit der Verspiegelung haben einfallen lassen, damit man in der Kabine keine klaustrophobischen Anfälle bekommt. Timo zupft an seiner Mütze und begutachtet sich in dem Spiegel vor uns. „Hammer", sagt er bestimmt zum zehnten Mal, seitdem Yume ihm die Mütze geschenkt hat.

Yume und ich besuchten Timo gestern Nachmittag gemeinsam im Krankenhaus. Timo war seit einer Woche von der Intensivstation herunter und wieder in unserem Zimmer. Mein Bett stand immer noch ungemacht da. Timo meinte, er würde es bis zu seinem letzten Atemzug verteidigen und hatte darauf bestanden, dass es keiner anrühren durfte. Die Drohung untermauerte er mit einem Messer, das demonstrativ sichtbar auf seinem Nachtschränkchen lag. Nachdem er meine Mütze gesehen hatte, grinste er und meinte: „Emily, du wirst es nicht glauben, aber ich habe meine Haare auch extra aufgehoben!" Das war für Yume Aufforderung genug. Noch am selben Abend mussten wir uns in den Bus setzen und seiner Mutter einen Besuch abstatten. Es dauerte fast eine Stunde, bis seine Mutter die Haare gefunden hatte. Sie durfte nämlich ihren Sohn auf keinen Fall anrufen und fragen, wo er die Haarpracht aufbewahrte, um die Überraschung für ihn nicht zu gefährden. Danach saßen wir in meinem Zimmer und ich sah Emily beim Basteln zu. Ich betrachtete die Haare und sie kitzelten in meinen Händen.

„Man kann sich kaum vorstellen, dass das wirklich Timos

sind, oder?"

„Nein", sagte Yume und streichelte mit dem Ende einer Strähne, wie mit einem Pinsel über ihre Wange. „Der hat so weiche Haare wie ein Baby." Ich gab ihr recht und erinnerte sie an unser Versprechen. „Machen wir es?"

„Natürlich machen wir es!", sagte sie und riss einen Faden mit ihren Zähnen ab. Sie machte dabei ein verkniffenes Gesicht.

„Ritzt du dich noch manchmal?", fiel mir ein. Yume rollte einmal mit ihren Augen. „Chrissi", meinte sie ernst und hielt die Mütze ein Stück hoch: „Bei euern ganzen Wünschen fehlt mir einfach die Zeit dazu!"

Vielleicht ritzt sie sich nicht mehr, aber dass sie noch daran denkt, zeigt mir die Tatsache, dass sie ihren Notfallkoffer immer noch, wie eine Umhängetasche seitlich an ihrem Körper trägt.

„Ist dir warm genug?", fragt sie Timo gerade und legt die Decke fester um seinen Körper. Als sich die Fahrstuhltür öffnet, schiebt sie Timo hinaus und steuert auf den Taxistand zu. Zwei Menschen, die ich vor ein paar Wochen noch nicht kannte und mir jetzt so ans Herz gewachsen sind, dass ich seufzen muss.

„Fahren wir nicht mit dem Bus?"

„Dauert zu lange", meint sie und tippt auf ihre Armbanduhr. „Wir haben nur zwei Stunden."

Timo kichert. „Meinst du, sie geben uns Hausarrest, wenn wir nicht pünktlich wieder da sind?"

„Nein", sagt Yume und schaut besorgt auf Timos bläuliche Lippen, „aber wir wollen die Ärzte dann mal nicht zu sehr ärgern, oder? Sonst dürfen wir nie wieder etwas." Sie legt Timo ihre Hand auf die Schulter und wartet, bis ein Taxi vor unseren Füßen hält. Nachdem der Rollstuhl im Kofferraum verstaut ist und wir alle im Wagen sitzen, fährt das Taxi los. Ziel ist unsere Reitanlage. Timo hat nämlich zwei Wünsche. Als Erstes möchte er einmal unsere Geht-gar-nicht-Liste sehen und dann möchte er unbedingt einmal mit mir auf meinem Pferd reiten. Seitdem er von der Intensivstation herunter ist, habe ich ihn oft besucht. Dass ich mit ihm in *unserem* Zimmer zusammensaß, obwohl ich im Moment gar kein Patient bin, war für eine Schwester so normal, dass sie bei unserem Anblick das Zimmer verließ und kurz darauf mit dem Speiseplan wiederkam. „Christopfer!", sagte sie ernst.

„Sorry, wir haben vergessen, deine Karten auszufüllen."

Dass ich nicht bei ihm bin, findet Timo gar nicht so schlimm. Er freut sich sogar für mich, dass ich die Zeit, bis sich endlich ein Spender für mich findet, zu Hause und bei meinem Pferd verbringen kann. Aber jedes Mal, wenn ich ihn besuchte, konnte ich mehr und mehr spüren, dass ihn etwas bedrückte. Am Donnerstagabend hatte ich dann so ein schlechtes Gefühl, dass ich beim Essen kaum einen Bissen hinunterbekam. Schließlich fuhr mein Vater mich um kurz nach zehn Uhr abends zum Krankenhaus und meinte, er würde im Wagen so lange auf mich warten, bis ich wiederkommen würde. „Und wenn es lange dauert?", fragte ich ihn, bevor ich die Autotür zuschlug. „Ich könnte mit dem Taxi zurück?"

„Was sind ein paar Stunden, gegen eine Ewigkeit?", fragte er, lehnte seinen Kopf demonstrativ gegen die Stütze und tat, als wolle er ein Nickerchen machen.

Als ich ins Zimmer trat, lag Timo auf der Seite, starrte durch das Fenster in den Himmel und weinte. Ich war also keine Sekunde zu früh gekommen. Bevor er etwas sagte, saß ich neben ihm auf seinem Bett und hielt einfach nur seine Hand.

„Ich werde es nicht schaffen, Chrissi", meinte er und holte tief Luft. Der Sauerstoff im Schlauch zischte nervenaufreibend gegen den Druck an.

„Warum nicht?"

„Weil ich das Gefühl habe, dass einfach nichts mehr kommt."

Ich verstand. Sollte ich mich gegen seine Befürchtung oder sein Wissen auflehnen und Gott spielen? Also blieb mir nichts Anderes übrig, als seine Hand weiter zu halten und mit ihm in den Himmel zu starren. Ich versuchte, seinen schweren Atem zu ignorieren, die Sterne zu zählen, und hörte bei Tausendundsieben auf. Seine Hand hatte sich in meiner entspannt, er war eingeschlafen.

Ich nahm einen Kugelschreiber und eine alte Essenkarte von seinem Nachtschränkchen und schrieb auf die Rückseite:

... Und wenn du mich brauchst, dann bin ich für dich da ...

Dann platzierte ich die Karte so, dass sie ihm als Erstes ins Auge fallen würde, sobald er wach wurde.

Am Auto angekommen, war mein Vater wirklich eingeschlafen. Er zuckte erschrocken zusammen, als ich mich auf den Beifahrersitz schmiss. Es war kurz nach eins. Mein Vater startete wortlos den Motor und legte den ersten Gang ein.

„Er glaubt, dass er es nicht schafft", sagte ich und war selber verblüfft, dass ich nicht in Tränen ausbrach. Mein Vater nickte nur und sah auf den hellen Fleck, den der Scheinwerfer vor uns auf die Straße warf. Dann klappte ich die Sonnenblende herunter und warf einen Blick in den Spiegel. Meine Augen zeigten das gleiche Entsetzen, mit denen mich meine Eltern seit einiger Zeit ansahen.

Sein Anruf kam gestern Morgen um sieben. „Chrissi!", rief er ins Telefon. „Ich könnte dich gebrauchen."

„Soll ich kommen?", fragte ich und war schon auf dem Sprung.

„Nein!" Er hörte sich schon viel besser an als den Abend zuvor. „Ich würde gerne einmal eure Wand sehen und einmal mit dir auf Ricardo reiten."

Ich grinste.

„Wird gemacht, Kumpel. Aber mach dir bloß nicht ins Hemd!"

Yume gibt mir einen Ellenbogenhieb in die Seite. „Hörst du mir gar nicht zu?"

„Doch!"

„Was habe ich denn gesagt?"

„Okay", gebe ich mich geschlagen. „Ich habe geträumt."

„Ich hoffe, von mir!" Yume verdreht die Augen.

„Na klar."

Sie grinst.

Timo betrachtet sich gerade im Seitenspiegel des Taxis, als Yume dem Taxifahrer das Geld in die Hand drückt, und zupft an seiner Mütze. Dafür muss er sich ein wenig aus dem Rollstuhl nach vorne beugen.

„Ganz schön eitel, der Herr."

„Weißt du eigentlich, wie geil sich das anfühlt, wenn man seit Monaten keine Haare mehr auf dem Kopf hat und sich plötzlich im Spiegel sieht, mit Haaren? Und dann noch mit seinen eigenen!"

„Du hättest dir aus deinem Eigenhaar eine Perücke machen lassen können, hat man dir das nicht angeboten?"

„Natürlich, aber Perücken finde ich scheiße. Das ist eher etwas für Frauen. Das hier hat was! Und ist cool für uns Männer." Er klatscht Yume auf den Hintern, was ich ihm nicht übelnehme. „Du Emily, Doktor Albert hat recht, du sollest wirklich ein Patent auf diese Mützen anmelden." Yume lacht erfreut auf. „Meinst du?", fragt sie. „Das muss ich dann aber mit Lisa zusammen machen."

„Wie sieht Lisa eigentlich aus?" Anscheinend will Timo jetzt gar nichts mehr anbrennen lassen.

„Dunkle, halblange Haare. Locken. Schlank. Einfach nett", meint Emily und schiebt den Rollstuhl in Richtung unserer Wand. „Ich stehe auf dunkelhaarige Mädchen. Und auf Blonde. Auch auf Rothaarige. Ach, auf eigentlich alle. Du könntest mir Lisa ja mal vorstellen", sagt Timo grinsend. „Ich meine, wenn jemand so geniale Mützen stricken kann, dann kann die Person doch nur nett sein, oder?"

Yume schiebt Timo mit einem „Täterätä!", um die Kurve und bleibt dann mitsamt dem Rollstuhl stehen. Timo begutachtet die Wand mit offenem Mund. „Genial", sagt er ein paar Mal und fährt, indem er mit den Händen über die Reifen streift, sein Gefährt weiter. Die große Wand sieht aus wie eine vollgekritzelte Seite auf einem Schmierzettel. Ein

Zettel Größe XXXXL. Wir müssen ihm ein paar Wörter erklären. „Was heißt Augen? Und was bedeutet Hitze? Wer ist Elaine und wieso Apfelstückchen?"

„Ich habe mal gebrochen und den Apfel in Stückchen wieder ausgekotzt", meint Emily.

„Du bist echt ekelig", lacht Timo und bekommt dann einen Hustenanfall. Er macht mit seinem Handy dutzende von Fotos.

„Wann stellst du sie mir vor?", fragt er, ohne den Blick von der Wand zu nehmen.

„Wen?", fragt Yume irritiert.

„Lisa!"

„Ach so, die!" Yume flüstert mir etwas ins Ohr. Ich schaue auf meine Uhr. „In fünf Minuten", flüstere ich zurück. Sie verdreht wieder die Augen. Wir haben etwas vorbereitet und fünf Minuten können echt lang werden, wenn man einen Freund hat, der vor Tatendrang überschwappt. Yume schiebt Timo noch näher vor die Wand und zeigt auf ein Wort.

„Separation?", fragt Timo.

„Das ist Englisch. Und heißt Trennung. Uns fiel kein Wort ein, weißt du noch?"

„Klar", lacht Timo. „Aber eigentlich hatten sie uns ja nicht wirklich getrennt, denke an das grüne Monster. Ich habe heute noch Muskelkater im Arm!" Er bekommt wieder einen Hustenanfall. „War das am nächsten Morgen genial, als ich aufstehen musste! Ich habe mich echt aus dem Bett gequält. Meine Beine waren so schwer wie Holzklötze und plötzlich meinte die Schwester, wenn ich es bis zum Fenster schaffe, dann würde mich eine tolle Überraschung erwarten." Er hustet wieder. Die fünf Minuten sind um. Ich gebe Yume ein Zeichen und wir machen uns auf den Weg zum Außenplatz.

„Ihr seid wirklich tolle Freunde. Ich bin froh, dass ich euch am Ende meines Lebens noch kennengelernt habe." Damit macht er uns sprachlos. Wir wollen nicht, dass er stirbt. Wir möchten ihn nicht verlieren. Auch ich möchte nicht sterben.

„Ich weiß, was du mir alles gesagt hast, Timo, aber könntest du nicht einfach den Gedanken zulassen, doch nicht zu sterben?" Ich flüstere und Timo tut einfach so, als hätte er mich nicht gehört. Als wir um die Ecke biegen, drehe ich den Rollstuhl zu mir und sehe Timo tief in die Augen: „Vielleicht kannst du dir das mit dem Sterben noch einmal überlegen?" Ich muss aufpassen, dass ich nicht anfange, zu heulen. Das Ganze soll sich verdammt ernst anhören. Er soll nicht aus Mitleid sagen, dass er versucht zu bleiben. „Gib dich nicht jetzt schon auf, Timo!"

Bevor er etwas sagen kann, rufen meine Eltern. Als ich Timo umdrehe, bleibt seine Antwort in seinem offenen Mund stecken. Ich bin selber baff, was meine Eltern mit Sven und ein paar Anderen hier in den letzten zwei Stunden angestellt haben. Der Außenplatz ist kaum wiederzuerkennen.

„Mein Gott!", stöhnt Yume neben uns. Und es ist wirklich gigantisch. Mein Vater muss den halben Baumarkt leergekauft haben. Blaue, dicke Folie hängt über dem Zaun der Außenanlage und wirft Wellen, was aussieht wie blaues Wasser am Meer. Palmen und Blumenarrangements zieren den Rand und das sieht aus wie in einer Bucht. Mein Vater steht mit dem getrensten Ricardo an der Bande und winkt. Ricardo glänzt im Licht wie eine Speckschwarte, was ich Svens Einsatz zuschreibe. Das Beste sind allerdings Timos Augen. Sie leuchten mit dem vielen Blau um uns herum um die Wette. „Das sieht aus wie … wie Wasser!", stottert er.

„Ja, was meinst du denn, Kumpel. Du hast gesagt, du möchtest einmal mit mir am Meer auf Ricardo reiten. In zwei Stunden schaffen wir es nicht bis an ein Gewässer und wieder zurück", erkläre ich ihm, „also mussten wir das Meer eben zu uns holen." Ich rede, als sei der Anblick das Normalste der Welt, dabei bin ich selber vollkommen überwältigt.

„Reitet jetzt!", ruft Yume und hält ihr Handy griffbereit.

Wir helfen Timo auf das Pferd. Seine Augen werden zu Wagenrädern, als er auf Ricardo sitzt. „Wow! Ist das hoch!" Dann schwinge ich mich vor ihn. „Festhalten!", rufe ich und Timo umklammert meinen Bauch. Ich hoffe, dass Ricardo bei der ganzen Folie nicht nervös wird, aber es klappt wie am Schnürchen. „Hammer!", höre ich Yume rufen, die uns mit dem Handy filmt. „Respekt, Respekt!", ruft

Timo mir zu. „Ich meine, die Höhe ist echt nicht zu unterschätzen. Wenn du dann auch noch mit dem Pferd galoppierst, alle Achtung!"

Ricardos Hufe lassen das Wasser plätschern, was mein Vater zuvor mit einem Schlauch über die blaue Folie am Boden gespritzt hat. Am Ende der Anlage drehe ich wieder um. Ich weiß genau, was Timo von mir will.

„Bist du bereit?", rufe ich.

Einen Moment überlegt er trotzdem. „Klar", schreit er. Ich gebe meinem Pferd die entsprechenden Hilfen und Ricardo saust aus dem Schritt in den Galopp los. „Uff!", stöhnt Timo. Dann lacht er aus voller Kehle. Das Wasser spritzt zu allen Seiten. Meine Eltern haben sich selber übertroffen. Timo greift von hinten an meine Schultern und krallt sich an ihnen fest. „Wahnsinn!", höre ich ihn rufen.

„Timo? Hast du dich jetzt für das Leben entschieden?", schreit ausgerechnet Yume, die sich bis vor ein paar Wochen nichts sehnlicher als ihren eigenen Tod gewünscht hat.

„Ich sollte es mir verdammt noch mal überlegen", schreit er zurück. Die Hufe meines Pferdes donnern weiter über die Folie. Das Wasser spritzt noch höher. Der Film, den Yume gerade dreht, wird gigantisch aussehen und all das ausblenden, was nicht nach einem Ritt am Wasser aussieht. Yumes Augen glänzen und sie lacht. Sie hebt ihren rechten Daumen hoch. „Wenn du Lisa wirklich kennenlernen möchtest, dann musst du bleiben. Alles andere würde ihr vielleicht das Herz brechen und sie umbringen." Ich spüre, wie sich Timos Griff um meine Schultern lockert.

Er überlegt wieder. Einen Moment halte ich die Luft an.

„Wir schweben!", schreit er plötzlich und streckt die Arme weit aus. Ich erhöhe noch etwas das Tempo.

„Ich werde versuchen, zu bleiben!"

Yume lacht und weint. Das Handy bewegt sich unruhig in ihrer Hand. Ab jetzt wird der Film total verwackelt sein.

Scheiß drauf, denke ich und atme meine Anspannung einfach mit einem erleichterten Seufzer wieder aus.

„Da seid ihr ja!" Doktor Albert steht vor der Aufzugstür, als wir die Station erreichen. Man könnte fast meinen, dass er sich dort in den letzten Stunden nicht wegbewegt hat.

„Kontrollieren Sie uns?" Timo legt seinen Kopf einen Moment schief, dann reißt er ihn wieder hoch, um besser Luft zu bekommen. Yume schiebt den Rollstuhl noch schneller ins Krankenzimmer. Doktor Albert und ich folgen ihnen.

Bevor Timo im Bett liegt, hat Dr. Albert schon den Sauerstoff angestellt und schiebt die Maske über Timos Gesicht. Timo grinst zufrieden. Seine Augen glänzen und Dr. Albert tastet nach seiner Stirn, dann nach seinem Puls.

Yume tritt nervös von einem auf den anderen Fuß. Aus unseren zwei zugestandenen Stunden sind über drei geworden. Timo wollte noch einmal und dann noch einmal und danach noch einmal über den Weg mit mir und Ricardo galoppieren.

Hätte ich nein sagen sollen?

„Anscheinend hat dir der Ausflug gutgetan", sagt Dr. Albert und zieht einen Stuhl zu sich und lässt sich darauf plumpsen. „Deine Augen glänzen wie im Fieber, aber deine Temperatur ist ganz normal. Was habt ihr gemacht? Jetzt bin ich wirklich neugierig!"

Wir fangen alle drei durcheinander an, zu berichten. Dr. Albert schaut abwechselnd zwischen uns hin und her. Dann zeigt Yume ihm den Film. Der Film ist der Wahnsinn. Als Timo schreit: „Ich werde versuchen, zu bleiben!", bleiben auch Dr. Alberts Augen nicht trocken. „Manchmal bin ich selber sprachlos über das, was Menschen zustande bringen, wenn sie meinen, da könnte nichts mehr kommen. Oder um jemandem zu helfen!" Plötzlich verändert sich seine Stimmung. Er dreht seinen Kopf in meine Richtung und schaut mich ernst an. Der Sauerstoff zischt wieder unnatürlich laut aus der Wand. Dr. Albert streichelt verlegen mit seinen

Fingerspitzen über seinen Unterarm. Es sieht aus, als würde er sein Schwert nach Unebenheiten untersuchen. „Chrissi!", sagt er und sieht mir ehrlich in die Augen. Ich spüre seine Sorge, die er ausstrahlt und die mich umhüllt wie ein schwerer Schleier. „Das Labor hat vorhin angerufen. Es wird allerhöchste Zeit. Wir müssen ab jetzt dringend einen Spender für dich finden!"

Emily

„Mama, ich möchte nach Hause!" Der Telefonhörer liegt glitschig in meiner schweißnassen Hand. Seitdem Dr. Albert uns auf die Dringlichkeit aufmerksam gemacht hat, dass wir für Chrissi einen passenden Spender finden müssen, habe ich keine Ruhe mehr.

„Das geht doch nicht, Emily!"

„Ich. Muss. Hier. Raus!" Ich spreche jedes einzelne Wort dumpf und laut aus, damit sie mich endlich versteht. Von hier aus komme ich schlecht zu Chrissi und von hier aus habe ich kaum einen Zugang zum Internet. Ich *muss* aber ins Netz. Was wir bis jetzt gemacht haben, reicht einfach nicht aus. Ein paar Schwestern und Freunde zu animieren. Dr. Albert sagt, das Ganze kann sich schwieriger gestalten als die Suche nach der berühmten Nadel im Heuhaufen.

„Mama! Ich muss hier weg, verstehst du mich nicht?"

„Emily, akustisch habe ich dich sehr gut verstanden, du willst die Klinik verlassen, aber ich verstehe den Sinn nicht. Du bist noch nicht soweit. Wenn du deine Therapie vorzeitig beendest, stehen wir vielleicht wieder ganz am Anfang." Meine Mutter holt tief Luft und ich kann mir genau vorstellen, dass ihr der ganze miese Kampf unserer letzten Monate geistig am Auge vorbeizieht. Das Zusammenleben mit einer Borderline-Kranken ist alles andere als lustig. Ich bekomme es hier täglich selber mit. Mir fallen meine ganzen Selbstmordankündigungen wieder ein. Einmal haben meine Eltern und mein Bruder mich die halbe Nacht verzweifelt gesucht. Nach einem Streit hatte ich ihnen angekündigt, mir etwas anzutun und war einfach aus der Tür hinaus in die Nacht geflüchtet. Als meine Eltern in Panik hinter mir her schrien, blieb ich hinter den Mülltonnen stehen und wartete, bis meine Eltern mit ihren Autos in zwei verschiedene Richtungen und mein Bruder mit dem Rad davonflitzten. Ich ging wieder ins Haus zurück, legte mich in mein Bett und trat stundenlang mit Wut gegen das Bett-Ende. Kein normaler Mensch kann es verstehen und selbst ich zweifle heute an meinem damaligen Verstand. Ich lag da und wütete herum, dass mich einfach alle wieder verlassen hatten, anstatt der Wahrheit ins Auge zu sehen, dass mich alle drei mitten in der kalten Nacht verzweifelt suchten. Erst als meine Eltern wieder zu Hause eintrafen und die Polizei alarmieren wollten, machte ich mich bemerkbar. Ich schlich nach unten und schaute meine Eltern böse an: „Warum macht ihr so einen Aufstand? Ich liege seit Stunden im Bett!" Von meinen Armen tropfte Blut auf den kostbaren Marmorboden und hinterließ hässliche Flecken. Mein Bruder saß verheult und bibbernd auf der letzten Treppenstufe und sah mich an, als würde er einen Geist sehen. In dieser Nacht landete ich zum ersten Mal in der Klinik.

„Ich schaffe das alles nicht noch einmal", stottert meine Mutter. Meine Panik, hier nicht herauszukommen, schlägt in Wut um. „Ach so, ich soll hierbleiben, weil du Schiss hast?" Ein fauchendes „Feigling!", füge ich noch hinzu.

Am anderen Ende wird es still.

„Emily! Was soll ich hier mit dir machen? Wir sind den ganzen Tag arbeiten und …"

„Du lässt mich zwischen all den Kranken weiterleben, weil *ihr* arbeiten müsst? Denkt ihr vielleicht mal eine Sekunde an mich?"

„Emily!" Meine Mutter weist mich wieder in die Schranken. In meinem Kopf fängt es an, zu summen. Mein Blut rauscht im Ohr.

„Ihr glaubt nicht an mich! Oder?" Eine Fliege setzt sich auf meine Hand. Ich verscheuche sie. „Scheiße", sage ich mit einem Knoten im Hals. Meine Mutter sucht nach Worten. Nach einer Ausrede. Sie wird sich jetzt verlegen über den Hals reiben, so wie sie es immer macht, wenn es für sie unangenehm wird. Fünf Minuten später schieben wir uns die Bälle immer noch gegenseitig zu. Meine Mutter ist meiner Frage geschickt ausgewichen und erzählt mir etwas vom verpassten Schuljahr, das ich sowieso wiederholen muss. Von Sven, der dem Druck nicht standhalten wird, den ganzen Tag auf mich aufzupassen und von einem schrecklichen Ende, das meine Krankheit nehmen wird, wenn ich die Therapie vorzeitig abbreche. Sie erinnert mich an all die Situationen, wo ich Angst hatte, alleine zu bleiben. Manchmal konnte meine Mutter nicht ohne mich in den Keller gehen, ohne dass ich in Panik verfiel. Sie erinnert mich an meine Wahnvorstellungen bei Belastungen und sie fragt mich, ob ich die wiederhaben möchte. Aber ich lasse nicht locker, denn im Moment stehe ich unter dem größten Druck meines Lebens und leide unter keinen Wahnvorstellungen. „Du und Papa, ihr glaubt beide nicht an mich und genau aus diesem Grund bin ich in der Psychiatrie."

„Bitte?"

„Ich habe keine Lust, den Mist noch ein drittes Mal zu wiederholen!"

„Das musst du mir aber genau erklären! Mein Gott! Was haben wir dir denn getan? Du gibst uns die Schuld, dass du dort bist? Emily? Hätten wir dich weiter hierbehalten sollen? Du würdest nicht mehr leben!", knallt meine Mutter mir um die Ohren. Ich erstarre und verstehe: Meine Mutter hat es sich geschickt bequem für sich ausgelegt. Ich bin hier, weil ich nicht ganz dicht im Kopf bin. Ein Gendefekt vielleicht, für den keiner etwas kann. Ich sitze seit Monaten in der Klinik und nicht ein einziges Mal sind meine Eltern auf den Gedanken gekommen, dass *sie* vielleicht daran schuld sein könnten!? Der Knoten in meinem Magen wird immer dicker. Meinen ersten Impuls, jetzt einfach aufzulegen, unterdrücke ich. Ich darf nicht auflegen und auf keinen Fall klein beigeben.

Ich muss hier raus!

Also fange ich an zu weinen, obwohl es Tränen der Wut sind.

In meinem Kopf arbeitet es fieberhaft.

„Mama, ich muss nach Hause. Ich muss hier raus, weil mich das alles erst recht umbringt!" Meine Mutter, die eine furiose Attacke erwartet hat, räuspert sich.

„In unserer Gruppe versucht sich ständig jemand umzubringen. Lisa hängt am Haken und Sophie balanciert über ganz gefährliche Brückengeländer."

„Wie? Lisa hängt am Haken?"

Erst jetzt fällt mir ein, dass ich meinen Eltern davon noch nie etwas erzählt habe. „Sie hat versucht, sich in der Scheune bei ihren Großeltern umzubringen. Eigentlich hat sie nur überlebt, weil das Seil gerissen ist."

„Mein Gott", stöhnt meine Mutter.

„Und Sophie balanciert auf Brückenpfeilern mit mir. Sie hatte auch Glück. Letztens ist sie ins Gebüsch gefallen. Auf der anderen Seite wäre sie nämlich auf die Bahnschiene geknallt und vom Zug überrollt worden. Mit dem Kopf! Matsche! Verstehst du?"

„Und du warst dabei?", jetzt klingt meine Mutter hysterisch.

Herrlich!

„Sie hat mich aufgefordert, es auch zu tun."

„Was?"

Der Telefonhörer zittert in meiner Hand. Wenn es jetzt nicht klappt, muss ich einfach türmen. Ich denke an die Zeit, die gerade bei Chrissi anklopft.

„Emily", sagt meine Mutter ungewohnt liebevoll. „Verhalte dich ganz ruhig. Ich werde mit deinem Vater reden. Ich verspreche dir, uns fällt etwas ein."

„Versprochen?", frage ich und komme mir gerade so hilflos vor wie ein kleines Kind. Als wir auflegen, sitze ich auf dem Boden und schluchze.

Wie lange werden Chrissi und Timo es noch schaffen?

Und hält Chrissi das Ganze überhaupt durch?

Krebs lehrt mich, dass du grundsätzlich keine Garantie auf morgen hast.

„Was sagt man eigentlich jemandem, der weiß, dass er stirbt?" Es ist nur so ein Gedanke. Der Mond spiegelt sich im Fenster wie ein gelber Ballon. Ich liege neben Chrissi auf seinem Bett und versuche auszumachen, ob sich der Vollmond bewegt. Dabei kneife ich meine Augen abwechselnd zu. Die Kugel springt hin und her. Dann setze ich mich auf und Chrissi legt seinen Kopf auf meinen Schoß.

„Das ist schwer!", sagt er und einen Moment habe ich selber vergessen, um was es gerade geht.

„Vielleicht?", Chrissi greift in mein Haar und lässt es durch seine Finger gleiten. „Sei einfach ehrlich zu ihm."

„Lass uns immer ehrlich zueinander sein. Egal, ob es um den Tod geht oder um das Leben, ja?"

Er nickt. Danach schweigen wir. Ein ängstliches Lächeln stiehlt sich auf seine Lippen. Doch ich wiege ihn so lange im Arm, bis der Schlaf ihn von allen Ängsten erlöst. Chrissi versucht es seit Tagen zu verbergen, aber sein Zustand wird immer schlechter. Ab jetzt werde ich mich keinen Millimeter bewegen, um ihn nicht zu wecken. Schon bevor Dr. Albert auf die Dringlichkeit eines baldigen Spenders hingewiesen hat, war Chrissi nur noch schlapp und müde. Sein Fieber kam und ging. An dem Tag, an dem wir Timo den Gefallen mit dem Ausritt getan haben, war ich mir manchmal nicht sicher, ob ich Timo oder Chrissi im Rollstuhl zurück auf die Station schieben muss. An dem Abend schaffte er es aber nicht wieder nach Hause. Dr. Albert behielt ihn da. Es war, als wenn er noch die Bitten von Timo erfüllen wollte, danach brach er zusammen. Seitdem liegt er in der Klinik. Neben Timo. Der hat gerade seinen Kopfhörer auf und hört Musik. Seine Zehen, die unter der Decke herauslugen, wippen im Takt. Auch er hat sein eigenes Päckchen an Problemen und Hoffnungen zu tragen. Von seiner Lungenentzündung ist im Moment nicht viel geblieben. Ab und an hustet er noch, aber die Luftzufuhr ist bei ihm wieder okay. Auch die Entzündungswerte. Das macht uns glücklich. Es ist wirklich so: Was für die meisten Menschen selbstverständlich ist, bedeutet für uns oft etwas Unerreichbares. So ist es auch mit Chrissis Spender. Er ist nirgends in Sicht. Und jedes Mal, wenn ein Arzt oder eine Schwester durch die Tür kommt, starren wir sie hoffnungsvoll an, bis unsere Traumblase zerplatzt, weil sie etwas ganz Anderes sagen, als wir uns erhofft haben. Die Suche gestaltet sich als sehr schwierig. Trotzdem ist der Niemand, der Unerreichbare da, irgendwo in dieser Welt, irgendwo hinter den Krankenhausgeräuschen, die stumpf und anders klingen, wenn ich bei Chrissi liege und seinem Herzschlag und seinem Atem lausche. Wir müssen ihn nur finden. Einen minimalen Moment stelle ich mir vor, dass ich hier liege und Chrissi weder einen Puls hat noch atmet und ich reiße meinen Kopf, entsetzt über meine Gedanken, hoch. Chrissi bewegt sich und dreht sich auf die Seite. Er rutscht dabei von meinem Schoß. Auch Timo schaut mich erschrocken an. Ich gebe ihm ein Zeichen, dass alles okay ist und forme mit meinen Lippen lautlos: *Muss bloß zum Klo!* Dann schleiche ich aus dem Zimmer, weil ich das Ganze im Moment nicht aushalte. In dem Raum zu sein, ist, als warte man auf eine schlechte Nachricht.

Als ich die Türe hinter mir schließe, verändert sich die Geräuschkulisse. Trotz, dass es fast zwölf Uhr nachts ist, laufen Schwestern geschäftig über den Flur. Perfusoren piepen irgendwo im Zimmer weiter hinten. Ich wandere langsam Richtung Besuchertoilette, aber gehe dann ins Spielzimmer hinüber. Ich weiß nicht, was mich dorthin treibt, vielleicht sind es all die bunten Farben, die ein wenig Abwechslung bringen, vielleicht erinnert es mich auch nur an eine unbeschwerte Zeit aus meinen Kleinkindertagen. An Tagen, wo ich einfach sorglos spielen konnte, ohne diese erdrückende schwarze Wolke über meinem Kopf. Ich werfe mich auf einen roten Sitzsack. Ein leichter Desinfektionsgeruch steigt mir in die Nase. Jemand vom Klinikpersonal wird den Sack akribisch von allen Bakterien befreit haben. Ich hebe Bauklötze auf, die vor mir auf dem kleinen Spieltisch liegen und schnuppere. Auch die riechen nach Keimfreiheit. Wenn ich meinen Kopf weit nach rechts drehe und durch die Glastür schaue, kann ich die Zimmertür von Chrissi und Timo sehen. Aber auch hinter jeder anderen Tür, die man hier öffnet, könnte man Geschichten entdecken. Genauso tragische wie Chrissis, vielleicht sogar noch schlimmere? Ich ziehe den Sitzsack zum Fenster und sehe nach draußen. Unten erkenne ich Autos, die wie Spielzeugmobile über den Asphalt sausen. Eine Nachtschwester läuft über den Flur. Ich schaue ihr kurz nach. Sie hält ein Handy in der Hand und telefoniert. Plötzlich bleibt sie stehen und kichert in den Hörer: „Ich wäre jetzt auch lieber bei dir!" Dann kichert sie wieder. Kein Spender für Chrissi, aber die Welt dreht sich einfach weiter. Die Menschen laufen weiter, die Autos fahren. Die Blumen wachsen. Nichts, als ein gleichgültiges Achselzucken dieser Welt! Es gibt es noch, dieses Leben jenseits unserer Probleme. Plötzlich betritt eine junge Mutter mit einem Kleinkind auf dem Arm, das in eine Decke gewickelt ist, das Zimmer. Sie nickt mir kurz zu und lächelt ein müdes Lächeln.

Wann sie wohl das letzte Mal richtig geschlafen hat?

Sie nimmt auf einem Kinderstuhl Platz und setzt ihr Kind auf ihrem Schoß ab. Als sie es umdreht, erkenne ich, dass es ein kleiner Junge ist.

Höchstens ein Jahr alt, aber vielleicht wirkt er wegen seiner Zartheit und seinem Glatzkopf auch einfach nur jünger. Auch an seinem Hals erkenne ich einen Port. Meine Güte, was kann dieser kleine Mensch schon verbrochen haben, das Gott ihn so bestraft?

Die Mutter schaukelt ihren Sohn ein wenig hin und her. Schmiegt ihre Wange an seinen kahlen Schädel und küsst ihn sanft. Der Junge schläft und nuckelt dabei an seinem Schnuller.

Warum legt sie ihn nicht einfach in sein Bettchen?

Ich starre die beiden einen Moment zu lange an.

„Wir müssen in ein anderes Zimmer", sagt sie entschuldigend zu mir.

„Warum?", frage ich, nur, um etwas zu sagen.

Sie schaut sich verstohlen um und nimmt ihren Sohn noch fester in den Arm. Dann sieht sie mich mit Tränen in den Augen an. „Ich glaube, das Mädchen auf unserem Zimmer stirbt heute Nacht", flüstert sie in meine Richtung.

Geschockt schaue ich auf den Flur und sehe, wie zwei Schwestern ein leeres Gitterbett und ein Nachtschränkchen über den Flur schieben. Noch ein paar Mal laufen die Schwestern mit Sachen aus dem einen ins andere Zimmer, dann kommt Schwester Birgit mit einem Infusionsständer ins Kinderzimmer gerollt. „Ach, hallo Emily. Bist du noch hier?"

„Ja", sage ich, weil ich weiß, dass es keinen stört. Zumindest wird niemand etwas sagen. Alle wissen, dass mein Vater der Chefarzt der hiesigen Kinderchirurgie ist. Wer hätte gedacht, dass mir das mal von Nutzen sein könnte, wo ich mein Leben lang nichts von ihm hatte?

„Ich muss den kleinen Mann wieder anschließen", sagt Schwester Birgit zu der jungen Mutter. „Das neue Zimmer ist fertig."

„Stirbt Brit?", fragt die Mutter, als sie aufsteht. Sie hält ihren Sohn noch eine Spur fester im Arm, man bekommt fast Angst, dass sie den kleinen Körper zerquetscht.

Schwester Birgit ringt eine Weile mit sich. „Ja, ich denke schon. Aber es ist besser so, glauben Sie mir!"

Ein langer Schluchzer verlässt den Hals der jungen Mutter und erstickt dann irgendwo. Als sie an mir vorbeigeht und sich unsere Blicke treffen, sehe ich keinen Ausdruck der Erleichterung, dass nicht ihr Sohn im Sterben liegt, sondern die Erkenntnis und Panik, dass es ihr Kind schon morgen treffen könnte.

Ich starre wieder nach draußen. Die Wolken schieben sich langsam und gespenstisch wie eine Warnung vor den Mond.

„Hier finde ich dich?" Ich zucke erschrocken zusammen. Der Sitzsack knistert unter meinem Hintern. Als ich nach oben schaue, blicke ich in das Gesicht meiner Mutter. Ihre Lippen sind blutleer. Anscheinend habe ich ihr einen ordentlichen Schrecken eingejagt. Wir hatten abgemacht, dass ich Chrissi kurz im Krankenhaus besuchen und dann nach Hause kommen sollte. Meine Eltern wollten gegen elf Uhr von einem Konzert wieder da sein. Sie werden mein Bett leer vorgefunden haben. Meine Prüfung, die Klinik vorzeitig zu verlassen, habe ich somit verpatzt. Meine Schultern kippen nach vorne. Aber ich konnte hier einfach nicht weg.

„Ich…", sage ich, aber meine Mutter bringt mich mit einem einzigen Blick zum Schweigen und zieht den kleinen Kinderstuhl zu sich, auf dem vorhin noch die junge Mutter gesessen hat. Vorwürfe werden jetzt auf mich niederprasseln. Ich warte und sehe wieder nach draußen. Der Mond hängt immer noch hinter der schweren dunklen Wolke, als würde er festgehalten. Plötzlich bin ich furchtbar müde. Ich kann meine Augen kaum aufhalten. Zusätzlich kippt mein Kopf nach vorne und ich knalle mit meiner Stirn gegen die Glasscheibe. Es poltert. Die Scheibe wackelt. „Emily, geht es dir nicht gut?" Meine Mutter springt vom Stuhl auf und hält mich an den Schultern fest.

„Ist etwas mit Chrissi?", fragt sie ängstlich.

Keine Vorwürfe?

Ich kann spüren, dass ihre Hände zittern. „Mit Chrissi nicht", sage ich und hänge im nächsten Moment schluchzend an ihrem Rockzipfel. Dann zeige ich mit dem Finger durch den Raum auf eine der Zimmertüren: „Aber da, Mama! Hinter der Tür stirbt gerade ein kleines Mädchen!" Als ich hochsehe, starrt meine Mutter auf die Tür, als könne sie etwas daran ändern. Als suche sie nach einem Ausweg, um zu helfen.

„Die Schwester hat gesagt, es ist besser so. Ob sie das bei Chrissi auch bald sagt?" Meine Mutter schaut langsam wieder zu mir. Dann nimmt sie mein Kinn in ihre Hand und sieht mich durchdringend an. „Emily, daran darfst du nicht einmal denken. Chrissi wird das schaffen." In dem Moment kommt ein Pfarrer auf die Station. Er redet mit Schwester Birgit. Die beiden verschwinden zusammen in dem Zimmer. Plötzlich ist es totenstill. Ich kann meinen eigenen Herzschlag hören. Und dann höre ich noch etwas. Den Fahrstuhl. Als die Tür aufgeht, hastet ein Mann panisch mit einem Kleinkind auf dem Arm über den Flur. Das Kind auf seinem Arm wimmert vor sich hin. Es trägt trotz Kälte nur einen dünnen Schlafanzug und Pantoffeln. Ein Pantoffel rutscht gerade von seinem kleinen Fuß und landet mit einem dumpfen Knall auf dem Boden.

Mein Gott, das Schicksal fragt nie, ob es gerade passt!

Meine Mutter tritt auf den Flur, hebt den Schuh auf und rennt dem Mann ein Stück hinterher. Als er ebenfalls in dem Zimmer verschwindet, bleibt sie mit offenem Mund stehen. Der Schuh zittert in ihrer Hand. Sie kommt langsam zurück und sackt wieder auf das Stühlchen. Noch immer dieser kleine Pantoffel in ihrer Hand.

„Größe dreiundzwanzig", sagt sie, mehr zu sich selbst. „Du warst auch einmal so klein!" Über ihr Gesicht huscht ein Lächeln. Dann dreht sie sich um und schaut wieder zur Tür. Keine Mutter möchte erleben, was sich da gerade in dem Zimmer abspielt.

Wir schweigen ewig, als hätte es uns jemand befohlen.

Plötzlich hallt ein markerschütternder Schrei über die ganze Station und endet in einem Schluchzen. Ich rolle mich zusammen wie ein Igel und meine Mutter wirft sich über mich, als müsse sie mich vor einem Attentäter, dem wir vors Visier gelaufen sind, beschützen.

„Pst! Pst!", flüstert sie mir ins Ohr. Dann merke ich, wie sich ihr ganzer Körper verkrampft. Hinter uns auf dem Flur tut sich etwas. Herzklopfend und mit qualvollem Blick spähe ich in den Gang. Der junge Vater steht mit seinem kleinen Sohn auf dem Arm da und lehnt sich gegen die Wand. Er hält den Jungen an sich gedrückt und weint bitterlich. Meine Mutter stöhnt leise. Und dann passiert etwas, was ich nie für möglich gehalten hätte. Sie steht auf und geht in ihrer eleganten Abendgarderobe auf die beiden zu. Ihr rotes, langes Kleid raschelt und ihre Absätze klackern über den Boden. Sie sieht aus wie eine Prinzessin. Völlig fehl an diesem Platz.

Meine Mutter stülpt dem Jungen den Schuh über seinen kleinen nackten Fuß und sieht dann den Vater an: „Soll ich mich einen Moment um den Kleinen kümmern?" Ihre Stimme klingt bemüht aufrichtig und ihr Blick ist so mitfühlend, dass der Vater den Jungen einfach loslässt. Er gleitet in die Arme meiner Mutter wie eine bewegliche Puppe. Die Meinung über meine Mutter, dass sie in erster Linie ein rational denkender Mensch ist, revidiert sich von einer auf die andere Sekunde. „Gehen Sie zurück zu ihrer Tochter und zu ihrer Frau", sagt meine Mutter und nickt dem Mann aufmunternd zu. „Gehen Sie ruhig. Sie finden uns dann im Spielzimmer!" Als sie mit dem Kleinen ins Zimmer tritt, schaut er mich mit großen Augen an. Auch er hat einen Schnuller, wie der Junge vorhin. Sein Schnuller wackelt im Mund. Der Junge zeigt keine Angst vor uns. Wer weiß, wie oft er in den letzten Monaten schon in den Armen von fremden Menschen gelandet ist, weil seine Eltern keine Zeit für ihn hatten.

„Was spielen wir denn jetzt mit dir?", fragt meine Mutter und schaut sich hilfesuchend um. Dann sieht sie die Kiste mit den Bauklötzen. Zusammen bauen wir einen Turm. Als der Turm hoch genug ist, haue ich dagegen. Der Turm kracht mit ohrenbetäubendem Lärm in der nächtlichen Ruhe der Station zusammen. Erst staunt der Kleine, dann gluckst er vor Vergnügen auf. Er hat gar nicht begriffen, dass seine Schwester gerade eben gestorben ist. Und auch, wenn es viel zu laut ist und wir sicher ein paar Patienten wecken werden, mache ich es immer und immer wieder. Der Kleine soll einfach weiterlachen. Als ich die Klötze zum vierten Mal übereinanderstapele, hält meine Mutter einen Moment meine Hand fest. „Emily, ich bin kein Unmensch, auch wenn du das manchmal glaubst." Sie sieht mir dabei tief in die Augen. „Ich habe heute mit deinem Vater beschlossen, dass ich die nächste Zeit erst mal zuhause bleibe und du eine Pause in der Klinik machst. Auf jeden Fall so lange, bis ein Spender für Chrissi da ist und es ihm besser geht."

„Du hast das mit Papa beschlossen?", frage ich erstaunt.

„Ja", sagt sie ernst und verlagert das Gewicht des Jungen auf ihr anderes Bein. „Ich weiß nicht, was zwischen dir und deinem Vater steht, Emily. Ich weiß, dass da etwas ist, was ich nicht greifen kann. Vielleicht wird es mir einer von euch beiden einmal erzählen. Und ich hoffe, dass ich die Wahrheit dann ertragen kann. Aber glaube mir, auch dein Vater ist kein Unmensch."

Ich denke darüber nach. Über meinen Vater und mich. Es war nicht gelogen, als ich Frau Dr. Norek sagte, dass mein Vater mich weder missbraucht noch geschlagen hat, aber es gibt weiß Gott genug andere Dinge, die man einem Menschen antun kann. Und sei es, dass man etwas nicht macht. Mechanisch lege ich die Klötze weiter übereinander und sehe dabei, wie der Mond sich ganz allmählich hinter der Wolke hervor schält. Hier und da erkenne ich ein paar Sterne. Der Knirps greift in den Turm, aber es fallen nur zwei Bauklötze auf den Tisch. Er schaut enttäuscht auf den roten und den grünen Klotz. Dann haue ich mit voller Wucht gegen den Turm, die Klötze fliegen in alle Richtungen auseinander.

Es reicht mir mit enttäuschten Gesichtern!

Es reicht mir mit ängstlichen und panischen Blicken!

Es reicht einfach!

Der Kleine kichert und sein Schnuller fällt dabei aus dem Mund.

„Warum machst du das?"

„Was?", fragt meine Mutter.

„Zuhause, bei mir bleiben, obwohl du deine Arbeit nach spätestens einer Woche so vermissen wirst, dass wir uns ordentlich anpesten werden?"

Dieses Mal baut meine Mutter den Turm alleine auf. Als sie den letzten Bauklotz nach oben legt, schaut sie an mir vorbei. Ihr Blick gleitet durch das Fenster nach draußen.

„Vielleicht haben wir gar keine Zeit zum Streiten!"

„Oh doch, das werden wir haben."

„Ach Emily, ich glaube nicht", stöhnt sie und seufzt.

„Vielleicht ist uns das Streiten nach heute Abend gar nicht mehr so wichtig." Sie streichelt sanft über das Babyhaar des Jungen. „Wir leben alle unter demselben Himmelszelt und schauen uns dieselben Sterne an, Emily. Lass uns lieber erst mal für die Schwester dieses Knirpses beten. Schließlich reist ihre Seele gerade in den Himmel."

Chrissi

„Wo ist denn Emily?" Meine Uhr auf dem Nachtschränkchen zeigt drei Uhr elf. Die Ziffern leuchten wie kleine, warnende, rote Punkte einer Schusswaffe des SEK. Es ist mitten in der Nacht. Yumes Turnschuhe stehen vor meinem Bett. Also kann sie nicht nach Hause gegangen sein. Timo zieht fragend die Schultern hoch und widmet sich dann wieder seinem Schlaf. Er bringt ein Müdes: „Keine Ahnung!", zustande und lässt dann langsam seinen Kopf wieder auf das Kissen sinken.

„Timo?"

„Sie wollte aufs Klo", sagt er und lässt sich noch einmal stören. Dann rollt er sich demonstrativ auf die Seite. Nur noch ein großer Hügel Decke vor meiner Nase. Während ich auf Yume warte, holt mich der Schlaf wieder ein. Als ich das nächste Mal aufwache, ist es schon eine Stunde später. Vier Uhr siebzehn. Yumes Schuhe stehen immer noch vor meinem Bett. Im selben Winkel zueinander wie vorhin. Als ich mich hochsetze, dreht sich für einen Moment das ganze Zimmer. Bestimmt hatte ich wieder Fieber. Timos Beine lugen unter der Bettdecke hervor und versperren mir den Weg. Weiße Stängel, die wie glatt rasiert aussehen. Seine Körperbehaarung fehlt gänzlich. Ich schlüpfe in meine Turnschuhe, lasse die Schnürsenkel offen und steige über Timos Beine hinweg. Einen Moment denke ich an Ricardo und mir wird vor Sehnsucht schlecht. Als ich auf den Flur komme, zieht Schwester Birgit gerade ein Bett ab. Sie wirft den Kissenbezug in einen Wäschesack. Erst als ich vor ihr stehe, merke ich, dass sie weint.

Himmelherrgott, was soll eine Krankenschwester auf der Onkologie so erschüttern, dass sie weint? Sie sieht den ganzen Tag nur Mist. Nichts Anderes als Leid. Selbst die schlimmste Diagnose kann eine Schwester doch hier nicht mehr packen. „Wissen Sie, wo Emily ist?", frage ich trotzdem, auch wenn sie sich ihrer Tränen vielleicht schämen wird.

„Ach Chrissi", sagt sie. Sie hat mich vorher gar nicht bemerkt. Sie schnäuzt sich in ein Taschentuch und zieht dann den Bettbezug von der

Matratze. „Emily ist schon vor einer geraumen Zeit mit ihrer Mutter nach Hause gefahren."

„Mit ihrer Mutter?" Tausend katastrophale lautstarke Auseinandersetzungen hier mitten auf dem Flur fallen mir ein. Aber ich sehe keine Glassplitter oder umgefallene Möbel auf dem Boden. Warum sollte Yume mit ihrer Mutter nach Hause verschwinden, ohne mir Tschüss zu sagen, und dann noch barfuß? Okay, auf Socken. Und eine stählerne Krankenschwester wie Schwester Birgit weint?

Ich muss einen Moment schmunzeln. Bestimmt wollte Yumes Mutter ihre Tochter abholen und hat dabei Schwester Birgit mit einem Arzt in Flagranti erwischt. Sie hat Yume, die gerade zur Toilette wollte, abgefangen und Schwester Birgit im rauen Ton zu verstehen gegeben, dass man sich auf der Arbeit um seine Patienten zu kümmern hat und nicht um seine Libido. Mein Kopfkino funktioniert noch wunderbar.

„Emily ist auf Socken nach Hause?"

Schwester Birgit gibt mir keine Antwort.

„Ich hole mir einen Kakao. Möchten Sie auch einen?" Zufällig weiß ich, dass Schwester Birgit keinen Kakao mag.

„Ja, bitte!", sagt sie und taucht mit ihrer behandschuhten Hand mit einem Putzlappen in eine helle Plörre aus Desinfektionsmittel.

"Ist mit Ihnen alles in Ordnung?" Ich fange an, mir Sorgen zu machen. Sie nickt. Weitere Tränen schimmern in ihren Augen. Ich gehe kurz in den Aufenthaltsraum und hole mir eine Tasse mit heißem Kakao und bringe Schwester Birgit einfach ein Glas Orangensaft mit. Eine Träne tanzt über ihre Wangen.

„Hier", ich halte ihr das Glas vor die Nase. „Vielleicht hilft Ihnen das etwas?" Ich glaube, Krankenschwestern wird selten Mitgefühl entgegengebracht. Sie greift nach dem Glas Orangensaft, trinkt ein paar Schlucke und setzt sich dann einfach auf das Bett. Das gibt einen feuchten Hintern. Bevor sie richtig anfängt zu schluchzen, nehme ich ihr das Glas schnell wieder aus der Hand und hole ihr ein paar neue Taschentücher, die ich auf dem Schreibtisch im Schwesternzimmer erblicke. Ihr altes Tuch fetzt auseinander, als sie den nächsten Schluchzer macht.

„Entschuldigung", schnieft sie.

„Wofür?"

„Für meine Tränen. Ich …"

„Seit wann muss man sich für Tränen entschuldigen? Wenn man traurig ist, dann ist man eben traurig. Auch eine Krankenschwester hat sicher mal einen Grund zu weinen."

Schwester Birgit nickt wieder. „Ich hätte gerne noch einen Schluck!" Sie sieht mich fragend an. Ihre feuchten Augen leuchten noch heller, als ich ein Blau je gesehen habe. Da kann selbst Timo nicht mithalten und auch wünschte ich, er könnte das in diesem Moment sehen. Er würde dahinschmelzen!

Dann verstehe ich erst, was sie von mir will und reiche ihr den Orangensaft. Sie trinkt das Glas in wenigen Zügen leer. Kummer macht anscheinend durstig. Ich nippe an meinem Kakao und werfe ihr einen Seitenblick zu.

Ob sie einen Freund hat, der mit ihr Schluss gemacht hat?

Eigentlich könnte ich mich jetzt mit meiner Tasse ins Zimmer verziehen, aber ich schaue Birgit einfach weiter zu, bis sie das ganze Bett abgewaschen hat. Plötzlich lässt sie ihre Schultern nach vorne kippen und stöhnt. „Mist, ich hätte das Bett doch gar nicht abwaschen brauchen, es geht doch in die Desinfektion", sagt sie mehr zu sich selbst und verschwindet dann für einen kurzen Moment ins Schwesternzimmer. Als sie wiederkommt, klebt sie einen Zettel neben den Namen auf das Bett-Ende. Bevor sie den Namenszettel abknibbelt, kann ich *Brit Steinsen* lesen. Brit, das kleine Mädchen aus Zimmer elf null acht. Sie findet meine Beanie-Mütze obercool und viel besser als ihre bunten Kopftücher.

„Bekommen Sie einen neuen Patienten?", frage ich, als Schwester Birgit nach frischer Wäsche greift. Sie legt die Wäsche allerdings mit einem tiefen Seufzer in den Schrank zurück. Dann geht sie wieder zum Bett und streichelt liebevoll über das nackte Kopfkissen. „Dieses Bett bleibt leer. Zumindest eine Zeitlang, bis es wieder jemandem gehört." Ihre Stimme ist mehr ein Flüstern und bricht. „Mehr wird es nie sein, wenn sie aufgehört haben, zu leben!"

Erst jetzt sehe ich auf den anderen Zettel am Bett-Ende. Vor Schreck lasse ich meine leere Tasse zu Boden fallen. Es scheppert. Wie gesagt, manchmal dauert es, bis mein Verstand realisiert.

Patient verstorben

Bitte komplette Desinfektion!

„Was?", fragt Timo. Sofort sitzt er hellwach in seinem Bett. „Ich bin mir sicher, dass ich sie vorgestern noch im Spielzimmer gesehen habe."

„Anscheinend ist das keine Garantie."

„Ja scheint so." Timo lässt seinen Kopf wieder traurig auf das Kissen sinken. „Sie war noch so klein. So winzig. Ich glaube, sie war erst sechs. Nächsten Sommer wollte sie in die Schule. Sie hatte doch noch alles vor sich."

„Ja, stimmt!" Ich bin benebelt von Trauer, zum ersten Mal nicht vom Alkohol oder vom Fieber. Wie schnell man über jemanden in der Vergangenheit spricht! Ich schlüpfe unter die Bettdecke und hoffe, dass sie mich wärmt, aber ich fühle nichts. „Was hatte die Kleine eigentlich?"

„Non-Hodgkin."

„Spender?"

Timo schüttelt mit dem Kopf. „Keinen gefunden!"

Das Gesagte bleibt zwischen uns hängen wie ein scharfes Messer, das sich auf mich zubewegt. Nach einer Weile fange ich unter der Bettdecke an zu zittern. Wenn sich bei mir nicht bald etwas tut, geht es mir an den Kragen. Es klopft kurz an der Tür und Schwester Birgit kommt herein. „Ja?", fragt sie. Timo zeigt mit dem Finger in meine Richtung. „Vielleicht wieder Fieber?" Anscheinend hat er für mich geklingelt. Als

Schwester Birgit mir das Thermometer reicht, merke ich selber, wie stark ich zittere. Mein ganzes Bett bebt. Vielleicht bekomme ich eine Lungenentzündung? Mein Hals fühlt sich ganz geschwollen an. Ich kann kaum sprechen. Und schlucken. Und meine Gedanken sind quälend dunkel. Schwester Birgit kontrolliert das Thermometer. „Kein Fieber", sagt sie. Und sie sieht aus wie immer. Kein verheultes Gesicht mehr. Wieder ganz die alte Krankenschwester. Vielleicht habe ich das mit Brit nur geträumt?

„Wohnt Brit jetzt auf einem Stern?", frage ich, um es vorsichtig auszudrücken.

Schwester Birgit drückt kurz meine Hand und nickt. „Ich werde den diensthabenden Arzt anfunken", sagt sie und verlässt das Zimmer.

Also kein Traum!

Ich hoffe, Doktor Albert hat heute Nachtdienst. Aber nach ein paar Minuten kommt Dr. Klein. Timo zieht seine Augenbrauen, not amused, zusammen Mir ist es inzwischen egal. Hauptsache, er nimmt diesen Druck von meiner Brust. Ich möchte endlich wieder frei atmen können. Auch Timos Blick wird immer panischer. Dr. Klein untersucht mich kurz, dann verlangt er bei Schwester Birgit nach einer Kurzinfusion mit 10 mg Valium. In der Zeit, in der sie sich um die Infusion kümmert, erklärt mir der Doktor, dass ich im Moment sehr wahrscheinlich an einer Panikattacke leide. Timo stöhnt laut auf und flucht: „Welchen Scheiß bekommen wir denn noch alles?"

„Na ja", sagt Dr. Klein und hält dabei meine Hand. „Das ist in eurer Lage nicht ungewöhnlich. Ihr steht schon unter enormem Stress und Druck. Und dann noch der Tod von der kleinen Brit. Das haut einen schon um."

Die Meinung von Timo über Dr. Klein ändert sich in der Sekunde. Seine Abneigung ihm gegenüber schmilzt wie Eis in der prallen Sonne. „Haben Sie auch ein Schwert auf dem Unterarm?", fragt er. Schwester Birgit kommt mit der Kurzinfusion und schließt mich daran an. Die Lösung tropft schnell in meinen Körper.

„Na ja", lacht Dr. Klein. „Daran gedacht habe ich schon. Das sieht echt cool aus, aber meine Frau!" Er grinst und setzt sich auf meine Bettkante.

Meine Hand liegt immer noch sicher in seiner. „Sie hält überhaupt nichts davon."

Timo lacht laut auf. Auch ich muss grinsen. Ich bekomme wieder besser Luft. Auch das Zittern lässt nach.

„Heißen Sie wirklich Benjamin?" Timo krümmt sich vor Lachen.

„Ja. Toller Scherz meiner Eltern, neh? Kleiner Mann mit großem Namen. Tötörrotö", macht er einen Elefanten nach.

Mein Zustand ändert sich wirklich. Das Zittern hört ganz auf. Ich lausche dem Lachen von Timo und Dr. Klein wie unter einer Glocke. Dann sehe ich, wie Timo dem Arzt mit einem schwarzen Filzstift ein Schwert auf den Unterarm malt. Timo hat es voll drauf. Das Schwert sieht super aus. Dann klatschen die beiden sich gegenseitig ab und schauen in meine Richtung.

„Ich verspreche dir, wir werden einen Spender finden", sagt Dr. Klein und macht mit Timo zusammen das Victory-Zeichen.

Dr. Klein macht das V- Zeichen?

Mit Timo zusammen?

Ich versuche, mit dem Kopf zu schütteln, um meine wirren Gedanken zu verwischen. Mein Körper fühlt sich an, als wäre er leicht wie eine Feder.

Ich schwebe!

Emily

Einen Knochenmarkspender zu finden, scheint schwieriger zu sein, als einen Sechser im Lotto zu bekommen. Ich scheiß aber auf einen Millionengewinn. Vielleicht würden sich unsere Chancen erhöhen, wenn Chrissi das Jo-Jo zweihundert Mal nacheinander schafft. Aber der schläft in seinem Bett. Timo will unseren Aufruf über seine Facebookseite teilen. Ich war bis eben nicht einmal bei Facebook angemeldet. Wieder so ein blödes Verbot meiner Mutter. Ihre Sorge war, ich könnte mit anderen Borderline-Patienten Kontakt aufnehmen und mich von ihnen auf noch dümmere Gedanken bringen lassen.

Jetzt habe ich zwei Freunde. Chrissi und Timo, und komme mir, neben Timos vierhundertundsieben Freundschaften, richtig unbeliebt vor. Nach einer Stunde bin ich bei elf. Ein paar Mädchen aus meiner Klasse haben meine Freundschaftsanfrage angenommen. Allerdings ignoriere ich die Fragerei nach meinem Befinden und wann ich wieder mal in der Schule erscheinen würde.

„Du darfst die Leute aber nicht verärgern", meint Timo und schaut mich ernst an. „Jede Stimme zählt."

Am Samstag in zwei Wochen wird eine große Typisierungsaktion für Chrissi stattfinden. Mein Vater hat mit einem Leiter der Knochenspenderdatei telefoniert und alles dafür in die Wege geleitet. Ich habe mich noch nie so lange am Stück mit meinem Vater unterhalten. Die Aktion findet in einem extra aufgestellten Zelt, auf der Reitanlage von Chrissis Eltern statt.

„Für die Werbetrommel seid ihr allerdings zuständig", sagte mein Vater und klopfte mir aufmunternd auf die Schulter.

Noch Stunden später spürte ich seine Hand an der Stelle auf meinem Rücken. Wie ein Brandmal.

„Was macht ihr jetzt?" Chrissi wird wach und schaut zu uns herüber. Sofort laufe ich zu ihm hin und küsse ihn vorsichtig auf den Mund. „Ich habe dich vermisst!"

„Wieso? Ich war doch die ganze Zeit hier."

„Genau das ist es ja. Ich war die ganze Zeit da." Ich zeige auf den Stuhl, der neben Timo an der Wand steht. Chrissi grinst und zieht mich zu sich. Dunkle Haarstoppeln werden auf seinem Kopf sichtbar. Paradox, denn sobald es einen passenden Spender gibt, geht es mit der Chemotherapie wieder los. Meine Finger tun schon ganz weh vom Daumen drücken.

„Wie sollen wir deine Seite nennen? Für Chrissi? Chrissi will leben? Gemeinsam für Chrissi?" Timo schaut zu uns herüber. Er balanciert das Laptop auf seinem Knie.

„Gemeinsam für Chrissi."

„Gut", meint Timo und hämmert wieder in die Tasten. Euphorisch versuche ich, einen richtigen Kuss von Chrissi zu ergattern, aber er stöhnt auf.

„Vorsicht!" Sein ganzer Mund ist wund. Eine Chemotherapie macht einfach alles in dir kaputt. Ich setze mich auf die Bettkante und schabe mit meiner Schuhspitze über den Boden. Chrissi sucht meine Hand.

„Ist was?", fragt er.

„Nein, aber ich kann mir gar nicht vorstellen, dass man über das Internet wirklich erreicht, dass freiwillig Menschen zu der Typisierung kommen."

„Warum nicht?"

„Keine Ahnung. Ich kenne mich mit dem Internet nicht wirklich aus." Ehrlich gesagt, finde ich mich überhaupt in dieser virtuellen Welt nicht zurecht. Das Letzte bleibt nur mein Gedanke. Für mein Alter ist das sicher völlig uncool.

Chrissis Hand fühlt sich angenehm warm an. Ich bin froh, dass er heute kein Fieber hat.

„Was hat dein Vater gesagt? Von zehn bis sechzehn Uhr?"

„Nein, bis siebzehn Uhr."

Timo schreibt erneut. Ändert ein paar Mal den Text. Manchmal flucht er, dann grinst er wieder. Am Ende scheint ihm zu gefallen, was er sieht. „Hier!", er dreht das Notebook in unsere Richtung. „Geht das so?"

„Wow!"

„Wir sehen genial aus!", sagt Chrissi und kichert. „Die Damenwelt wird uns zu Füßen liegen."

„Na!", beleidigt gebe ich Chrissi einen Klaps auf den Oberarm. Aber ich muss zugeben, das Bild hat etwas. Auf dem Plakat sieht man nur die Köpfe von Chrissi und Timo und den Kopf von Ricardo. Die beiden tragen ihre Beanie-Mütze mit ihrem Eigenhaar. Das ganze Bild ist schwarz-weiß gehalten, bis auf das rote und-Zeichen auf den Mützen und die in Rot schräg darüberstehende Schrift: GEMEINSAM FÜR CHRISSI

Typisierungsaktion

Sonntag, 01.November 2015

10 bis 17 Uhr

Reitanlage Adams

Werseviertel 182

26261 Oldenburg

Besuchen Sie uns auch auf Facebook

www.facebook.gemeinsamfuerchrissi.com

„Sieht wirklich klasse aus", meint Chrissi und hustet.

Ich wage einen Seitenblick in seine Richtung. Das fehlt mir noch, dass er jetzt so etwas wie eine Bronchitis oder Lungenentzündung bekommt. Anscheinend hat er sich aber an seiner eigenen Spucke verschluckt.

„Du machst gleichzeitig Werbung für Emilys und Lisas Mützen", meint Chrissi.

„Stimmt!"

„Streite nicht ab, dass du sie immer noch gerne kennenlernen würdest!" Timo zwinkert mir ein Auge zu. „Natürlich, aber deine Freundin kommt ja zu nix!" Er grinst Chrissi an. Da fällt mir etwas ein. „Gib Lisa mal in die Suchmaschine ein. Ich wette, sie ist auch auf Facebook."

Und wirklich. Timo hat sie in weniger als einer Minute gefunden. Lisa sitzt auf ihrem Profilbild in schwarzer Jeans und einem hellen Pullover auf einem Felsen vor einem Gewässer. Vielleicht ein Urlaubsfoto? Ihre dunklen Haare flattern im Wind.

„Sie sieht sehr nett aus", meint Timo und betrachtet sich das Bild etwas genauer. Dann stöbert er durch ihre Seiten. „Sie postet sehr viele Sprüche."

„Sprüche?", frage ich. „Was für Sprüche?"

„Hier zum Beispiel: Alles wird gut. Aber niemals, wie es mal war." Timo zeigt uns einen Schriftzug, der auf eine dunkle Mauer geschrieben ist. Sehr melancholisch.

„Und hier: Und jede Enttäuschung macht einen ein bisschen kälter, ein bisschen härter und ein bisschen distanzierter."

„Puh", fällt mir dazu nur ein.

„Vielleicht weine ich nicht, aber es tut weh. Vielleicht sage ich nichts, aber ich fühle. Vielleicht zeige ich das nicht, aber ich leide."

„Von wann sind die Sprüche?"

„Moment. Alle aus diesem Monat. Der hier ist zum Beispiel von letzter Woche Freitag: Egal ob wir Kontakt haben oder nicht, ich werde dich so oder so nie vergessen können!"

An dem Tag habe ich die Klinik bis auf Weiteres verlassen.

Nur einmal in der Woche werde ich in der nächsten Zeit zu einer Therapiestunde bei Frau Dr. Norek erscheinen müssen. Ich überlege, wo Lisa ihr Laptop versteckt haben könnte. Timo sagt, dass sie die ganzen Bilder aber nur am Wochenende postet. Also vielleicht am PC zuhause?

„Dieses ist von Freitagabend, eins von Samstag. Zwei von Sonntag."
Anscheinend hat sie wenig Kontakt zu Freunden.

„Das finde ich auch sehr traurig", meint Timo. „Besondere

Menschen hören unser Herz schon, wenn es nur leise flüstert. Der
Rest hört es nicht einmal, wenn es schreit!"

Mir schießen Tränen in die Augen. Während ich in den letzten
Monaten meist Wut in mir spürte, hat ein todunglücklicher Mensch das
Zimmer mit mir geteilt und ich war blind.

Chrissi sieht, dass mir etwas durch den Kopf geht. Er will Timo am
Weiterlesen hindern. „Warum schreibst du eigentlich den Link von
Facebook unter das Bild? Ich dachte, du teilst es genau dort?"

„Ja, das stimmt, aber wir werden auch Plakate drucken."

„Plakate?", frage ich und sehe mich schon mit Tesafilm und Blättern
bewaffnet alleine bei Wind und Wetter durch die Innenstadt laufen.
Vielleicht kann ich Sven überreden.

„Klar! Die werden in der ganzen Stadt verteilt. Du kannst Lisa
mitnehmen."

„Lisa? Was soll ich denn mit der?"

„Hmm", stöhnt Timo. „Hast du je so ein einsames Mädchen wie sie
getroffen?" Er schaut mich mit seinen meerblauen Augen ernst an:
„Komm Emily, sei du doch einfach dieser Mensch, der sie hört!"

Einen Moment fühle ich wieder die starke Hand meines Vaters auf
meinem Körper. Ein eiskalter Schauer läuft mir über den Rücken und ich
nicke.

Als ich aus Turm A trat, stand plötzlich mein Vater vor mir. Uns
trennten keine dreißig Zentimeter. Fast hätte ich aufgeschrien, weil ich
um diese Zeit hier draußen keinen erwartet hatte. Schon gar nicht
meinen Vater.

„Wie hattest du jetzt vor, nach Hause zu kommen?", fragte er. Es war eine der ersten richtig kalten Nächte in diesem Herbst, sodass sich unser Atem wie Qualmwolken traf, die dann gemeinsam gen Himmel stiegen.

Jetzt hatte ich es wochenlang geschafft, meinem Vater in der Klinik nicht zu begegnen und nun stand er mitten in der Nacht vor mir, wo er mich eigentlich im Bett vermutet hatte, genauso wie ich ihn.

„Mit dem Rad!", sagte ich und zeigte auf den einbetonierten Fahrradständer, in dem mein Rad zwischen zwei anderen stand. Auf dem Schutzkasten der Fahrradkette, prangte ein Aufkleber mit dem roten &-Zeichen der Deutschen Knochenmarkspenderdatei. Statt, dass mein Vater mich einfach gehenließ, versperrte er mir den Weg.

„Das ist doch viel zu gefährlich, Emily. Ich nehme dich im Wagen mit."

Ich rührte mich keinen Zentimeter, und unser Atem vermischte sich weiter. Das Deprimierendste an der ganzen Situation war, dass mein Vater mich einfach nicht ansah. Er blickte zu meinen Schuhen, an mir vorbei oder in den Himmel. Für mich hatte er keine Augen. Plötzlich legte er seine Hand auf meine Schulter. Sie drückte mich fast in die Knie. Wo nahm er nur diesen Mut her?

„Warum willst du mich mitnehmen?", verlangte ich trotzig, zu wissen und wollte keine schwammigen Antworten darüber haben, dass mir auf dem Weg nach Hause mitten in der Nacht so viel passieren konnte. Ich wusste es schließlich besser, zwischen vertrauten Wänden konnte einem weitaus mehr passieren!

In diesem Moment fing es sachte an, zu regnen. Ich schaute in den Himmel und konnte meinen Blick einfach nicht wieder abwenden. Millionen von Sternen über uns. Es sah aus, als seien die Sterne Kristalle und würden zur Erde fallen. Ganz so, als ob es Sterne vom Himmel regnen würde.

„Na ja", meinte er. „Wir könnten uns auf der Fahrt über die Typisierungsaktion für deinen Freund unterhalten. Ob wir auch an alles gedacht haben?" „Okay", hörte ich mich sagen und brauchte noch einen Moment, bis ich es schaffte, den Blick vom Himmel zu lösen. Ich trottete ihm mit hängenden Schultern in die Tiefgarage hinterher. Ich war *enttäuscht über mich selber. Darüber, dass ich ihm folgte, wie ein zutrauliches Hündchen, oder wie ein Kleinkind, dem der böse Mann ein nettes Spielzeug aus einem Versteck versprochen hatte. Und das, obwohl ich vor solchen Situationen schon im Kleinkindalter von meiner Mutter mehr als nur einmal gewarnt worden war. Kein Zweifel, ich hatte in all den Jahren einfach nichts dazugelernt!*

Gleich am erstbesten Platz, neben den Aufzugstüren, wohin mein Vater in seinen heiligen Arbeitstempel kam, parkte sein Auto. Ein dickes Schild mit seinem Namen drauf, direkt vor seiner Luxuskarosse. Jeder ahnte sofort, was er draufhatte.

Aber ich wusste es besser!

Er war ein Meister im Vertuschen.

Ich kann den Blick von Lisa nicht deuten, weil sie in ihrer Verbissenheit, die Plakate möglichst gerade und ordentlich an die Wände zu heften, ihre Augen so zusammengekniffen hält, dass ein Fremder ihre Augenfarbe würde nicht erkennen können. Ich dagegen tackere das Papier wahllos an Baumstämme und Flächen, ohne auf eine akkurate Platzierung zu achten.

„Fuck!", fauche ich, als mein Daumen unter dem Klebeband verschwindet und so an einem Baumstamm befestigt wird. Ich zerre ihn wütend unter dem Klebestreifen hervor.

„Nicht gut drauf?", fragt Lisa. Ich räuspere mich, um Zeit zu schinden, damit ich sie nicht anmotze. Immer wieder rufe ich mir Timos Worte ins Gedächtnis, dass Lisa ein einsamer Mensch ist und dass Frau Dr. Norek ihr für diese Aktion hier extra Ausgang erteilt hat.

„Fuck!", fauche ich wieder, weil mir die Schere aus der Hand rutscht und in Matsche landet.

„Ziemlich viel *FUCK* heute", bemerkt sie.

Hätte ich die blöde Kuh bloß nicht mitgenommen! Meine Laune ist auch ohne sie im Keller und mein nächster Wutausbruch brodelt unter der Oberfläche und wartet nur auf einen klitzekleinen Grund. Ich war schon einen Schritt weiter und hatte Lisa nicht mehr blöde Zimmernachbarin genannt, und sie mit der Mützenaktion fast ein bisschen ins Herz geschlossen, aber heute ist eindeutig nicht mein Tag.

„Was hast du denn?"

Ich schaue sie mit einem *Halt-die-Klappe-oder-ich-kill-dich-Blick* an und endlich dreht sie sich um und arbeitet weiter. Erst als ein Auto mit einem Werbeaufkleber ,*Gemeinsam für Chrissi*' auf der Heckscheibe vorbeifährt, wagt sie es wieder, zu sprechen: „Sag mal, der Timo, was ist das eigentlich für ein Typ?"

„Warum?"

„Na ja, was der so alles auf die Beine stellt, das ist ja der helle Wahnsinn." Genau in dem Moment kommt das nächste Auto mit demselben Aufkleber an uns vorbeigerauscht.

„Ja, das stimmt."

Ich habe aber auch viel gemacht!, mault es in meinem Kopf.

Und um meine eigene Aussage zu untermauern, steuere ich die nächste große Buchhandlung an, stürme auf die erstbeste Verkäuferin zu und verlange nach der Geschäftsleitung.

„Vielleicht kann ich Ihnen auch weiterhelfen?"

Wenn jetzt nicht Lisa zehn Zentimeter neben mir stehen würde, würde ich sicher nur meinen Wunsch äußern, das Plakat bitte im Fenster ankleben zu dürfen, aber ich will es ihr beweisen. Und mir selber.

Und meinem Vater!

„Nein, ich müsste schon mit Ihrem Chef sprechen."

„So?", die Verkäuferin zieht eine Augenbraue hoch und schaut auf das Mitbringsel in meiner Hand. Dann zuckt sie mit den Schultern und greift zum Telefon. Lisa springt mir fast in die Tasche. „Was hast du vor?", wispert sie hinter mir. Das nervige Geflüster steigert meinen Kopfschmerz, der mich seit heute Morgen begleitet. Also ignoriere ich Lisa.

Die Verkäuferin zeigt uns ihre Rückenpartie und telefoniert eine Minute, dann legt sie den Hörer wieder auf und dreht sich zuckersüß grinsend zu mir um: „Also, Herr Horstmann ist leider nicht im Hause. Vielleicht können Sie doch mit mir vorliebnehmen?"

„Okay", gebe ich mich geschlagen, auch wenn ich weiß, dass das eine glatte Lüge ist. „Ich möchte gerne dieses Poster in Ihr Schaufenster hängen." Ich rolle das Plakat auseinander und halte es ihr unter die Nase. „Und eigentlich wollte ich Ihren Chef bitten, dass er seinen Mitarbeitern zum Beispiel bei der nächsten Gehaltsabrechnung eine Aufforderung zur Typisierung für Chrissi mit in den Umschlag packt. Wir haben doch jetzt Monatsende, da müssten die Abrechnungen doch kommen, oder?"

Sie zieht eine Augenbraue hoch und schaut sich das Plakat genau an. Plötzlich lächelt sie. „Mensch, zu dieser Aktion gehen mein Mann und ich auch. Kennst du den Jungen?"

„Chrissi ist mein Freund." Einen Moment überlege ich, ob er so etwas wie berühmt geworden ist.

„Also, ich hänge das Plakat natürlich auf und vielleicht kann ich sogar noch meine Freundinnen mitschleppen."

„Kann ich nicht doch mit Ihrem Chef sprechen?"

Ihre Lippen zucken für mich verräterisch.

„Nein, das geht nicht. Aber wir kommen!"

„Na toll. Wir brauchen vielleicht Millionen von Menschen, um genau den einen zu finden, der meinem Freund das Leben retten kann. Meinen Sie es reicht, wenn Sie mir vier oder fünf Leute bieten, wenn Ihr Chef vielleicht fünfhundert erreichen kann?" Hinter mir stöhnt Lisa. Die Verkäuferin schaut mich starr an.

„Versteht denn keiner? Ich möchte ihn einfach nicht verlieren", flüstere ich.

Die Verkäuferin räuspert sich und nimmt mir verlegen das Plakat ab. „Ich werde alles Menschenmögliche versuchen", sagt sie und streichelt sanft über mein Haar.

„Was soll das Ganze dann bitteschön?", sagte meine Mutter heute Morgen beim Frühstück und biss in ihr Brötchen. Marmelade schob sich dabei aus ihrem Mundwinkel und kleckste auf ihren Teller. „Bei dieser Aktion wird sowieso kein Spender für den Jungen gefunden", äffte sie meinen Vater bitter nach.

Mein Vater blickte von seiner Zeitung hoch und bevor er ihr eine Antwort gab, sah er mich zum ersten Mal so an, wie ich es mir in den letzten Jahren gewünscht hatte. Meine Nackenhaare stellten sich senkrecht auf. „Aber nur so sensibilisiert man Menschen für das Thema. Werbung ist alles. Und die eine ausgeführte Aktion löst vielleicht die Nächste aus und irgendwann ist irgendwo der genetische Zwilling für Christopfer dabei."

Hätte er nicht einfach Chrissi sagen können?

Mein Vater hatte seinen Blick schon wieder auf die Zeitung gerichtet. Aber für meine Mutter war die Sache noch nicht vom Tisch: „Sagt ihr den Betroffenen das auch so?"

„Was?" Dieses Mal machte mein Vater sich nicht einmal die Mühe, von der Zeitung aufzuschauen.

„Herrgott nochmal", fauchte meine Mutter. Ich zuckte zusammen. Streit wegen mir hatte es im letzten Jahr in unserer Familie oft genug gegeben. Ich wollte einfach nicht mehr das Zentrum für solche Aktionen sein, deshalb nahm ich meinen leeren Teller vom Tisch und stand auf. Ich räumte mein dreckiges Geschirr in die Spülmaschine und versuchte, den aufkommenden Streit meiner Eltern zu ignorieren.

„Was meinst du denn? Bin ich eine Kassandra? Ein Überbringer schlechter Botschaften, oder was? Kassandras sind nicht allzu beliebt, meine Liebe!"

„Bist du überhaupt beliebt?", fauchte meine Mutter und das Messer meines Bruders klirrte auf seinem Teller.

„Ach ja, aber es heißt ja: Everybodys Darling is everybodys Depp!", fügte sie noch bissig hinzu.

„Es reicht!" Die Zeitung meines Vaters knallte für mich lauter *auf den Tisch, als wenn er mit Wucht einen Stein auf die Tischplatte gedonnert hätte.*

Und ich?

Ich drehte mich langsam um und dann strömten die Worte wie von selbst aus meinem Mund!

„Wo ist Lisa?", fragt Timo voller Hoffnung, als ich ins Zimmer trete.

„Die hatte es furchtbar eilig", lüge ich, dabei hatte ich mich ordentlich mit ihr gestritten, weil sie meinen Auftritt unmöglich fand. Am Ende hatte ich ihr gesagt, sie könne jetzt besser nach Hause fahren, in ihr Scheißzimmer gehen und sich auch noch mit meiner Zimmerhälfte begnügen und sie glänzen lassen, wie die Puppenstube einer Prinzessin.

„Schade, ich hätte Lisa doch gerne einmal kennengelernt." Meine Wangen fangen an, zu glühen. Natürlich weiß ich das selber. Ich nicke mit dem Kopf, weil ich auch weiß, dass ich ein böses Mädchen bin und gehe zu Chrissi hinüber. Ich habe heute Morgen unsere ganze Familie zerstört. In nur ein paar Minuten habe ich das erreicht, was jeder von uns auf seine Art vehement versucht hatte, all die Jahre zu verhindern.

Chrissi liegt auf der Seite und schaut aus dem Fenster.

„Hallo", sage ich und setze mich auf die Bettkante.

„Was machst du, wenn ich sterbe?", flüstert Chrissi. Ich zucke erschrocken zusammen und starre ihn dann ungläubig an.

„Dann drehe ich solange an der Erde, bis du wieder bei mir bist!"

„Ich meine es ernst, Yume!"

„Ich auch!"

„Irgendwie… ich weiß auch nicht!"

„Reizend!", stöhne ich. „Vielen Dank."

„Also, so kann es nicht weitergehen."

Anscheinend habe ich von gestern bis heute etwas verpasst. Mein Herz hämmert in meinem Brustkorb und es fühlt sich an, als wäre nicht mehr genug Platz dafür vorhanden.

„Chrissi?"

„Hm?"

„Wo hast du dich versteckt?"

Endlich sieht er mich an. Sein Blick zeichnet ein großes Fragezeichen in die Luft.

„Wo hast du dich versteckt?", wiederhole ich meine Frage und versuche, ruhig zu atmen. Er neigt den Kopf und spielt einen Moment mit der Kordel an seiner Jogginghose. „Wie meinst du das?", murmelt er.

„Hinter dem Mond? In einer anderen Welt? Wo. Bist. Du. Gerade?" Ihm fällt gar nicht ein, mir eine Antwort zu geben.

Also schweigen wir.

Und *das* ertrage ich heute nicht auch noch.

Ich drehe mich hilfesuchend zu Timo um. Als sich unsere Blicke treffen, zieht er fragend die Schultern hoch. Seine achte Chemotherapie tropft gerade in seinen geschundenen Körper. Wie paradox ist der Scheiß eigentlich? Erst muss man sich mit Gift volllaufen lassen, damit man am Ende am Leben bleibt?

Ich muss Timo nicht heute auch noch mit unserem Kinderkram behelligen. Also gebe ich alles, bis Chrissi sich anzieht und mit mir in den Park kommt.

Der Krankenhauspark ist schön und fast so weitläufig wie bei uns in der Klinik. Lorbeerbüsche stehen in Reih und Glied nebeneinander am Rand und ein paar gewaltige Buchsbaumkugeln zieren hier und da die Rasenfläche. Alle zehn Meter folgt eine Bank der nächsten, damit Patienten und Besucher sich ausruhen oder ein Gespräch führen können.

Oder um sich ungestört zu streiten!

Die Sonne trifft gerade auf Chrissis Gesicht und wandert dann weiter. Eine Wolke schiebt sich vor den Ball und lässt sein Gesicht fleckig aussehen. Ich versuche, mit meinem Zeigefinger über die Schattenränder auf Chrissis Wange zu fahren, aber er schüttelt meine Hand weg. „Lass das!"

Meine Wangen fangen wieder an, zu glühen.

„Was habe ich dir getan?"

Chrissi sieht mich böse an und rückt ein Stück von mir weg.

Ob er mit meinen Eltern gesprochen hat?

Das große Fragezeichen ist uns bis in den Park gefolgt und formt eine Mauer zwischen uns. Sie ist so groß, dass ich Chrissi kaum noch sehen kann. Ein Gärtner fährt auf einem Aufsitzmäher über die Rasenfläche, sicher der letzte Rasenschnitt in diesem Jahr. Chrissi nuschelt etwas, aber seine Antwort verliert sich im Lärm und klingt wie ein Echo.

„Was hast du gesagt?"

„Mensch Emily, tu nicht so blöd!"

Fassungslos starre ich auf meine Füße. Seit wann nennt er mich Emily?

Einfach nur Emily?

„Ich weiß wirklich nicht … Chrissi… Ich habe dich echt nicht…" Meine verwirrten Worte scheinen an ihm abzuprallen.

„Wenn du das anders siehst, dann ist das deine Sache!"

Chrissi steht auf. Seine Jogginghose schlackert um seine Beine. Seine Jacke schlackert um seinen Oberkörper. Ich habe eine so große Angst, dass er bald nicht mehr da sein könnte, dass ich wie gelähmt sitzenbleibe und er sich immer weiter von mir entfernt. Am Ende ist er ein kleiner Punkt am Horizont. Plötzlich merke ich, wie Wut in mir hochsteigt. „Ihr stellt alle sehr hohe menschliche Ansprüche an mich. Hoffentlich könnt ihr ihnen selber gerecht werden?", schreie ich hinter ihm her, obwohl er mich gar nicht mehr hören kann. Der Gärtner schaut mich verständnislos an.

Mit einem fetten Klumpen Wut im Bauch stapfe ich hinter Chrissi her. Oben auf der Station angekommen, ist meine Wut verschwunden. Ich muss ein paar Mal schlucken, außerdem wird mir schwindelig. Wenn ich jetzt in das Zimmer komme, dann wird er mir sagen, dass ich für immer gehen soll und ich habe keine Ahnung, warum! Er muss mit meinen Eltern gesprochen haben oder mit meinem Bruder. Ich halte mich an Handläufen fest, die an den Wänden montiert sind, damit ich nicht ins Nichts kippe und gehe zum Spielzimmer hinüber. Dort lehne ich mich an einen freien Platz der Wand und starre wieder auf meine Füße. Heute trage ich zum ersten Mal seit Monaten an beiden Füßen meine schwarzen Turnschuhe. Ich lasse mich nach unten gleiten. Dann lege ich mich auf den Fußboden, ganz flach und hoffe, dass der Boden mich einfach verschluckt. Plötzlich höre ich Schritte. Timo steht neben mir und schaut mich kopfschüttelnd an. Er lächelt schief.

„Infusion schon durch?", frage ich.

„Jepp", sagt er.

„Übelkeit?"

„Nee, noch nicht. Die Betonung liegt aber auf *noch* nicht."

Ich starre wieder zur Decke hoch. Timo legt sich neben mich auf den Boden und sieht ebenfalls nach oben. Ich atme einmal tief durch. „Was hat er nur? Liebt er mich auf einmal nicht mehr?"

„Ich glaube, er liebt dich zu doll", sagt Timo.

„Ha!", krächze ich. „Das kommt bei mir aber heute ganz anders an! Der kann mich mal!"

Timo kichert.

„Warum lachst du?"

„Das meinst du doch nicht ernst!"

„Hmpf!", stöhne ich. „Dann erkläre es mir. Er redet nicht mit mir und erzählt wirres Zeug. Wir waren kaum unten im Park und hatten uns auf eine Bank gesetzt, da ist er auch schon wieder aufgesprungen und hat etwas davon gefaselt, dass ich nicht so tun soll als ob. Was soll ich nicht so tun? Ich weiß gar nicht, wovon er redet. Gestern war doch noch alles in Ordnung. Ist es, weil ich Lisa nicht mitgebracht habe?"

„Nein, das ist es bestimmt nicht, aber mich würde sie schon interessieren", grinst er. „Warum hast du sie mir denn nicht vorgestellt?"

Ich beschließe, ehrlich zu sein. „Timo, im Grunde bin ich ein komischer Mensch. Ich werde schnell wütend und bis ich Timo kennengelernt habe, ging es mir echt scheiße. Jahrelang wusste ich nicht, warum…" Meine Stimme bricht. Ich kann nicht weitersprechen. Timo sieht mich von der Seite an.

„Und heute Morgen…" Tränen rinnen aus meinen Augen und laufen seitwärts in mein Haar. „Ich habe heute Morgen alles kaputtgemacht!"

„Okay", meint Timo. „Das kannst du mir ein anderes Mal erzählen. Lisa ist auch jetzt nicht so wichtig. Und alles andere auch nicht. Emily, Chrissi liebt dich."

„Warum schickt er mich dann fort?" Ich versuche, die nächsten Tränen wegzuwischen, bevor sie wieder in mein Haar laufen.

„Er hat es mir gestern Abend erklärt: Er möchte dich einfach nur schützen. Ich habe ihm auch gesagt, dass das völliger Blödsinn ist, was er da redet."

„Wovor will er mich denn schützen? Wenn er sich von mir trennen will, dann zerreißt er mir das Herz. Etwas Schlimmeres kann mir doch gar nicht passieren."

„Vor all dem hier", sagt Timo und kreist einmal mit seinem Zeigefinger durch das Zimmer. „Vor diesem Elend, vor seiner Krankheit, vor all dem, was du hier erleben musst und vor dem, was jetzt kommt. Spender hin oder her, Emily, die Zukunft für ihn und mit ihm sieht alles andere als rosig aus. Er meint, ohne ihn hättest du vielleicht selber eine bessere Chance, gesund zu werden."

Es bildet sich ein Klumpen in meinem Hals. Egal, wie oft ich schlucke, ich bekomme ihn nicht hinunter. „Aber was soll ich denn dann tun? Gegen Gedanken, die sich bei ihm im Kopf abspielen, kann ich mich doch sowieso nicht wehren! Timo, mit ihm geht es mir so gut wie noch nie in meinem Leben. Will er sich jetzt von mir trennen?"

„Ach das glaube ich kaum, dass er das wirklich will. Er möchte dich nur vor allem weiteren Unheil bewahren, weil er dich liebt." Timo macht eine kurze Pause und greift zu meiner Hand. „Emily, er flüstert nachts deinen Namen!"

„Er flüstert nachts meinen Namen?" Mein Kloß im Hals ist verschwunden. „Timo, das ist das Schönste, was ich je gehört habe." Ich drehe mich zu ihm hin und gebe ihm einen fetten Kuss auf seine Wange. „Danke", sage ich erleichtert.

Timo schmunzelt und feixt: „Also, ich möchte später kein Grab, nur dass das klar ist!", grinst er. „Ich möchte eine Parkbank mit meinem Namen drauf. Dann könnt ihr euch immer zu mir setzen, wenn ihr mit mir reden wollt und ich euch einen Rat geben soll!"

Wir lachen gemeinsam. Timo ist echt der süßeste Spinner, den ich kenne. Er könnte Lisa bestimmt viel geben.

Dann zeigt er auf eine Spinne unter der Decke und schüttelt sich. „Was für eine beschissene Aussicht hier, Emily! Lass uns wieder aufstehen und bloß von hier verschwinden!"

Chrissi

Es schwirrt mir schon ein paar Tage durch den Kopf. Ohne mich hätte Yume weitaus bessere Karten, wieder ganz gesund zu werden. Sollte ich nicht überleben, was wird sie dann machen? Ihre Klinge benutzen und mir folgen? Ich merke, dass meine Kraft mich immer mehr verlässt. Und ich habe doch bei der kleinen Brit gesehen, wie schnell es gehen kann. Schon jetzt sind manche Wege für mich ohne Rollstuhl einfach zu weit.

Ich spüre, dass sie es ist, die ins Zimmer kommt, denn sofort ändert sich meine Welt. Sie redet kurz mit Timo, dann steht sie neben mir und setzt sich auf die Bettkante.

Ich muss es einfach wissen, also frage ich und schaue sie dabei nicht einmal an: „Was machst du, wenn ich sterbe?"

Ihr Schatten bewegt sich über den Boden.

„Dann drehe ich solange an der Erde bis du wieder bei mir bist!"

„Ich meine es ernst, Yume!"

„Ich auch!"

Wir wollten dann zusammen über die Wolken tanzen!

Das kann ich doch niemals zulassen!

„Irgendwie... ich weiß auch nicht!"

„Reizend!", stöhnt sie. „Vielen Dank."

„Also, so kann es nicht weitergehen."

Laber nicht drum herum, beende es einfach. Sollte ich wirklich sterben, wird sie mich vielleicht bis dahin vergessen haben! Oder furchtbar wütend auf mich sein!

„Chrissi?"

„Hm?"

„Wo hast du dich versteckt?"

Fragt das wirklich eine Fünfzehnjährige?

Das kommt mir so erwachsen vor, dass ich sie verblüfft ansehe. Sie sieht vollkommen anders aus als gestern.

Was ist bloß mit ihr über Nacht geschehen?

„Wo hast du dich versteckt?", wiederholt sie ihre Frage.

Das sollte ich sie fragen!

Ich kann ihren neuen Anblick nicht ertragen, weil er mir noch besser gefällt, deshalb sehe ich wieder weg und spiele verlegen mit der Kordel meiner Jogginghose.

„Wie meinst du das?", murmele ich.

„Hinter dem Mond? In einer anderen Welt? WO. Bist. Du. Gerade?"

Wir schweigen, weil wir beide keine Antwort finden.

Dann dreht sie sich zu Timo.

Vielleicht wäre er eine weitaus bessere Partie für sie?

Als sie jetzt wieder ins Zimmer kommt, liege ich mit dem Rücken zur Tür. Ich kann hören, wie ein Schuhband ihrer Turnschuhe über den Boden schleift. Ich habe ihr in der letzten Stunde mehr als nur einmal wehgetan. Als sie mich auf der Parkbank berühren wollte, habe ich ihr meinen Kopf entzogen. Irgendwie liebe ich sie heute noch mehr als gestern, aber ich wollte einen Rahmen schaffen, dafür, dass sie mich hasst. Wollte auf subtile Weise einen Weg für das Ende unserer Freundschaft ebnen. Ich merke, wie sie hinter mir zum Stehen kommt. Sie beugt sich zu mir und ihr Atem wärmt meinen Nacken.

Hat sich ihr Herz jetzt wirklich von mir entfernt?

„Ich hätte nicht gedacht, dass du noch einmal wiederkommst!", murmele ich.

„Ich auch nicht. Ich überrasche mich gerade selbst", sagt sie mit fester Stimme. Mein Herz krampft sich zusammen.

Vielleicht passiert es jetzt wirklich und ich habe es geschafft. Meine Welt wird ohne sie keine Farbe mehr haben.

„Chrissi, wenn ich dich ansehe, dann bin ich einfach nur

glücklich!"

Ich drehe mich zu ihr um und bevor ich zweimal geblinzelt habe, wirft sie sich in meine Arme. Ich wollte sie verscheuchen, damit sie nicht all den Kummer weiter ertragen muss, den sie hier zu Gesicht bekommt, aber mein Herz spricht einfach eine andere Sprache. Ich kann sie nicht gehenlassen. Mein Leben ist mehr als Leukämie.

„Oh Yume", flüstere ich in ihr Haar und drücke sie fest an mich. Und genau so fühlt sich mein Glück an! Ich könnte sie bis an mein Lebensende so halten. Timo steht in der Tür, zeigt seinen Daumen hoch, lacht und verlässt wie immer taktvoll das Zimmer, obwohl es nicht mehr lange dauern wird, bis ihm speiübel ist. Eigentlich sollte er sich besser in sein Bett legen. Yume schluchzt in meinem Arm, wie ich es noch nie erlebt habe. Dann schaue ich zu Boden und grinse weinend: „Yume, Baby, zieh morgen wenigstens wieder einen rosa Schuh an, ja?"

Unbekannt

„Wieso magst du eigentlich keine Pommes mit Ketchup?"

Ich muss grinsen. „Du hast es dir doch gemerkt. Prima!", freue ich mich.

Mein Traum ist sehr diffus. Ich wundere mich, dass ich überhaupt eingeschlafen bin. Meiner Mutter geht es heute sehr schlecht. Sie liegt im Sterben. Ihr Tod naht. Die Ärzte, Schwestern und Pfleger haben mir allesamt versichert, dass sie mich sofort anrufen werden, wenn sich ihr Zustand verschlechtert und sie meinten, dass ich erst noch einmal nach Hause fahren und schlafen sollte. Aber keine zehn Pferde bekommen mich hier weg. Allerdings habe ich meine Frau mit Florentine nach Hause geschickt. Florentine hat ihrer Oma zum Abschied unzählige kleine Küsschen ins Gesicht gedrückt. Auf die Nase, auf den Mund, auf jede Stelle ihrer Wangen. Sie hat ihr zugeflüstert, dass sie sich jede einzelne Stelle von ihr merken und sie bis ans Lebensende in liebevoller Erinnerung behalten würde. Damit hat sie uns alle, mitsamt dem Pflegepersonal, zum Weinen gebracht. Am Ende hat sie ihren kleinen Lieblingsteddy an ihre Seite gelegt und gemeint: „Oma, nimm du ihn. Felix wird ab jetzt immer auf dich aufpassen."

Jetzt sitze ich in der kleinen Klinikkapelle und döse vor mich hin. Mein Kopf ist nach hinten gekippt, gleich werde ich sicherlich furchtbare Nackenschmerzen haben. Ich bin gefangen in einem nebulösen Gerüst aus einer Welt zwischen Traum und Wirklichkeit. Mein Sohn, wieder in Form eines kleinen Engels, sitzt auf meinem Schoß und stellt mir eine Frage nach der anderen.

„Du hast aber schon Pommes mit Ketchup probiert, oder?"

„Ja, natürlich. Ich mag die ja auch. Bloß halt nicht so gerne wie mit Mayonnaise."

„Aha, gut, gut. Aber...", mein Sohn schwebt ganz nah vor mein Gesicht. „Wir müssen uns aber auch mal über ernstere Dinge unterhalten!"

„So?", frage ich und suche seinen Rücken nach kleinen Flügeln ab.

„Wenn mein Bruder da ist, möchte ich, dass du all die tollen Dinge, die wir uns ausgedacht haben, mit ihm machst. Und dabei glücklich bist! Versprichst du mir das?"

Mein Herz macht einen Sprung. „Wenn ich nochmal Papa werden sollte, könnten wir uns dann nicht mehr sehen?"

Mein Sohn geht gar nicht auf die Frage ein. „Ich werde mich um Oma kümmern und ihr meine ganze schöne Welt hier zeigen."

Mein Herz macht wieder einen Satz und wird bleischwer. „Mein Gott, Sohn. Das habe ich dir bis jetzt verschwiegen: Oma wird nichts sehen können. Du wirst sie führen und ihr alles erklären müssen. Sie wird ihre Netzhaut..." Bevor ich zu Ende gesprochen habe, bekommt der Kleine einen Lachkrampf.

„Papilein, was bist du doch für ein Narr! Natürlich wird sie sehen können. Und vielleicht sogar noch viel besser, weil auf Erden jemand sein wird, der unsagbar glücklich mit ihrem Geschenk ist. Und das sollte auch dich glücklich machen. Meinst du etwa, es gibt etwas Schöneres, als jemandem wirklich zu helfen?"

„Ja", sage ich ernst. „Das Schönste für mich wäre, wenn ihr beide bei mir bleiben würdet. Du und Oma."

Der Kleine setzt sich wieder auf meinen Schoß. „Ach Papa,

lass niemals deine Vergangenheit deine Zukunft bestimmen!"

Ich schaue ihn an und weine. Ich fühle, wie die Tränen über mein Gesicht laufen.

„Warum bist du so klug?"

„Ach Papilein, weil ich doch eigentlich nur in deinem Traum bin und dir das sage, was du selbst schon lange weißt. So, und nun geh zu Oma. Sie braucht dich jetzt!"

Anfang November 2015

Emily

„Ich mag diesen Rummel nicht!", mault er, aber ich schiebe seinen Rollstuhl einfach durch die Menge. „Ich werde dich killen!", zischt er.

Über seinem Kopf fliegt ein Rotkehlchen durch den Himmel.

„Das ist mir egal und das weißt du", sage ich ernst. Er schmunzelt hinter seinem Mundschutz und um seine Augen bilden sich Lachfältchen. Er weiß, dass ich das mit dem Gerne-gekillt-werden nicht mehr ernst meine. Von vorne und von hinten drängeln Menschen, die uns helfen wollen. Mein Herzschlag tuckert in meinem Leib. Einen Moment lausche ich der Stimme in meinem Inneren. Es muss einfach gut gehen. Besserwisser können uns mal!

„Wir setzen ‚Menschenmasse' auf unsere Geht-gar-nicht-Liste dazu!" Er fängt an, in seiner Jackentasche zu wühlen.

„Ich habe den Zettel", gebe ich ihm kurz zu verstehen und blinzele in die Sonne. Das Rotkehlchen ist in einem Baum neben uns verschwunden. Die Zweige werfen Schatten auf uns. Ein Windzug. Noch mehr Blätter, die auf den herbstlichen Boden flattern.

„Dann gib ihn mir!"

Ich bleibe stehen und ziehe das zerknitterte Blatt aus meiner Hosentasche. „Da!"

„Alles Gute, Junge! Viel Glück!" Ein Mann winkt Chrissi zu. Chrissi rutscht noch tiefer in den Sitz. Gleich fällt er mir noch aus dem Stuhl. Herrje!

„Schreib jetzt!", befehle ich ihm, um ihn etwas abzulenken.

Und mich auch. Chrissi beugt seine Schultern nach vorne.

„Wenn du so rast, dann kann ich nicht schreiben. Schau, voll krakelig!"

Er hält mir den Zettel so nah vor die Augen, dass ich nichts lesen kann, aber ich weiß ja auch so, was dort steht. Wir haben heute Morgen schon zwei Wörter auf unsere Geht-gar-nicht-Liste gesetzt: Rollstuhl und Stufen. Die Wand ist bald vollgeritzt. Chrissi hat schon gesagt, wenn wir weiter alles nur blöd finden, dann muss sein Vater anbauen.

„Weißt du was? Menschenmassen ist doch gar nichts Negatives, vor allen Dingen in unserer Situation nicht. Im Moment sind wir auf diese Massen angewiesen." Ich höre selber, dass meine Stimme nicht so mutig klingt, wie ich es gerne hätte.

Er dreht sich zu mir um und schaut mir lange in die Augen. „Stimmt!", meint er irgendwann.

„Und Rollstuhl und Stufen können wir eigentlich auch wieder streichen."

„Nein, auf keinen Fall", sagt er und klingt panisch. „Wir müssen dafür kämpfen, dass alle Rollstuhlfahrer barrierefrei durch ihr Leben rollen können."

Es hat drei Tage ununterbrochen geregnet und die Reifen lassen Wasserspritzer durch die Luft wirbeln. Sie besudeln meine helle Hose.

Eine Fernsehkamera richtet sich auf uns. Wo kommt die denn plötzlich her?

Ich versuche, freundlich zu lächeln. Chrissi dagegen verzieht sein Gesicht zu einer Fratze. Das kann ich trotz des Mundschutzes sehen. Unachtsam laufe ich mitten durch eine Pfütze. Meine Schuhe werden schnell vom Wasser durchnässt.

Der Pferdestall neben uns. Ich höre Riccardo wiehern.

Nach Mist riechender Wind weht mir um die Nase.

„Oh Mann, Chrissi! Wir können nicht die ganze Welt retten", sage ich und schiebe den Rollstuhl mit Karacho eine Rampe zum Eingang des Zeltes hoch. „Wir müssen es erst einmal schaffen und selbst zu helfen."

„Ja, ja", stöhnt er, als der nächste Menschenstrom auf uns zukommt. „Du hast gut reden. Dir sieht man deine Krankheit ja auch nicht an."

Das Fernsehteam läuft hinter uns her. Ich lächele wieder, weil ich weiß, wie wichtig das für uns ist. Die Kamera schwenkt auf die Plakate, die freiwillige Helfer an das weiße Zelt montiert haben. Ein großes, rotes Banner direkt vor meiner Nase: *Gemeinsam gegen Blutkrebs, werden Sie Stammzellenspender!* Neben anderen Plakaten wie: *Wir besiegen den Blutkrebs.*

Ein eiskalter Schauer läuft mir über den Rücken, als ich Chrissi in das Zelt schiebe. So viele freiwillige Helfer, auch vom Malteser Hilfsdienst. Geschäftig laufen sie durch die Gänge zwischen den durch Trennwände gegliederten Bereichen und opfern ihre freie Zeit, obwohl sie Chrissi nicht einmal persönlich kennen.

An einem langen Tisch sitzen viele Leute und füllen Zettel aus. Immer wieder werden sie von Mitarbeitern des Malteser Hilfsdienstes dabei unterstützt und jede Frage wird ihnen freundlich beantwortet. Unter dem Zeltdach hat Chrissis Mutter mit ihren Freundinnen hunderte von weißen Luftballons mit dem &-Zeichen geschmückt. Am allerschönsten finde ich immer noch das einen Meter breite und zwei Meter lange Plakat, das an dicken Seilen von der Decke hängt. Auf dem Bild sieht man ein kleines Mädchen in einem weißen Kleid, mit Flügeln auf dem Rücken. Sie hält eine Kerze in der Hand und neben dem Bild steht: *Manche Menschen warten nicht nur zu Weihnachten auf einen Engel.* Chrissi hat mir versprochen, dass ich das Bild später behalten und in mein Zimmer hängen darf. Ich werde meine ganze Inneneinrichtung dementsprechend ändern müssen. Einen Moment freue ich mich darauf, bis mir einfällt, dass ich mein Zuhause vernichtet habe.

Hinter einem langen Tisch stehen Chrissis und Timos Mutter, mit vielen anderen Frauen und schenken Kaffee und Tee aus und reichen belegte Brötchen, Kuchen und Kekse. Ich fahre erschrocken zusammen, als ich in das Gesicht meiner Mutter schaue, die plötzlich vor mir steht und mich verlegen anlächelt. In bin unserer ganzen Familie seit jenem Morgen geschickt aus dem Weg gegangen und meine Mutter hätte ich hier am Allerwenigsten erwartet.

Meinen Vater dagegen vermute ich hinter einer der Trennwände, weil er sich nie die Blöße geben würde, nicht zu erscheinen und damit Fragen aufkommen lassen könnte. Ich atme ein paar Mal tief durch, weil ich für

Chrissi stark sein muss und bringe ein verkniffenes Lächeln, mit einem zaghaften „Hallo" verbunden, zustande. Meine Mutter lächelt schief zurück und schüttet geschäftig Kaffee in die nächste Tasse, die ihr gereicht wird. Der Kaffee schwappt über. Und dann höre ich auch schon die Stimme meines Vaters: „So, ich lege Ihnen eben den Stauschlauch um und dann gibt es einen Pikser und dann werde ich dieses Röhrchen mit Ihrem Blut füllen." Ich drehe mich einmal um meine eigene Achse und bleibe keine fünfzig Zentimeter vor ihm stehen. Als er zu mir hochschaut, zieht er seine Nase kraus, damit seine Brille nicht von seinem feuchten Nasenrücken rutscht. „So, das war es schon", sagt er und schaut mich dabei an. „Bitte einmal fest auf den Tupfer drücken und dann ist alles wieder gut", sagt er, aber er hat sich verhaspelt: „Ich meinte, dann haben Sie schon alles überstanden."

Nichts ist gut, brüllt es in mir!

„Was passiert jetzt mit dem Blut?", fragt der junge Mann, der vor meinem Vater auf einem Stuhl sitzt und gerade ein Pflaster in seine Armbeuge geklebt bekommt. Warum hat er nicht einfach nur ein Teststäbchen genommen? Warum diese Blutabnahme? Dann fällt mir ein, dass das Rote Kreuz bei der Aktion auch direkt Blutspender gewinnen möchte.

Und immer noch dieses dicke, weiße Pflaster in der Handinnenfläche meines Vaters!

„Das Blut geht zur Analyse der Gewebemerkmale ins Labor. Dort werden Ihre Daten in die Datei eingegeben und stehen ab jetzt der weltweiten Suche nach Stammzellenspendern zur Verfügung. Sie erhalten von uns in der nächsten Zeit eine DKMS-Spendercard, auf der ihre Spendernummer steht."

„Und wenn ich für Chrissi als Spender in Frage komme, oder für jemand anderen?"

„Für den Fall, dass Sie als Spender in Frage kommen, meldet sich die DKMS umgehend bei Ihnen."

Der junge Mann macht zuerst ein zufriedenes Gesicht, doch dann schaut er meinen Vater wieder fragend an, der ihm gerade das Röhrchen mit dem Zettel in die Hand reicht und ihn an einen anderen Tisch bittet, wo er alles abgeben kann.

„Und wenn sich keiner meldet und ich nicht helfen kann?"

Mein Vater klopft ihm aufmunternd auf die Schulter und wagt einen Seitenblick in meine Richtung: „Dann seien Sie froh, dass Ihr genetischer Zwilling anscheinend putzmunter ist! Außerdem spenden Sie auch noch Blut. Auch eine sehr gute Sache. "

Ich stehe eine volle Minute einfach nur da und lausche den professionellen Antworten meines Vaters und schlucke meine Galle hinunter. Glücklicherweise sehe ich in diesem Moment Timo in der Menge stehen und schiebe Chrissi zu ihm hin. Ich muss dringend auf die Toilette. Mir ist speiübel. Zum ersten Mal seit Jahren fühle ich mich in einer Menschenmasse nicht alleine. Ich habe das Gefühl, von vielen Menschen getragen zu werden, von Fremden, die mir bekannter vorkommen als meine eigenen Eltern. Trotzdem oder vielleicht genau durch diesen krassen Gegensatz ist mir kotzübel. Im ganzen Zelt ist alles schön und bunt, nur meine Eltern haben die Farbe eines Schwarzweiß-Fernsehbildes. Bestenfalls sehe ich sie in Grau.

Als Timo sich mit Chrissi unterhält, gebe ich ihnen kurz Bescheid und mache mich auf den Weg Richtung Toilette. Ich gehe an hunderten von fremden Menschen vorbei, die quer durch den Gang, bis weit nach draußen in einer Reihe stehen. Die Verkäuferin aus dem Buchladen winkt mir fröhlich zu. Sie steht mit einer großen Gruppe in der Schlange.

Bis gestern Abend hatte sich die Zahl von über fünfhundert Zusagen auf Facebook auf achthundertachtundzwanzig angemeldete Leute erhöht, aber wenn das so weitergeht, werden wir auch diesen Rekord brechen. Ich hätte nie für möglich gehalten, dass so etwas durch die virtuelle Welt möglich ist. Verblüfft bleibe ich stehen und schaue über die Schlange von Menschen, die wie aufgereihte Perlen dastehen. In diesem Moment kommt das Fernsehteam auf mich zu und hält die Kamera auf mein Gesicht, und ein Mikrofon mit einem Riesen-Fell-Puschel hängt über meinem Kopf. „Im Supermarkt hätten schon mindestens ein Dutzend Menschen nach einer weiteren Kassenöffnung verlangt", höre ich mich sagen.

„Ich merke schon, Emily", sagt die Reporterin, die mich anscheinend als Chrissis Freundin erkannt hat. „Sie sind ganz angetan von der Flut der Hilfsbereitschaft dieser Leute?"

„Wenn ich ehrlich bin, komme ich aus dem Staunen nicht mehr heraus." *Du wirst jetzt nicht anfangen zu heulen*, spreche ich mir selber Mut zu und freue mich über die „Viel-Glück-Wünsche" der Leute, die das Zelt schon wieder verlassen. Mit jeder weiteren Frage, die ich dem Team beantworte, verschwindet meine Übelkeit. Ich blicke noch einmal über die Menschen, die vor dem Zelt sind. Sven steht mit verschränkten Armen in der Reihe und beobachtet mich, wie ich mich von dem Team verabschiede. Auch sie wünschen uns alles Gute und erinnern mich noch einmal daran, dass der Bericht heute Abend in der Aktuellen Stunde gegen zwanzig Uhr im Fernsehen erscheinen wird. Obwohl mir nicht gut ist, gehe ich zielstrebig auf Sven zu. Auch seine heile Welt habe ich an jenem Morgen auf brutale Weise zerstört. Sicher wird er mich bis an sein Lebensende hassen.

„Was machst du hier?"

„Registrieren lassen, was sonst?"

„Aber du musst mindestens siebzehn Jahre alt sein. Ab da ist die Registrierung möglich, aber erst ab deinem achtzehnten Geburtstag wirst du im weltweiten Suchlauf berücksichtigt. Sven, du bist nicht einmal vierzehn!"

„Tss", macht er trotzig. „Vielleicht fällt es nicht auf. Ich kann meine Mütze tief ins Gesicht ziehen und schummeln und einfach ein anderes Geburtsdatum eintragen. Was denkst du, sollte alles bei mir übereinstimmen, meinst du, sie würden mich dann nicht nehmen, um Chrissis Leben zu retten, nur, weil ich ein paar Jahre zu jung bin?" Ich überlege. Er verschränkt immer noch seine Arme vor der Brust und sieht mich störrisch an.

„Sven? Was soll das?" Seine Bockigkeit verliert sich so schnell wie die Luft aus dem Bauch eines Luftballons, wenn man eine Nadel hineinsticht. Sein Blick senkt sich zu seinen Füßen und er schabt langsam mit einer Fußspitze über den Boden: „Vielleicht möchte ich etwas für dich tun. Etwas wiedergutmachen, was ich in den ganzen letzten Jahren verpasst habe. Oh Emily, verdammt, ich hatte doch keine Ahnung!"

Als ich ins Zelt zurückgehe, strahlt Chrissi mich über den Rand seines Mundschutzes an. „Soll ich dir verraten, was ich jetzt am Allerliebsten auf der ganzen Welt möchte?"

Ein Blick in seine sehnsüchtigen Augen reicht. „Wird gemacht!", sage ich, löse die Bremse vom Rollstuhl und schiebe Chrissi nach draußen. Timo bleibt wie immer taktvoll zurück. Er verteilt mit ein paar Jugendlichen Getränke. Auf dem Weg nach draußen kommt uns Lisa entgegen. Auch bei ihr bin ich baff, sie hier zu sehen. „Du könntest drinnen Timo helfen!", rufe ich ihr zu.

„Und woher weiß ich, wer er ist?"

„Achte einfach auf deine geniale Beanie-Mütze und auf einen Jungen mit meerblauen Augen", kichert Chrissi.

Während ich ihn weiterschiebe, dreht er sich zu mir um und sein Blick gleitet über mein Gesicht. "Ich liebe dich!", flüstert er hinter seinem Mundschutz. Er wirkt so klein und verlassen, in dem Rollstuhl.

„Ich dich auch." Ich bleibe einen Moment stehen und werfe meine Arme um ihn.

Als ich die Stalltür öffne, knarrt es laut. Da ich stehe, kann ich Ricardo schon sehen, der neugierig mit seinem Kopf aus der Box schaut. Er wiehert und reißt seinen Kopf nach hinten.

„Mein Dicker", flüstert Chrissi mit glänzenden Augen. Als ich den Rollstuhl weiterschieben will, steht Chrissi auf.

Meine Kehle schnürt sich schmerzhaft zusammen und meine Empathie setzt endlich mal an der richtigen Stelle ein.

„Ich brauche einen Moment für mich. Für uns. Ist das okay?", fragt er. Ich lächele ihm aufmunternd zu und lasse ihn alleine weitergehen. Aber ich sehe ihm nach. Auch seine neue Jogginghose, die ihm seine Mutter extra in zwei Nummern kleiner mitgebracht hat, scheint ihn zu verschlucken. Sein Gang ist langsam wie bei einem alten Mann, und ich schaue beschämt zu Boden. Ich suche in meiner Hosentasche nach meiner Kugel, setze mich in den Rollstuhl und drehe das dreckige Papier durch meine Finger.

Der Stall ist wie leergefegt. Alle scheinen sich im Zelt zu befinden. Nur schnaubende und kauende Pferde, die man hört, und wieder dieses leise, erfreute Wiehern, als Chrissi seinem Freund etwas ins Ohr flüstert. Er liebt ihn. Bestimmt mehr als mich, aber das tut nicht eine Sekunde weh.

Dann wird die Tür aufgerissen. Mit geröteten Köpfen schauen mich Timo und Lisa grinsend an und halten mir etwas unter die Nase.

„Schaut!", schreit Timo. „Diesen Scheck über zehntausend Euro hat mir der Chef von Herdes in die Hand gedrückt. Er hat gesagt für die DKMS! Ist das nicht der helle Wahnsinn?" Herdes ist die größte Buchladenkette im Münsterland. In einer dieser Filialen hatte ich meinen peinlichen Auftritt.

Ob die Angestellte etwas damit zu tun hat? Ich werde mich bei ihr bedanken müssen!

Mit zehntausend Euro kann man mindestens zweihundert Registrierungen durchführen. Die Kosten einer einzelnen belaufen sich nämlich auf die immense Höhe von fünfzig Euro.

Mit einem Satz bin ich aus dem Rollstuhl und greife ungläubig nach dem Scheck. Ich halte ihn hoch, renne damit auf Chrissi zu und bleibe kreischend stehen. Mein Glück bricht von einer auf die andere Sekunde.

Chrissi steht in der Box neben Ricardo. Er hat seinen Mundschutz nach unten gezogen, der ihm lose um den Hals baumelt. Aus seiner Nase, aus seinem Mund und aus seinen Ohren läuft Blut. Es sprenkelt zu allen Seiten. Ein Teil bleibt an der Stallwand kleben. Entsetzlich viele kleine rote Punkte. Chrissi starrt fassungslos auf seine blutverschmierten Hände. „Hilfe", flüstert er und sieht uns panisch an.

Unbekannt

Der Todeskampf meiner Mutter hat vier Tage gedauert. Erst heute in der Nacht ist sie gestorben. Ein paar Mal war ich versucht, die Spritze des Morphinperfusors mit Gewalt durchzudrücken, dass sie eine Überdosis erhält und ihr Leiden ein Ende hat. Kein Mensch sollte je so sterben müssen. Und ich konnte nichts weiter tun, als ihr die Schweißperlen von der Stirn wischen und ihre kleine, in sich zusammenfallende Hand zu halten.

Das ganze Klinikpersonal war vorbildlich, und oft habe ich in diesen Tagen die Schwestern und Pfleger beobachtet und über ihre Geduld und ihr Engagement gestaunt, einen Menschen, der bald nicht mehr da sein wird, mit noch so viel Liebe und Hingabe zu pflegen. Sollte hinter den Wolken eine Gerechtigkeit herrschen, dann müssten diese Menschen jubelnd dort oben empfangen werden. Ich schaue in den Himmel und suche nach meiner Mutter. Meine Schritte sind langsam, richtig lahm und so schwer, als hätte man mir Zementsäcke um die Waden gebunden. Ich schaffe es bis an einen kleinen See und setze mich auf eine Bank. In den letzten Monaten habe ich so oft darüber nachgedacht, wie es sein wird und was ich fühlen werde, wenn sie nicht mehr da sein wird und doch ist es kein Vergleich zu dem, was ich jetzt spüre.

Nach ihrem letzten Atemzug war ich erleichtert. Erleichtert, als der angestrengte Ausdruck in ihrem Gesicht wich und Platz für ein zufriedenes Lächeln schuf. Als hätte sie sich endlich mit dem Elend versöhnt.

Nebelschwaden hängen über dem Wasser. Gleich wird die Sonne aufgehen. Nicht einmal meiner Frau habe ich bis jetzt Bescheid gegeben, dass Mutter gestorben ist.

Ich wollte kein Bedauern hören, keinen Bericht erstatten müssen. So habe ich einfach eine Tüte mit ein paar Sachen meiner Mutter gepackt und habe mich heimlich davongestohlen. Ich bin mir sicher, das Personal wird mich verstehen. Nur ich und die Tüte neben mir, auf der feuchten Parkbank an diesem einsamen Morgen. Nur ein paar ihrer persönlichen Dinge, obwohl ich in den nächsten Tagen ihr ganzes Zimmer leerräumen muss.

Der See liegt wie glattgestrichen vor mir. Vögel zwitschern und plötzlich schlägt das Wasser ein paar kleine Wellen, als eine Ente angeschwommen kommt, mit ihrem Köpfchen einmal tief untertaucht und danach ihre Morgenwäsche verrichtet, indem sie ordentlich an ihren Federn zupft und rupft und sie wieder in die richtige Lage bringt.

All das Wundervolle, was auf dieser Welt passiert, wird bald jemand anderes anstelle meiner Mutter sehen. Und obwohl der Gedanke für mich unfassbar war, macht mein Herz deswegen einen Sprung. Ich wühle in der Tüte und ziehe alles heraus, was ich wahllos hineingestopft hatte. Eine Hose, einen Pullover, ihr Strickzeug und einen karierten Block, an dem meine Mutter einen Kugelschreiber befestigt hat. Mir kommt eine Idee und so schlage ich den Block auf, nehme den Kugelschreiber in die Hand und lasse meinen Gedanken freien Lauf. Ich möchte meiner Mutter eine eigene Traueranzeige widmen. Nur für sie geschaffen, aus ihrem Wunsch und meinem Gefühl heraus. Ich brauche keine zwei Minuten. Lese noch einmal die Zeilen und halte ihren Pullover dabei in meinem Arm.

Wenn Tränen des Abschieds nach Sehnsucht schmecken

und vertraute Augen leise zu dir sprechen:

„Wir sind weiter für euch da!"

Beginnt das Neue mit einem Lächeln!

Und dann vergrabe ich mein Gesicht tief in ihren Pullover und rieche nur sie. Nur sie. Und nochmal sie.

Emily

„Fang wieder an zu atmen, Emily!" Als ich meine Augen einen Spalt öffne, steht Timo neben mir und versucht, zu lächeln.

„Hat er es geschafft?" Hinter der Frage steckt nichts als pure Angst.

„Natürlich!" Timo lässt sich neben mich auf einen freien Besucherstuhl sinken. Ich liege völlig verkrampft im Warteraum der Notaufnahme des Krankenhauses, zusammengerollt wie ein Igel, und habe dabei gleich zwei Stühle in Beschlag genommen. Als ich mich bewege, merke ich, wie meine Glieder schmerzen. Mein Kopf brummt, als hätte von innen jemand mit einem kleinen Hammer gegen meine Schädeldecke geklopft. Außerdem ist mir kalt. „Was war das?", frage ich und rutsche weiter, bis mein Kopf auf Timos Schoß sanft gebettet liegt.

„Puhh", macht er und streichelt über mein Haar. „Möchtest du die Version eines Mediziners hören oder meine?"

„Besser deine. Wenn Ärzte erklären, dann habe ich das Gefühl, die sprechen Japanisch."

Von hier aus kann ich durch die Scheibe des Wartezimmers die große Uhr im Flur sehen. Es ist vier Minuten vor sieben. Gleich beginnt das geschäftige Treiben des Klinikalltages. Die ersten Ärzte in weißen Kitteln eilen müde über den Flur.

Kann nicht mal jemand diese verdammte Uhr anhalten?

Die Zeit rennt uns davon!

„Chrissi fehlen jede Menge Blutplättchen und durch die Ausdehnung der unreifen Zellen im Knochenmarkraum können Blutungen auftreten."

„So heftige!"

„Ja, so heftige", sagt Timo und streichelt weiter über meinen Kopf. „Alles Zeichen der gestörten Blutgerinnung."

Ich kann nicht weinen. Hinter meinen Lidern herrscht eine große Trockenheit. Aber ich muss heftig niesen. Tröpfchen, mit Bazillen und Viren gefüllt, wirbeln durch die Luft. Ein Grund dafür, dass ich nicht zu Chrissi darf. Gestern im Behandlungszimmer hatte ich so oft geniest, bis ein Arzt mich aus dem Raum geworfen hat und meinte, dass es für Chrissi, wenn ich ihn mit meiner Erkältung anstecken würde, den Tod bedeuten könnte.

„Ich bin nicht erkältet", hatte ich geschrien, aber der junge Arzt verwies mich trotzdem vor die Tür. „Du glühst", sagte er und schob mich unsanft aus dem Raum.

Ich glühe aus Angst, versteht das denn keiner?, schrie es in mir und dann sank ich auf einen Stuhl und starrte ewig auf die große Schiebetür vor mir, bis sie vor meinen Augen verschwamm. Dahinter mein Chrissi, der gerade um sein Leben rang. Jetzt haben sie ihn total abgeschottet. Nur seine Eltern dürfen noch zu ihm. Meine Nase läuft und Timo wühlt in seiner Tasche nach einem Tempo.

„Manno", sage ich und schnäuze mich in das Tuch. „Muss denn auch immer so ein unvorhersehbarer Scheiß passieren?"

„Na ja", sagt Timo und hält in der Bewegung inne. Seine Hand ruht auf meinem Rücken. „Aus den Steinen, die uns immer wieder in den Weg gelegt werden, können wir vielleicht mal etwas Schönes bauen?"

Jetzt bilden sich doch die ersten Tränen in meinen Augen. Dadurch glitzert der Staub, der durch den Raum wirbelt, hell im ersten Sonnenlicht. Erschrocken setze ich mich auf und weiche von Timo. „Ich bin so eine egoistische Loserin. Jetzt verteile ich meine Bazillen auch noch auf dich. Nie denke ich nach. Einfach nie!" Ich setze mich auf und wimmere wie ein kleines Kind. Timo verlässt kurz den Raum und kommt nach einiger Zeit mit einem Mundschutz in seinem Gesicht zurück. „So besser?", fragt er und setzt sich wieder neben mich. „Außerdem kannst du gar nicht so schlecht sein. Dafür bin ich nämlich ein viel zu großer Menschenkenner, um mit einer Loserin befreundet zu sein!" Seine Augen lachen und seine Glatze glänzt im Licht. Ich will ihn nach Lisa fragen, aber genau in dem Moment kommt jemand in den Warteraum. Es ist Chrissis Mutter, die ich zuerst gar nicht erkannt habe. Ihr sonst zusammengebundenes Haar hängt in Strähnen um ihr schmales, blasses

Gesicht. In der rechten Hand hält sie einen braunen Kaffeebecher, der aus dem Getränkeautomaten auf dem Flur kommt.

„Na ihr zwei", begrüßt sie uns und nippt an dem Kaffee. Der große Zeiger der Uhr erreicht die Sieben. Chrissis Mutter quetscht sich zwischen uns. „Er schläft noch", sagt sie und legt ihre Lippen kurz an den Becher. „Seine zweite Bluttransfusion läuft gerade durch."

„War er überhaupt schon einmal wach?", wage ich, zu fragen, aber seine Mutter schüttelt nur mit dem Kopf. Mein Herz wird schwer und meine Schultern sacken in sich zusammen. Ich baumele mit meinen Beinen und die Turnschuhe schrappen über den Boden.

„Emily, geh doch nach Hause und schlaf dich erst mal aus. Sie werden dich sowieso nicht zu ihm lassen und ich verspreche dir, dass ich dich sofort anrufen werde, wenn sich an seinem Zustand etwas verändert."

„Nach Hause?", flüstere ich.

Ein Zuhause ist dort, wo man sich wohlfühlt. Ein Zuhause ist da, wo man atmen kann. Ein Zuhause ist da, wo man Liebe spürt. Ein Zuhause ist da, wo man weiß, dass keine Lügen durch die Luft schwirren, wie schädliches Gas aus einer Atombombe.

„Ich bleibe!"

„Okay", sie drückt mich fest. „Ich wette, Chrissi wird sich darüber freuen."

„Wir könnten so lange, bis er wach wird, ein kleines Spiel gegen die Langeweile spielen!", sagt Timo und grinst.

„Gott segne euch", stöhnt Chrissis Mutter, stellt ihren Kaffeebecher auf dem Boden vor sich ab und nimmt uns rechts und links in die Arme. „Ihr glaubt gar nicht, wie froh ich bin, das Chrissi euch hat. Eine Freundin, die ihn über alles liebt und nicht von seiner Seite weicht und einen Freund, der auch in den schlimmsten Momenten nicht den Humor verliert."

„Hey, das meine ich ernst!" Timo macht einen empörten Gesichtsausdruck. „Ich will doch nicht an Langeweile sterben. Also, ich sehe was, was ihr nicht seht und das ist weiß."

„Ach nee", nörgele ich.

„Ich hätte da aber Lust drauf", sagt er bestimmt und nickt mit dem Kopf. Chrissis Mutter schaut sich um. Wenigstens ihr hat er ein kleines Lächeln ins Gesicht gezaubert. „Na ja, das kann ja heiter werden. Die Wand da?"

„Nö!"

„Die Wand?"

„Auch nicht."

„Der Kittel der Schwester im Flur?" Jetzt rate ich mit.

„Emily, die Schwester war doch gerade noch gar nicht da."

„Wollte nur schauen, ob du schummelst!", sage ich grinsend. „Also gut, mein Schuhband?"

„Das rechte oder das linke?"

„Das rechte."

„Nein."

„Dann das linke!"

„Nein, auch nicht."

„Du Spinner!"

Er grinst so breit, dass seine Augen nur noch schmale Schlitze sind.

„Die Tür?"

„Nein."

„Sag wenigstens heiß oder kalt!"

„Nein, das spielen wir danach."

„Verstecken? Hier?"

Timo kichert. Chrissis Mutter beobachtet ihn genau und überlegt dann einen Moment. Dann sieht sie vor sich auf den Boden: „Das innere Weiße meines Kaffeebechers."

„Bingo!", sagt Timo und schüttelt verwirrt mit dem Kopf. Außerdem ist er tief beeindruckt. „Wie sind Sie bloß so schnell darauf gekommen?"

„Naja, ein paar Mal hast du schon zum Becher hingeschielt", feixt sie.

„Und ich dachte, Sie seien Reitlehrerin und keine Psychologin mit dem Schwerpunkt: Beherrschung der Körpersprache."

Ein Essenswagen wird an dem Wartezimmer vorbeigeschoben und ein Geruch nach Haferschleim und Milchsuppe steigt mir in die Nase. Und nach Kaffeeplörre und Pfefferminztee. „Uhh", sage ich angeekelt und schnappe nach frischer Luft. „Hier kann man auch gut spielen, ich rieche was, was du nicht riechst!" Ich verziehe angewidert mein Gesicht. Chrissis Mutter hält ihre Nase in die Luft und schnuppert. Dann greift sie zu ihrem Kaffeebecher und riecht auch daran. „Mein Gott", sagt sie ernst und streicht sich eine Haarsträhne hinter das Ohr. „Ihr glaubt gar nicht, wie ich den Geruch von Krankenhäusern gehasst habe!" Sie atmet einmal tief durch und schaut uns abwechselnd an: „Bis ich begriffen habe, dass hier Chrissis einzige Chance liegt."

Unsere Internetseite ist explodiert. Ich kann es kaum glauben. Aber da steht es schwarz auf weiß. Wir sitzen immer noch im Warteraum, anstatt in Timos Zimmer zu gehen, aber hier sind wir der Intensivstation ein Stückchen näher.

Gleich ist es acht Uhr. Die Zeit hat sich gegen uns verschworen, sie läuft immer noch weiter, auch wenn Timo frohen Mutes ist. Durch die großen Fenster sehe ich eine bleierne Dunkelheit. Könnte das Vorzeichen eines fetten Regenschauers sein. Timo balanciert seinen Laptop auf den Oberschenkeln und freut sich. „Wahnsinn!" Das Blau seiner Augen bildet einen starken Kontrast zu dem dunklen Himmel im Hintergrund. „So viele Menschen, die geholfen haben und noch helfen werden. Das ist so irre! Gestern haben sich eintausendzweihundertsieben Menschen registrieren lassen. Habe ich das schon erwähnt?"

„Ja, so ungefähr zum zehnten Mal in der letzten Stunde!"

„Bingo! In den nächsten Wochen geht es los."

„Bestimmt", sage ich, weil ich mich von seiner Leichtigkeit gerne anstecken lassen möchte. „Und du glaubst, es wird nicht zu spät sein?"

Aber Timo lässt sich von seiner Euphorie nicht abbringen. „Schau doch mal! Unsere Seite wurde alleine in den letzten vierundzwanzig Stunden über hundertvierundachtzig Mal geteilt. Das ist der helle Wahnsinn!"

„Timo, ich liebe ihn."

Timo eist sich von seinem Laptop los und schaut mich groß an: „Ich auch, Emily. Ich liebe ihn auch. Und damit sind wir schon zwei, die ihn nicht gehen lassen."

„Aber bei unserer Typisierung wird sich kein passender Spender finden, sagt mein Vater." Ich vergrabe meine gerade gewonnene Hoffnung wieder einmal unter einem großen Haufen Angst und merke zu spät, dass ich somit auch Timos festen Glauben ordentlich mit den Füßen getreten habe.

„Wie?", fragt er.

Oh Mann!

„Soll ich dir das wirklich sagen, obwohl du es gar nicht wissen willst?"

Er nickt.

„Es ist nur so ein Gefühl", stottere ich, „aber manchmal höre ich drauf."

„Willst du mich jetzt verarschen?" Sein Blick ist böse, was ich gar nicht an ihm kenne. „Du hast von deinem Vater gesprochen."

„Ich rede manchmal zu viel!"

„In diesem Falle zu wenig, Emily. Also sag schon: Was meint dein Vater damit?"

„Also, prozentual gesehen, sagt er, liegt die Chance auf Erfolg bei einer solchen Aktion sehr schlecht. Aber oft wird dabei für einen anderen irgendwo auf der Welt ein Spender gefunden. Und genauso ist es umgekehrt. Woanders wird eine Aktion gestartet und dabei stößt man dann auf einen Spender für Chrissi."

„Verstehe. Bei wie viel Prozent liegt die Wahrscheinlichkeit, dass es gestern doch geklappt haben könnte?"

„Bei fast null!", traue ich mich kaum, zu sagen.

„Puh!", macht Timo, aber er hat sich schnell wieder gefangen. Er legt seine Stirn in Falten und klappert in die Tasten seines PCs. „Dann müssen wir halt noch mehr tun! Komm, wir sammeln Vorschläge. Wir könnten zum Beispiel bei Firmenchefs nachfragen, ob sie ihre Mitarbeiter nicht zu einer Typisierung auffordern können. Für Chrissi. Nicht jeder hat Internet und von unserer Aktion etwas mitbekommen."

„Habe ich auch schon getan. Und mein Vater könnte es in der Tageszeitung abdrucken lassen. Er hat ein paar ganz spezielle Kontakte."

„Super. Weiter!"

„Oh Mann", mir fällt etwas ein. „Wir haben gestern Abend den Bericht über unsere Aktion in der Aktuellen Stunde verpasst." Timo schaut mich ungläubig an: „Konstruktive Vorschläge, Emily!", ruft er. „Konstruktive! Das andere ist jetzt so was von zweitrangig."

Mein Magen knurrt. Was gäbe ich jetzt um irgend so eine blöde Banane. Aber dass ich Hunger habe, wird auch nicht auf Timos konstruktiver Liste stehen. Dabei bin ich so hungrig, dass die Welt zu kippen scheint. Zumindest wackelt sie etwas. Einen Moment halte ich mich an Timo fest. Ich brauche unbedingt etwas Essbares. Timo interpretiert die Situation anscheinend falsch.

„Er schafft es! Verdammt, er schafft es! Er schafft es! Wir finden einen Spender!" Bei seinen Worten hat er meine Schultern mit seinen Händen gepackt und schüttelt mich durch. In diesem Moment durchsticht die Sonne den schwarzen Himmel.

„Okay, okay!", versuche ich, ihn zu beruhigen.

„Wir finden einen Spender, und zwar ganz bald", sagt er und lässt meine Schultern langsam wieder los. Seine Hände schlittern über meine Arme abwärts und bleiben in meinem Schoß liegen. „Und ich wiederhole es so oft, bis die ganze Welt glauben wird, das Chrissi es schafft", zischt er.

Unbekannt

Florentine, mit meiner Frau und meiner Mutter bei unserem letzten gemeinsamen Urlaub in Spanien, lächeln mich vergnügt aus dem Bilderrahmen vor mir auf dem Schreibtisch an.

Scheiße, tut das weh!

Anstatt nach Hause, bin ich ins Büro gegangen. Zum dritten Mal nehme ich den Hörer in die Hand und will meiner Frau Bescheid geben, aber jedes Mal verlässt mich der Mut. Sobald ich die Stimme von ihr hören werde, werde ich wieder in Tränen ausbrechen. Also verlasse ich mein kleines Bürozimmer und suche das Männerklo auf.

Hinter meinen Schläfen pocht der Schmerz.

Wie lange kann ein Mensch wohl ohne Schlaf auskommen?

Ich beschäftige mich mit meinem Hosenstall, er klemmt. Eigentlich muss ich sowieso nicht. Also trete ich ans Waschbecken und blicke entsetzt meinem Spiegelbild entgegen.

Ein verrotztes Männergesicht, mit einem Dreitagebart.

Mein Chef wird mich rausschmeißen.

Ein Kollege betritt das WC und schaut mich komisch an.

„Wieder da? Wie geht es deiner Mutter?"

Ich verneine. Zu mehr bin ich nicht imstande.

„Mein Beileid!" Ein kurzer Moment, in dem er in meine gebrochene Welt eingetaucht ist, dann ist er schon woanders. „Weißt du eigentlich, wer von uns für die Sache mit der Firma Contex beauftragt worden ist?" Mein Verstand arbeitet gegen ihn. Ich höre ihn pinkeln und schüttele nun zum zweiten Mal mit dem Kopf. Für ihn habe ich meine Stimme verloren. Als die Tür hinter ihm ins Schloss fällt, murmele ich „Arschloch!" Ich spritze mir ordentlich kaltes Wasser ins Gesicht und gerade, als ich

wieder in mein Büro zurückwill, kommt mir ein anderer Kollege entgegen.

„Gehst du auch zu der Typisierung?"

„Welche Typisierung?"

„Für die Enkeltochter von unserem Chef. Hast du das noch nicht gehört? Die Kleine ist vier und hat Blutkrebs. Ohne Spender wird sie nicht überleben."

Mein Blut gefriert in den Adern. Ich kenne das Mädchen nicht persönlich, aber ich habe gerade meine Mutter verloren!

Was werden Eltern fühlen, wenn es das eigene Kind trifft? Ich denke an Florentine.

Ein Kind, schreit es in meinem Kopf.

„Wo ist diese Typisierung?", höre ich mich fragen.

„Unten, im Konferenzraum neben der Cafeteria."

Getragen von der Stimme meiner Mutter: „Was kann es Schöneres geben, als einem anderen vielleicht zu helfen!", gehe ich schnurstracks zum Konferenzraum.

Und danach werde ich meine Frau anrufen. Und Florentine!

Chrissi

Wenn man tot ist, kann man dann noch weinen?

Das Kopfkissen unter meiner Wange ist feucht.

Die Welt hat aufgehört, sich zu drehen. Mein Schwindel, den ich gespürt habe, bevor ich in dieses andere Nichts getaucht bin, ist verschwunden. Ich suche nach der Wahrheit in meinem Kopf, aber finde sie nicht.

Auf was für einem Kissen liege ich hier eigentlich?

Ich werde meine Augen öffnen müssen, aber kann nicht. Jetzt fällt mir auch ein, dass ich ja eigentlich etwas hören müsste, wenn ich noch lebe, aber meine neue Welt bleibt stumm. Bis zu dem Moment, in dem etwas knallt und ich meine Augen vor Schreck automatisch aufreiße. Es ist so blendend hell, dass mich der aufkommende Schmerz meine Lider sofort wieder schließen lässt.

Ich kombiniere!

Ich kann also doch noch etwas hören. Und sehen. Also lebe ich noch.

„Chrissi!"

Meine Mutter!

„Hmm", murmle ich.

„Geht es dir gut?"

Ich zucke mit den Schultern und denke an all das Blut, das ich zuletzt gesehen habe, bevor ich in diese andere Welt getaucht bin.

„Kann es mir überhaupt gut gehen?", grunze ich, aber schaffe es immer noch nicht, meine Augen zu öffnen.

Huch, und Luft bekomme ich auch sehr schlecht. Mir fällt der Sauerstoff ein, den Timo in solchen Momenten immer erhalten hat und genau in dieser Sekunde spüre ich die Maske in meinem Gesicht und höre den Sauerstoff aus der Wand zischen.

Anscheinend arbeiten meine Sinne auf Sparflamme.

„Yume?", frage ich.

„Sie darf nicht zu dir. Sie ist krank." Jetzt bin ich definitiv wach.

„Wie, sie ist krank?" Ich schlage die Augen auf, erlaube mir, keinen Schmerz aufkommen zu lassen und zwinkere so schnell mit den Lidern, als wenn kleine Vögel mit ihren Flügeln wild flattern würden. Meine Mutter sitzt neben mir auf einem Stuhl und nimmt allmählich Konturen an. Neben ihr auf dem Boden liegt ein brauner Becher, aus dem Kaffee gelaufen ist. Ein paar Spritzer haben ihre weißen Turnschuhe besudelt.

„Was ist mit Emily?"

„Nur ein kleiner Schnupfen. Nichts weiter, aber sie darf nicht zu dir. Es könnte dich…"

„… mich umbringen", stöhne ich.

„Ein Mundschutz würde nicht reichen?", frage ich.

„Anscheinend nicht."

„Und Schutzkittel und Handschuhe?"

Meine Mutter schüttelt mit dem Kopf.

Ein Ganzkörperkondom vielleicht?

„Chrissi, du hattest einen Hämoglobin-Wert von 4. Dank deiner zwei Bluttransfusionen, die du heute Nacht erhalten hast, ist er auf 8,7 gestiegen. Normal ist in deinem Alter ein Wert von ungefähr 14. Wir dürfen jetzt echt nichts riskieren."

Ich brauche ein paar Minuten, bis ich die aufkommende Müdigkeit abschütteln kann und wieder genug Luft bekomme.

Also, an der Löwin, die ich, seitdem ich sprechen kann, Mama nenne, kommt schon mal keiner vorbei!

„Du bist eingeschlafen und hast den Kaffee fallen lassen, stimmt's?" Meine Stimme hört sich durch die Maske ziemlich übel an.

„Jepp, erwischt!" Meine Mutter schaut sich die Sauerei auf dem Boden genauer an und schüttelt leicht mit dem Kopf.

„Du solltest auch nach Hause gehen und eine Runde schlafen!"

Ihre Nasenflügel blähen sich auf.

„Chrissi? Was möchtest du mir eigentlich sagen?"

„Ich. Brauche. Yume!"

Und schlafe wieder ein.

Mitte November 2015

Emily

Schneeregen!

Wir haben Mitte November.

Leute, muss das schon sein?

Mein schöner, roter, mit Helium gefüllter Herzluftballon, flattert den Tröpfchen entgegen, als würde er mit ihnen spielen. Unter meinen Füßen bildet sich Matsch. Und es ist ziemlich glatt. Ich muss vorsichtig einen Schritt vor den anderen setzen, aber ich habe es eilig. Seit Anfang der Woche besuche ich wieder die Schule. Jetzt kann ich nur noch nachmittags zu Chrissi und heute ist ein ganz besonderer Tag. Mein Geschenk, in hellblauem Papier, mit vielen Schmetterlingen drauf abgebildet, habe ich unter meiner Jacke versteckt. Es wärmt mein Herz und meine Seele. Einfach alles, was ihm gehört. Ich schaue in den Himmel und bleibe fasziniert stehen. Es sieht aus, als wäre ich mit den nassen Flocken ganz alleine, als würden sie mich wie in eine Blase packen.

Ich strecke ihnen meine Zunge entgegen. Es kitzelt, wenn sie darauf landen. Letztes Jahr habe ich das noch nicht gefühlt. Letztes Jahr habe ich genau in diesen Stunden an meinem rosa Schreibtisch gesessen und meine Haut an meinen Unterarmen in zwei Hälften geteilt. Nachdem ich mit meinem Bruder alleine vor einer Torte mit fünfzehn Kerzen gesessen hatte und dutzenden Geschenken um mich herum, die mir nichts weiter einbrachten, als die Enttäuschung, dass sie mir nicht von meinen Eltern gereicht werden konnten. Sie hatten keine Zeit. Heute bin ich nach der Schule einfach gar nicht erst nach Hause gegangen. Sie können sich ihren verdammten Kuchen alleine in den Mund stopfen. Ich lache und drehe mich einmal im Kreis, weil sich so, seit jenem Morgen vor ein paar Wochen, Freiheit anfühlt. Jetzt brauche ich Chrissi nur noch ganz, ohne Krankheit. Er kam genau zur rechten Zeit und hätte nicht viel später in mein Leben treten dürfen, denn dann gäbe es mich jetzt nicht mehr. Ich wäre verzweifelt gestorben, weil ich dachte, unter dieser Glocke aus

Lügen und Verschweigen müsste man es aushalten, um es anderen Menschen leichter zu machen. Aber wenn man versucht, es allen recht zu machen, hat man mit Sicherheit Einen vergessen: *sich selbst!*

Der Drang, in Chrissis Armen zu liegen und mich einfach treiben zu lassen, bringt mich wieder in Gang. Ich sehe ihn mit Timo herumalbern, zwei Jungen mit Glatze, die schöner nicht sein könnten. Das Nasse im Gesicht sind Glückstränen und der Versuch, mich mit Kajalstift und Wimperntusche für Chrissi an seinem Ehrentag schön zu machen, wird ordentlich in die Hose gehen. Ich könnte mich in der Besuchertoilette unten im Eingangsbereich noch einmal aufbretzeln, aber ich lasse das WC links liegen. Der Aufzug bringt mich mit Schwung nach oben. Ich bin bereit, mit Chrissi durch alles zu gehen, was noch kommt. Und heute freue ich mich einfach nur über unseren Ehrentag. Ja unseren Ehrentag, denn wer kann schon sagen, dass er am selben Tag Geburtstag hat wie sein eigener Freund. Ich grinse, als ich an die Tür klopfe und mache mir nur einen kurzen Augenblick Gedanken darüber, dass es ihm vielleicht unangenehm sein könnte, dass ich mit einem Ballon und einem Geschenk in sein Zimmer trete und er, angebunden wie er hier ist, mir nichts besorgen konnte.

Du bist sowieso mein schönstes Geschenk, liegt mir auf den Lippen, als ich ins Zimmer trete, aber hier verschlägt es mir die Sprache.

„Du lieber Himmel", entfährt es meinem Mund und ich schlage die Hände vor mein Gesicht. Das Päckchen rutscht unter meiner Jacke hervor und landet auf meinen Füßen.

„Happy Birthday!", schreit es aus dem Raum.

Als ich zu dem Geschenk lange, mich bücke und mit einem knallroten Kopf wieder nach oben komme, ist der Grund für meine roten Wangen nicht die Bewegung. Ich bin überwältigt.

Sie sind alle da. Chrissi und Timo sowieso, aber dazu kommen noch Chrissis Eltern und Timos Mutter. Auch Sven sitzt auf Timos Bett und lächelt mich schüchtern an. Und Lisa. Sie steht neben Chrissis Bett und winkt zaghaft in meine Richtung. Irgendjemand hat hunderte von roten Ballons im ganzen Zimmer verteilt.

Und ich hatte mir eingebildet, mein Ballon wäre etwas Tolles!

Auf dem Tisch rechts steht eine Torte. Keine Gekaufte, wie es sie bei uns immer gibt, sondern ich schätze, Chrissis Mutter hat sich richtig Mühe gegeben. Ich werfe einen Blick auf die Aufschrift: Happy Birthday Chrissi und Emily. Rundherum ist ein rotes Herz gemalt, auf dunkler, dicker Schokoglasur. Nicht mal meinen Namen hat sie vergessen.

Schnott läuft aus meiner Nase.

Wie soll ein Mädchen das verkraften, das lange nicht wusste, was fühlen heißt?

Sieben Augenpaare, die auf mich gerichtet sind. Alle warten jetzt bestimmt auf einen Kommentar von mir. Es klopft aber an der Tür und jemand kommt mir zuvor.

Sogar zwei. Dr. Albert steht hinter mir, daneben Dr. Klein.

„Herzlichen Glückwunsch", kreischen sie in die Menge, „und auch, wenn wir eigentlich der Schweigepflicht unterliegen: Spätestens in einer Stunde weiß es sowieso ganz Facebook. Wir haben einen passenden Spender gefunden!"

Der letzte Satz verliert sich im Raum. Es dauert eine Zeit, bis wir ihn alle verstanden haben.

Lisa freut sich als Erstes: „Chrissi, damit sind deine Chancen, am Leben zu bleiben, mal eben von null Prozent auf mindestens fifty-fifty gestiegen!" Dr. Albert und Dr. Klein grinsen um die Wette. Timo trommelt mit seiner Faust auf die weiße Wand hinter ihm und Chrissis Eltern liegen sich weinend im Arm. Timos Mutter und mein Bruder nicken sich fröhlich zu. Ein großes Gewirr aus Glück.

Und Chrissi?

Er sitzt auf seinem Bett und sucht in der ganzen Explosion nach mir. Als sich unsere Blicke treffen, scheinen sie Funken zu sprühen. Ich gehe langsam auf ihn zu und schaue in seine Augen. „Herzlichen Glückwunsch, mein Schatz und willkommen im Leben!".

Ich lande zielsicher in seinen Armen.

Ein Schauer geht über meine Haut.

„Lass es uns machen, bevor ich zu nichts mehr fähig bin", sagt er und grinst.

„Heute?"

Er nickt.

„Hier?"

Er nickt wieder. „Na ja, vielleicht nicht gerade hier!" Er schaut einmal durch die Runde. Seine Mutter albert gerade mit Timo. Sie hängen vor dem PC und sehen zu, wie viele Menschen Anteil an Chrissis Schicksal nehmen. Chrissis Vater hat, seitdem ich ihn kenne, zum ersten Mal glühende Wangen. Ein gewaltiges Spiel aus Emotionen.

„Weil wir Geburtstag haben?", frage ich.

Er legt seinen Kopf schief und nickt noch einmal.

„Und wegen dem Spender?"

Und nochmal.

Ich küsse ihn auf seinen dreckigen Mund. Etwas Schokolade auf seiner samtweichen Haut.

„Du schmeckst nach Schoki!"

„Du auch!" Ich wische mir mit einer Serviette über den Mund und damit meinen letzten Zweifel weg.

„Komm", fordere ich ihn auf und greife zu meinem Geschenk. In dem Trubel ist das Päckchen vollkommen untergegangen. Chrissi schlüpft in seine Turnschuhe und wir verschwinden geschickt durch die Menge. Leise schließen wir die Tür hinter uns und kichern. Einen Moment stehen wir auf dem Flur und wissen nicht, in welche Richtung wir gehen sollen.

„Dachboden?", frage ich.

„Hm? Warum nicht?" Wir verschwinden im Fahrstuhl und der Lift setzt uns unter dem Dach ab. Als sich die Tür öffnet, stehen wir in einem engen Treppenhaus.

„Und jetzt?"

„Weiter nach oben!" Wir gehen die letzte Treppe hoch und landen vor einer verschlossenen Tür.

„O je, was uns dahinter wohl erwartet?"

Die Eisentür quietscht, als Chrissi sie aufschiebt und dahinter stehen nichts weiter als leere Betten. Wir bekommen einen Lachanfall.

„In welches Bett möchte Madame?"

Ich entscheide mich für das ganz Hintere in der letzten Reihe, hinter einem dicken Pfeiler. Sollte sich jemand hier hoch verirren, haben wir noch genügend Zeit, uns einfach unter das Bettgestell fallen zu lassen.

Die Folie knistert, als wir uns auf das Bett setzen, deshalb zieht Chrissi sie runter.

„Der Dachboden muffelt und die Matratze auch", sage ich verlegen, als wir nebeneinander auf dem Bett liegen.

„Ich rieche nur deine wunderbare Haut und in deinem Haar den Vanilleduft von deinem Shampoo."

„Du willst mich bloß verführen", grinse ich.

„Ja", sagt er plötzlich sehr ernst und kommt mir mit seinem Körper ganz nah. Einen Moment weiß ich nicht, wohin mit meinen Armen, aber dann umschlinge ich einfach seinen Hals. Das mit dem Küssen klappt schon besser, seine Mundschleimhaut hat sich erholt. „Was ist in dem Päckchen?", fragt er plötzlich. „Kondome?"

„Das soll wohl eine Anspielung sein?"

„Daran habe ich nicht gedacht", gesteht er.

Ich greife umständlich in meine Hosentasche und werfe ihm eins entgegen. „Aber ich."

Er grinst. „Wow", sagt er und grinst noch frecher. „Ich bin beruhigt, du wolltest es nämlich auch!"

Das Nicken ist mir noch nie so leichtgefallen. Wieder meine Arme um seinen Hals und meine Zunge tief in seinem Mund.

Wir werfen uns gegenseitig zärtliche Worte zu, bis mir ganz schwindelig wird. Meine Haut brennt unter seiner Berührung und ich schaffe es tatsächlich, alles um uns herum auszublenden. Er hat mich aus meiner schwarz-weißen Welt gerissen und er ahnt nicht eine Sekunde, wie viel Farbe er in mein Leben gepinselt hat. Ich liebe ihn und er bedeutet mir mehr als mein eigenes Leben.

Unsere Schuhe landen auf dem Nachbarbett. Die Folie spielt darunter verrückt. Meine Hose bleibt an einem Haken am Bettpfosten hängen. Sein T-Shirt landet irgendwo neben mir und seine Hose schafft es bis unter das Bett.

„Ich denke immer an dich", flüstere ich ihm zu. „Immer!" Seine Hände wandern weiter über meinen Körper, bis er eine bestimmte Stelle gefunden hat und ich erregt zusammenzucke.

Vorsichtig küsst er auf meine Stirn und auf meine Wangen. Er küsst jede meiner Glückstränen trocken und bald liegt er auf mir. Ich kann ihn in mir spüren.

„Dich hat der Himmel geschickt", keucht er über meinem Gesicht.

Bei der Erinnerung an gerade, spüre ich eine tiefe Zufriedenheit. „Ich dachte immer, das erste Mal tut weh?"

„Hat es nicht?"

Ich schüttle heftig mit dem Kopf. Chrissi fährt sich mit der Hand über seine Stoppeln auf dem Kopf und pustet sich frischen Atem in sein Gesicht. Mein Blick fällt auf sein Geburtstagsgeschenk. Chrissi greift zu seinem T-Shirt.

„Erst auspacken, bevor du dich wieder einpackst!" Ich halte ihm die Schachtel unter die Nase.

Vorsichtig entfernt er das bunte Schmetterlingspapier und stößt dann ein „Wie geil!" aus. In seinen Händen hält er eine Kette, an der ein Anhänger in der Form eines Schwertes hängt. „Schon mal das, so lange, bis du dir dein richtiges auf den Arm tätowieren lassen kannst."

Sofort legt er die Kette um seinen Hals und ich betrachte sie voller Stolz. Der Anhänger hebt und senkt sich bei jedem Atemzug. Etwas Silbernes auf weißer Haut.

„Ich glaube, heute gibt es kein Wort, das wir in die Wand einritzen könnten, oder?"

„Bestimmt nicht."

„Ich habe auch noch etwas für dich. In meinem Zimmer."

„Hast du mir nicht heute schon genug geschenkt?"

„Was denn?" Er sieht mich überrascht an und ich knistere an dem Geschenkpapier.

„Dich!" Dann streichle ich mit einem Finger über einen Fetzen des Papiers und fahre den Umriss eines Schmetterlings nach.

Chrissi sieht mir still dabei zu.

„Ich liebe Schmetterlinge!"

Und dann flüstert er mir ein Versprechen ins Ohr.

Unbekannt

Das Telefon klingelt und ich hangele mich umständlich zu dem Hörer. Florentine meint, sie muss als Friseurin meinen Kopf missbrauchen. Überall auf meinem Haupt befinden sich rosa Haarklämmerchen. Der Chef der Klinik ist am Apparat und möchte alles Weitere mit mir für meine bevorstehende Knochenmarkspende besprechen. Ich komme nämlich tatsächlich als Spender in Frage. Nicht bei der Tochter meines Chefs, aber bei jemand anderem. Bei einem jungen Mann in Deutschland. Siebzehn, ein halbes Kind!

Mein Gott und ich dachte, selbst meine Mutter sei zu jung für Krebs!

Ich bin so froh, dass ich genau im richtigen Moment am richtigen Ort war. Bestimmt hat meine Mutter dabei ihre Finger von oben aus im Spiel gehabt. Ich kann sie jetzt förmlich neben mir sitzen und grinsen sehen: „Was habe ich gesagt, es gibt nichts Schöneres, als jemand anderem zu helfen!"

Florentine zieht an meinem Haar und die nächste Haarspange verschwindet auf meinem Kopf. Sie sticht in meine Kopfhaut.

„Aua!"

„Nein, ganz so schlimm ist es nicht. Sie werden fünf Tage lang, mit dem Wachstumshormon G-CSF behandelt, der den Übergang von Blutstammzellen ins Blut bewirkt. Als Nebenwirkung dieser Behandlung können grippeähnliche Beschwerden wie Kopf- und Gliederschmerzen auftreten, die sich aber gut mit Schmerzmitteln behandeln lassen. Wenn wir nächste Woche Donnerstag starten, dann sind wir am Mittwoch damit durch und können die eigentliche Entnahme der Zellen vornehmen. Die Entnahme erfolgt ähnlich wie bei einer Dialyse."

Super, ich mache alles mit, denkt mein Gehirn und ich bestätige laut, dass ich alles verstanden habe und am Donnerstagmorgen in seine Praxis komme. Mein Chef hat mir für die komplette Behandlung freigegeben. Für seine Enkeltochter hat sich zwar noch kein Spender gefunden, aber das mit mir hat ihm eine ordentliche Portion Hoffnung beschert.

Natürlich denke ich noch an meine Mutter, sie ist gerade erst tot, aber etwas hat sich in meinen Gedanken des Trauerns verändert. Es gibt kaum eine Minute, in der ich nicht auch an den Jungen in Deutschland denke.

Wie schlecht geht es ihm?

Wie er wohl heißt?

Ob wir uns etwas ähnlich sind, wo wir doch anscheinend genetisch Vieles gemeinsam haben?

Hat er Familie? Freunde?

Was hat er in seinem Leben noch alles vor?

Ob wir uns irgendwann mal sehen werden?

Und natürlich die wichtigste Frage: Wird er es schaffen?

Nach dem Telefonat schnappe ich mir Florentine und fahre mit ihr hinüber zum Friedhof. Die Sehnsucht hat mich wieder einmal gepackt.

Es regnet Bindfäden. Die Sicht auf der Straße ist schlecht, also kommen wir nur langsam voran. Florentine erzählt mir etwas über Engel und ist sich ziemlich sicher, dass sie genau weiß, was Omu du oben im Himmel jetzt alles anstellt.

„Was denn?", frage ich.

„Zuerst einmal hat sie Felix heute Morgen feingemacht."

Ach ja, der Stoffteddy, der allerdings versteckt bei uns im Schlafzimmerschrank liegt, weil meine Frau der Meinung ist, es wird der Tag kommen, an dem unsere Florentine sich sicher sein wird, dass Oma den Felix jetzt zu ihr zurückschicken wird.

„Wir könnten dann einen neuen kaufen?"

„Vergiss es, Florentine kennt jede angeknabberte und ausgefranste Stelle an ihrem Teddy."

Ich schaue wieder auf die Fahrbahn, rechts kommt gleich die Ausfahrt. Der Regen peitscht immer noch auf das Dach des Autos. Und auf meinem Kopf stecken immer noch diese rosa Klämmerchen.

„Aber Papa, sollten wir ihm nicht auch einen Namen geben?"

Einen Moment bin ich irritiert. Habe ich etwas verpasst?

„Wem?"

„Deinem Zwilling."

„Meinst du?"

„Ja, ihr könnt ihn doch nicht immer nur der-arme-Junge-aus-Deutschland nennen."

„Du hast recht." Ich nicke und fummele schon mal die ersten Klämmerchen aus meinem Haar.

„Was meinst du", frage ich, als ich ein letztes Mal den Blinker setze und wir auf dem Parkplatz des Friedhofes ankommen, „wie nennt man wohl einen Jungen in Deutschland?"

„A wie Adam, B wie Bernd oder besser C wie Christoph!", sagt Florentine mit fester Stimme und steigt aus dem Wagen.

In diesem Moment hört es schlagartig auf, zu regnen und die Sonne bricht durch die Wolkendecke.

Chrissi

„Jetzt müsste sie aber gleich hier sein, oder?", fragt mein Vater und schaut wieder auf die Uhr.

„Meine Güte, es schneit!" Meine Mutter steht am Fenster.

„Schneeregen", kontert Timo und erzählt uns, das mir jetzt schon siebenhundertdrei Menschen auf Facebook zum Geburtstag gratuliert haben.

„Denen muss ich aber nicht allen antworten, oder?"

Neben mir grinst Lisa: „Doch, natürlich. Und immer ein paar nette Worte dazu."

„Klar, unter der Voraussetzung, dass ich bis dahin noch lebe."

Meine Mutter schaut mich zerknirscht an.

Warum habe ich das bloß gesagt, verdammt?

„Siebenhundertvier!"

Irgendjemand sagt: „Klasse!"

„Sie kommt!", meine Mutter wischt mit der Handfläche über die beschlagene Scheibe.

Und immer noch wird mir warm ums Herz, wenn sie durch die Tür kommt. Immer noch fühlt es sich wie Liebe an, wenn sich unsere Blicke treffen. Immer noch weiß ich, dass ich nie mehr ohne sie sein möchte.

Es dauert einige Zeit, bis sie vom Eingang zu uns nach oben gefunden hat, aber dann klopft es endlich an der Tür.

Meine Fingernägel graben sich in die Matratze.

„Happy Birthday", schreien wir alle gleichzeitig, als Yume ihren hübschen Kopf durch die Tür steckt. Etwas Buntes rutscht unter ihrer Jacke hindurch und landet auf dem Boden. Sie hebt es rasch auf und als sie wieder hochschaut, haben sich ihre Wangen in ein tiefes Rot gefärbt.

Ein Herzluftballon flattert neben ihrem Kopf und leuchtet mit ihr um die Wette.

Meine Güte, sieht das süß aus!

Ihr Blick streift ein paar Mal durch das Zimmer, zu den Menschen, den vielen Ballons und sie starrt einen Moment auf den Kuchen. Und da ist er wieder, dieser Gesichtsausdruck den ich in all den Wochen, seitdem wir uns kennen, noch nicht entschlüsseln konnte. Wird mir das je gelingen? Yume öffnet den Mund, als wolle sie etwas sagen, aber in diesem Moment rauschen Dr. Albert und Dr. Klein ins Zimmer. Sie kreischen etwas und lachen. Ich fange ihre Worte ein, schüttle sie und gebe sie wieder frei. Ein völlig neuer Sinn kommt dabei heraus. Aus einem normalen Geburtstagsliedchen wird plötzlich so viel mehr. *Die Welt steht still.*

Erst als Lisa mich anschubst: „Chrissi, damit sind deine Chancen, am Leben zu bleiben, mal eben von null Prozent auf mindestens fifty-fifty gestiegen!", weiß ich, dass ich die Buchstaben richtig sortiert habe. Mein Körper fühlt sich vor Erleichterung an, als würden mich kleine Engel tragen. In der tosenden Menge suche ich nach Yume.

Und endlich bahnt sie sich den Weg bis zu meinem Bett. Der Ballon spielt mit ihrem Gesicht Ping-Pong. Verschwunden ist ihr geheimnisvoller Blick und sie strahlt: „Herzlichen Glückwunsch, mein Schatz und willkommen im Leben!" Und dann endlich liegt sie in meinem Arm.

Als wir die Tür öffnen, müssen wir laut lachen. Vor uns stehen hunderte von Betten, dabei brauchen wir doch nur eins. Yume entscheidet sich für ein Bett ganz hinten. Als ich ihr folge, weiß ich immer noch nicht, wie ich so viel Glück im Leben haben kann. Ich mag sie so gerne und dass wir an demselben Tag Geburtstag haben und dass an diesem Tag auch noch ein Spender für mich gefunden worden ist, muss doch etwas bedeuten.

Etwas Wundervolles, Einmaliges!

Etwa, dass das niemals bedeuten kann, dass mein Leben zu Ende ist? Oh Mann, ich brauche Yume noch näher bei mir und deshalb lege ich mich ganz dicht neben sie.

„Der Dachboden muffelt und die Matratze auch!"

„Ich rieche nur deine wunderbare Haut und in deinem Haar den Vanilleduft von deinem Shampoo."

„Du willst mich bloß verführen", grinst sie.

Bingo!

„Ja", sage ich und komme ihr noch ein ganzes Stück näher.

Ich möchte sie gerne ganz haben, aber ich habe immer noch Angst, dass sie sich auf diese Sache nur einlässt, weil ihr Kopf vor Glück und Erleichterung nicht klar denken kann.

„Was ist in dem Päckchen? Kondome?"

„Das soll wohl eine Anspielung sein?"

„Daran habe ich nicht gedacht", gestehe ich. Sie kramt in ihrer Hose und wirft mir ein Kondom zu.

„Wow!" Irgendwo muss es jetzt scheppern, weil der Druck der Erleichterung von meinen Schultern fällt. Sie hat es auch gewollt, zumindest daran gedacht, bevor ich sie überhaupt gefragt habe.

Aus unseren Händen werden tausende und unsere Körper werden eins. Sachen schwirren durch die Luft. Ihr nackter Körper ist atemberaubender als alles, was ich bis jetzt in meinem Leben gesehen habe.

„Dich hat der Himmel geschickt!", keuche ich, als ich auf ihr liege. Ich war noch nie so lebendig.

Hinterher fühle ich mich plötzlich nackt. Ich habe zwar wieder ein paar Haarstoppeln auf dem Kopf, aber ich habe weder Achsel- noch

Schamhaare. Ich bin also wirklich nackt. So richtig. Komplett. Völlig. Wie ein Baby. Also greife ich nach meinem T-Shirt.

„Erst auspacken, bevor du dich wieder einpackst!" Yume hält mir das Geschenk unter die Nase. Viele bunte Schmetterlinge auf dem Papier, die an einen warmen Frühling erinnern.

Was da wohl drin ist?

„Wie geil", sage ich, als ich eine lange Kette, mit einem Schwertanhänger in der Hand halte. Sofort lege ich sie mir um den Hals. Kaltes Silber auf meiner Haut.

„Ich glaube, heute gibt es kein Wort, das wir in die Wand einritzen könnten, oder?"

„Bestimmt nicht."

„Ich habe auch noch etwas für dich. In meinem Zimmer."

„Hast du mir nicht heute schon genug geschenkt?"

„Was denn?" Ich bin überrascht.

„Dich!"

Die Sonne geht auf. In meiner Welt wird jetzt einfach immer die Sonne scheinen.

Sie streichelt mit einem Finger über einen Fetzen des Geschenkpapiers und fährt dann den Umriss eines Schmetterlings nach.

„Ich liebe Schmetterlinge!"

Ich schaue meine Freundin von der Seite an und sehe ihren Blick. Er wirkt plötzlich so leer und traurig, deshalb nehme ich sie schnell wieder in den Arm. „Wenn die ersten Schmetterlinge nächstes Jahr kommen, dann werde ich immer noch da sein", flüstere ich ihr zu. „Und solange es Sterne am Himmel gibt, werde ich bei dir bleiben, Yume! Das verspreche ich dir!"

Und meine Lippen liebkosen wieder ihren Hals.

„Schwester Birgit kommt heute nicht, sie ist krank!"

Das hört sich nach purem Hohn an, wenn man seit Wochen hilflos auf dieser Kackabteilung liegt und besser als jeder andere, zumindest besser als das Klinikpersonal, weiß, was kranksein bedeutet.

Vielleicht könnte ich mal einen Tag frei von meiner Krankheit nehmen?

In meine Gedanken schlüpft ein anderer und drängelt sich dazwischen. „Dann können wir ja heute machen, was wir wollen, oder?"

„Wie meinst du das?", fragt die neue Schwesternschülerin.

„Ganz einfach: Pizzaservice anrufen, Party feiern, Musik hören … und he, mein Kumpel hier, der sucht noch nach einem netten Mädchen."

Der Kopf der Schwesternschülerin fängt an zu glühen. Timo lugt unter der Decke hervor und grinst.

„Hast du von Bier gesprochen?"

„Habt ihr einen Scherzkeks zum Frühstück verspeist?", fragt die Schülerin und verlässt schnaubend unser Zimmer. Die Tür knallt ins Schloss. Wir lachen um die Wette.

Es ist sechs Uhr dreißig, früher Morgen. Draußen ist es noch stockdunkel. Das Frühstück findet nicht vor acht Uhr zu uns.

„Wir haben noch gar nicht gefrühstückt", schreit Timo der verschwundenen Schülerin hinterher und vergräbt dann seinen Kopf unter das Kissen.

„Die findet dich gut", weiß ich, aber Timo rührt sich nicht. Er täuscht ein Schnarchen vor.

„Mensch Kumpel, wenn es Liebe regnet und du mit einer Decke über dem Kopf daliegst, dann kann Amor dich niemals mit einem Pfeil treffen!"

„Will die nicht", brummt es aus den Federn.

„Warum nicht? Die ist doch ganz süß. Ist Lisa besser?"

„Hör bloß mit der auf. Die ist ja ganz nett, aber viel zu melancholisch. Sie tut mir auch leid, aber … warum zum Teufel wecken die uns hier eigentlich immer so früh?"

„Du darfst heute nach Hause! Vergessen?"

„Stimmt!", jauchzt er und wirft sein Kissen hoch. „Seitdem ich hier bin, sind drei Menschen gestorben; mindestens siebzehn Mal habe ich mitbekommen, wie Leute im Aufenthaltsraum gewartet und doch am Ende die gleiche Scheißantwort erhalten haben wie wir: „Ja, es ist Krebs!", und mindestens zehn Leute waren genauso lange hier wie ich. Ich würde sagen, eher eine Station mit schlechter Laune, oder? Also, nichts wie weg hier!"

Ich grinse.

„Und was soll ich auch hier, wo du ab morgen sowieso im Einzelzimmer landest und mit mir nichts mehr zu tun haben willst, weil es mir besser geht als dir!"

Plötzlich werde ich ernst.

„Wirst du dich um Emily kümmern?"

„Ich schwöre", sagt er und hält seine Finger wie zum Eid in die Luft.

„Irgendetwas muss bei ihr zuhause passiert sein, aber sie erzählt es mir einfach nicht. Ich sehe es in ihrem Blick, wenn sie gedanklich abschweift, aber ich kann es nicht packen."

Auch Timo wird plötzlich sehr ernst. Er setzt sich auf sein Bett und zerknüllt das Kissen zwischen den Händen. „Mein Gott, ich glaube, letztens wollte sie mir etwas sagen. Das war an dem Tag, wo du Trottel sie aus deinem Leben streichen wolltest." Ich schaue Timo zerknirscht an. Eigentlich wollte ich an diese miese Nummer gar nicht mehr erinnert werden.

„Du kannst dich immer noch von ihr trennen?"

„Vergiss es!"

Timo schmunzelt. „Sie sagte etwas davon, dass sie an jenem Morgen ihre ganze Familie zerstört hätte. Aber eigentlich", er legt sein

Kopfkissen wieder auf das Bett und streicht es glatt, „kommt sie mir seitdem viel freier vor!"

„Hmm?" Ein bisschen enttäuscht bin ich schon, dass sie es Timo erzählen wollte und nicht mir, aber ich muss gestehen, an dem Tag war ich echt fies zu ihr. So richtig mies. Ich hätte fast alles versaut. Auf ganzer Linie. Ich fürchte mich immer noch davor, dass sie plötzlich nicht mehr da sein könnte und es sich anders überlegt. Was ab heute kommt, wird alles andere als ein gemütlicher Spaziergang. Sie werden mir eine Woche lang eine Chemotherapie nach der anderen reinhauen. So lange, bis alle Zellen in meinem Körper auf null gefahren sind. Ab Tag eins der Chemotherapie zählt man rückwärts: Tag sieben (erster Tag der Chemo), Tag sechs (Zweiter Tag der Chemo) und immer so weiter. Tag Null ist der Tag der Transplantation. Ab dann zählt man vorwärts. Ich schätze, mich erwarten keine rosigen Aussichten. Und ich habe es ihr versprochen, ich muss auch im Frühling noch leben und mit ihr die ersten Schmetterlinge beobachten. Timo öffnet das Fenster. Eine leichte Brise eiskalter Luft weht mir ins Gesicht. In meinem Kopf wimmelt es von Herzen. „Timo, bitte, pass einfach auf sie auf!", seufze ich noch einmal.

Dezember 2015

Emily

Wieder dieser Warteraum vor der Intensivstation. Durch die Glasfront sehe ich auf den Flur. Die Uhr tickt immer noch. Eine Bombe mit Zeitschaltuhr im Wettlauf gegen den Tod. An der Wand hängt Weihnachtsschmuck. An Weihnachten möchte ich noch gar nicht denken. Ich werde keine Geschenke für meine Eltern kaufen, so viel steht schon mal fest. Höchstens für Sven und für Timo. Und natürlich für Chrissi. Aber was kann ihn aufheitern, wo es ihm so dreckig geht? Eine Chemotherapie nach der anderen wurde gerade durch seinen Körper gejagt. Am Tag null kam die eigentliche Knochentransplantation. Sie verlief ohne Komplikationen. Aber er ist kein Mensch mehr, laut seiner Mutter besteht er nur noch aus Haut und Knochen, aus Wunden und irgendwelchen Stellen, die bluten. Ich darf nicht zu ihm. Wenn ich an Elend denke, fällt mir Chrissis Gesicht ein. Schmerzverzerrt. Der Anblick reißt meinen Glauben nieder. Das Foto hätte er mir besser nicht schicken sollen, diese Knochenschmerzen und Krämpfe müssen die Hölle sein. Dann wird sein Körper vollgepumpt mit Schmerzmitteln. Die meiste Zeit schläft er, sagt seine Mutter. Heute ist ein besonders schlimmer Tag. Tag elf. Er hat hohes Fieber und seine Entzündungswerte sind überdimensional angestiegen. Darum haben sie ihn auf die Intensivstation verlegt. Ich habe ihn seit über zwei Wochen nicht gesehen. Ein paar Mal haben wir zusammen telefoniert, aber meist musste seine Mutter den Hörer für ihn halten, weil er zu schwach war.

Kein heimliches Liebesgemurmel zwischen zwei Liebenden.

Keine Floskeln, keine albernen Späße, kein Leben.

Ich war jeden Tag hier. Jeden gottverdammten Tag habe ich oben auf der Station im Spielzimmer verbracht, auf die Tür gestarrt und auf einen Moment gewartet, wo er vielleicht mit dem Bett aus dem Zimmer zu irgendeiner Untersuchung gefahren würde.

Und Lieben tut auch weh!, schreit es in meinem Kopf.

In der Zwischenzeit hat das Ritzen in die Wand Timo übernommen. Er schreibt, er musste den stumpf gewordenen Schraubendreher schon austauschen. Und manchmal schickt er mir Bilder.

Tag minus sieben: Übelkeit

Tag minus sechs: Chemo tropft zu langsam / Langeweile

Tag minus vier: Fieber, Schmerzen, Übelkeit

Dahinter malt Timo immer kotzende Smilies. Das Zeichnen hat er wirklich drauf. Für Tag elf muss er ordentlich ritzen und malen. Ich bin froh, dass es Timo besser geht und seine Werte okay sind. Heute Morgen hat er mir geschrieben, dass er seine ersten Haarstoppel auf der Kopfhaut spüren kann. Er lebt wieder! Wenn Chrissi doch auch endlich so weit wäre!

Er wird es doch schaffen, oder?

Als sich die Tür der Intensivstation öffnet, zucke ich erschrocken zusammen. Ein Mensch in Grün verpackt hastet eilig heraus und winkt in meine Richtung. Wegen der ganzen Verkleidung erkenne ich ihn nicht sofort und auch zu spät seinen entsetzten Gesichtsausdruck.

Aber so fühlt es sich an, wenn jede Hoffnung stirbt: „Komm schnell, Emily!", ruft Chrissis Vater mir zu, „er möchte dich noch einmal sehen!"

Das kann gar nicht Chrissi sein. Sie haben mich in ein falsches Zimmer geführt. Dieses Etwas, was da liegt, das stirbt definitiv. Schläuche, die wie Kabel zu allen möglichen Öffnungen in ein Stück Fleisch führen. Ein Kopf so dick zum Platzen, mit Wasser und Cortison gefüllt. Seine Mutter liegt mit ihrem Kopf auf Chrissis Bettdecke, hält seine Hand und weint.

Der runde Kopf bewegt sich plötzlich in meine Richtung und zwei Augen sehen mich an. „Chrissi!", stöhne ich und werfe mich über ihn. Mein Kuss streift seine Wange durch den Mundschutz. „Bitte geh nicht", schluchze ich. „Bitte!" Das Flehen tut in meiner Kehle weh. Er öffnet seinen Mund, aber ist zu schwach zum Sprechen. Ich streichle abwechselnd seine Schulter und dann wieder über seine Wange. Ich lege seine Hand in meine und versuche, mir den Anblick einzuprägen.

Er hat so schön geformte Fingernägel.

Lasst mich bitte noch einmal in seinen Armen liegen!

Lasst mich mit ihm alleine!

Verschwindet!

„Du hast mir gesagt, du bist noch da, wenn die Schmetterlinge wiederkommen."

Er nickt: „Aber ich kann nicht mehr."

„Und solange es Sterne gibt, wolltest du bei mir bleiben. Hast du das vergessen?"

„Nein", stöhnt er und holt tief Luft. „Yume, ich werde oben auf einem dieser Sterne sitzen und versuchen, immer ganz nah bei dir zu sein." Wieder macht er eine Pause, um zu Atem zu kommen. „Das ist das, was ich dir jetzt noch versprechen kann." Sein letzter Ton erstirbt.

Tränen laufen aus seinen geschlossenen Augen.

Das Zimmer wird von lauten Heulkrämpfen geschüttelt. Sie prallen gegen die Wände und kommen erbarmungslos zurück.

Ich kenne ihn doch noch gar nicht lange!

Ich kann noch nicht aufhören, ihn zu lieben!

Unsere Zeit kann doch noch nicht vorbei sein?

Und plötzlich werde ich wütend. Auf diese ganze beschissene Welt. Und auf Chrissi. „Weißt du noch, als du in den Sternenhimmel geschaut und diesen legendären Satz gerufen hast?" Er schafft es noch einmal für einen Moment, seine Augen zu öffnen, und schüttelt leicht mit dem Kopf. „Du hast gesagt: Emily-Yume, sterben kann man auch noch später! Also halte du dich gefälligst auch daran, Christopfer Bernd Adams! Sterben kann man auch noch später!", kreische ich und fliehe aus dem Zimmer.

Frau Dr. Norek begrüßt mich freundlich. Sie sieht mir sofort an, dass etwas nicht stimmt. „Setz dich doch bitte hin."

Ich schmeiße mich dankbar in den bequemen Ledersessel und versuche einfach, zu versinken. Mein Po bleibt an der Sitzkante hängen.

„Wie geht es dir?" Frau Dr. Norek sitzt wie üblich auf ihrem Bürostuhl hinter ihrem Glastisch und hat die Beine übereinandergeschlagen. Sie trägt eine weiße Bluse und schwarze Jeanshosen, deren Säume in hohen Stiefeln stecken. Auf dem Schreibtisch vor ihr steht ein großer Adventskranz mit vier dicken, roten Kerzen. Zwei Kerzen sind schon um ein paar Zentimeter geschrumpft.

Wann war noch mal der erste Advent? Wann der zweite?

„Mir geht es ganz gut". In Wirklichkeit kann sich mein Herz kaum beruhigen.

„So?", Frau Dr. Norek zieht amüsiert die Mundwinkel nach oben. *Das* finde ich jetzt vollkommen scheiße.

„Natürlich geht es mir nicht gut. Mein Freund liegt im Sterben!" Frau Dr. Norek zuckt erschrocken zusammen. „Bitte? Das wusste ich nicht. Oh mein Gott, Emily, ich dachte …", sie verliert ihre Worte und starrt mich entsetzt an. Draußen peitscht der Wind gegen die Fensterscheibe und weht Blätter wütend vor sich her. Baumkronen beugen sich seiner Kraft. Äste fallen zu Boden.

Meinetwegen kann die ganze Welt jetzt untergehen!

Der riesige Baum hinten im Park soll keine Kraft mehr haben, sich mit seinen Wurzeln in der Erde festzuklammern, der Wind soll ihn packen und zu Boden reißen, mitten in dieses Zimmer knallen und mir einen gewaltigen Schlag auf den Kopf versetzen. Mich töten, bitteschön. Ich möchte vor ihm oben sein.

„Was ist passiert?"

„Das Ende!", sage ich und fange bitterlich an zu weinen.

Die Kleenex-Box wandert in meine Richtung. Ich rupfe ein paar Tücher aus der Box und schnäuze mich hinein.

„Das hat er nicht verdient", schluchze ich, „die letzten Worte, die er von mir gehört hat, habe ich ihm entgegengeschrien. Das hat er wirklich nicht verdient."

„Und dann bist du aus dem Zimmer gerannt?"

„Ich dachte, ich ersticke." Ich lege einfach meine Füße auf den Tisch vor mir. Was Frau Dr. Norek ignoriert. Wieder schluchze ich ein paar Mal. Mein Blick wandert tränenverschleiert durch das Büro. Auf dem Schreibtisch sehe ich einen schwarzen Eddingstift. Frau Dr. Norek sagt auch nichts, als ich aufstehe, einfach nach ihrem Stift greife und mich wieder in den Sessel schmeiße. Nur ein Blick, der mich begleitet. Ich ziehe die Kappe vom Eddingstift und heule weiter. „Seitdem ich ihn kenne, hat sich die Welt für mich total verändert." Ich male dicke Striche quer über meinen rosa Schuh. „Er hat mir gezeigt, wie das Wort Liebe geschrieben wird. Er hat mich aus meiner stummen Welt gerissen und mein Inneres befreit." Wütend male ich die nächsten Striche. Tiefes Schwarz auf Rosa.

„Er hat es geschafft, meine schwarz-weiße Welt in eine bunte zu verwandeln, ohne dafür etwas von mir zu verlangen. Und das Wichtigste ist: Er hat es geschafft, dass ich aus meiner Welt, hinter einer dicken Mauer eingeschlossen, ausgebrochen bin."

„Was hat er getan?"

„Er hat mir beigebracht, dass es manchmal wichtig ist, alles zu offenbaren, damit man selber wieder frei sein kann. Er meinte, hinter einem Berg von Lügen zu leben, würde einen einsperren wie in einem Gefängnis. Und er hat verdammt nochmal recht gehabt. Bis zu jenem Morgen war ich eine tickende Zeitbombe, kurz vor der Explosion."

„Wie hast du dich befreit, Emily?"

Ich krakele weiter Striche auf meinen Schuh und fülle rosa Stellen schwarz aus. Und atme tief durch.

Der Streit hinter meinem Rücken eskalierte. Mein Vater und meine Mutter pfefferten sich gegenseitig billige Worte zu. Kritik, die weit unter die Gürtellinie ging, war niemals konstruktiv. Die Zeitung meines Vaters knallte laut auf den Tisch. Ich zuckte erschrocken zusammen. Ich wollte es gar nicht sagen, ich wollte es nie, aber in diesem Moment drehte ich mich einfach langsam um und meine Worte strömten wie von selbst aus meinem Mund: „Ihr elenden kleinen Spießer, was meint ihr eigentlich, wer ihr seid?" Meine Mutter hielt entsetzt eine Hand vor den Mund. Mein Vater drehte seinen Blick zeitlupenartig in meine Richtung. Sven bekam Augen, so groß wie Wagenräder, und versuchte sich dann möglichst unsichtbar zu machen. Das scharfe, gezackte Brotmesser, das sich gerade noch in der Spülmaschine befunden hatte, prangte in meiner Hand und zielte mitten auf das Gesicht meines Vaters. „Und du bist von euch allen der Schlimmste!"

„Leg das Messer weg!", fauchte er in meine Richtung und wollte danach greifen. Aber ich war schneller und trat einen Schritt zurück. Der Küchentisch wie eine Mauer zwischen uns.

„Emily", schrie meine Mutter.

„Sei ruhig, du miese Ignorantin", befahl ich ihr. „Du hast es doch immer gewusst!"

„Emily, wovon sprichst du denn?"

„Frag ihn!" Wieder zielte ich mit der Messerspitze in sein Gesicht. Mein Vater trat einen Schritt nach hinten.

Svens Gesichtsfarbe hatte sich vollkommen verflüchtigt und er war weiß wie die Wand. Er stöhnte. Meine Mutter sah meinen Vater fragend an: „Wovon redet sie? Hat es etwas mit Chrissi zu tun?"

„Chrissi?", kreischte ich. „Frag deinen Gatten lieber mal nach seinem verschollenen Bruder, diesem verflixten Arsch!"

„Nach Axel? Was soll mit dem sein?"

„Frag deinen Mann, warum der Arsch verschwunden ist. Frag ihn!", ich kreischte, dass die Wände wackelten. Das Messer bohrte sich fast in sein Gesicht. Wieder griff mein Vater danach und dieses Mal erfasste er die Spitze. Ich entzog es ihm blitzschnell. Blut tropfte aus seiner

Handinnenfläche. Er zog die Hand stöhnend zurück. Sein Mund ging auf und zu wie bei einem Fisch an Land. Sein Blut tropfte auf den Tisch und in mir machte sich die erste Genugtuung breit, dass es nicht mehr mein Blut sein musste, das für dieses miese Geheimnis geopfert wurde.

„Emily!" Wieder kreischte meine Mutter und griff zu einer Serviette, die sie meinem Vater in die Hand drückte.

„Sprich endlich!" Wieder das Messer nahe vor seinem Gesicht. Mein Vater wickelte den Stofffetzen um seine Hand und ließ sich wie ein nasser Sack auf den Stuhl plumpsen.

Aber er machte keine Anstalten zu reden.

„Was hat Alex getan?", fragte meine Mutter.

„Sag es doch endlich", zischte ich. „Nichts macht so einsam wie dein Schweigen!" Aber mein Vater steckte fest in einer Hölle aus Fassungslosigkeit. Vielleicht hatte er geglaubt, ich hätte es in all den Jahren vergessen. Sven und meine Mutter starrten uns abwechselnd an. Ich konnte es sehen, mein Vater unterdrückte ein weiteres Stöhnen.

„Was hat dein Bruder getan, was so schlimm ist, dass unsere Tochter mit einem Messer auf dich gerichtet vor dir steht? Mein Gott, sprich endlich!"

„Er hat meine Mutter getötet!"

Sven fing an zu kreischen. Meine Mutter riss ihren Kopf in meine Richtung und starrte mich an. „Was soll das? Oma ist an einem Herzinfarkt gestorben. Ich war im Krankenhaus in ihrer letzten Stunde dabei."

„Aber sie hat sich vorher aufgeregt. Furchtbar sogar. Du kennst doch meinen Bruder. Er hat immer schreckliche Sachen gemacht. Als ich Emily abholen wollte, stand meine Mutter im Flur und schrie Alex an, er solle für immer verschwinden. Für immer." Die Stimme meines Vaters war nicht mehr als ein Flüstern.

„Und dann hat deine Mutter vor Aufregung einen Herzinfarkt bekommen?" Meine Mutter schaute wieder in meine Richtung. Ein Geräusch rasselte in ihrer Kehle und ich brauchte einen Moment, bis ich

verstand, dass es sich dabei um einen miesen Lacher handelte. „Und du meinst jetzt, dein Onkel hat deine Oma getötet und dein Vater hätte ihn dafür ins Gefängnis bringen müssen? Emily, das ist kein Mord! Dein Onkel war ein kleiner Ganove. Deine Oma hat sich laufend über ihn beschwert."

Ich schwieg ein paar Sekunden, aber nur, um meine Stimme unter Kontrolle zu bringen. Aber bevor ich etwas sagen konnte, sprach mein Bruder. Sein Blick haftete auf der blutgetränkten Stoffserviette in der Hand seines Vaters. „Warum machst du unsere ganze Familie kaputt, Emily?"

Einen Moment kam ich ins Stocken, aber dann ließ ich das Messer sinken. „Wir waren nur so lange eine Familie, bis wir einen besonders schlechten Tag hatten, Sven. Viel mehr ich, mit Onkel Alex!"

Meine Mutter brauchte keine zehn Sekunden, bis sie ahnte, was ich meinte. Mein Vater fiel in sich zusammen. „Ich dachte, du hättest es vergessen", flüsterte er.

„Ich war sechs Jahre alt, verdammt nochmal. Sechs!" Dann drehte ich mich um und legte das Messer in den Geschirrspüler zurück. Vor meinen Augen flimmerte mein Onkel auf, wie er sich im Wohnzimmer meiner Oma an mir zu schaffen machte. Seine Hände schienen überall zu sein. An meiner Brust, zwischen meinen Beinen. „Küss mich, liebe Emily", sagte er und rieb sein Gesicht an meinem Schritt. Ich stand da, starr vor Schreck. Plötzlich ging die Tür auf und meine Oma stand da. Sie wollte eigentlich zum Einkaufen und hatte bloß ihr Portemonnaie vergessen. Sie kam wutentbrannt zu uns, pfefferte Alex ihre Handtasche um die Ohren und zog meine Hose wieder hoch. Danach rief sie meinen Vater an und hielt mich so eng umschlungen, bis ich wusste, wenn ich bloß in ihrer Nähe wäre, würde mir nie wieder so etwas Schreckliches passieren. Mein Vater kam und war rot vor Wut. Er schlug meinem Onkel einmal mit der flachen Hand durch das Gesicht und sagte, er solle aus unser aller Leben verschwinden, ansonsten würde er ihn in den Knast bringen. An jenem Nachmittag erlitt meine Oma einen Herzinfarkt und starb. Noch einmal sah ich meinen Onkel auf der Beerdigung wieder. Er zerrte mich vom Grab weg und flüsterte mir zu, wenn ich über *diese dumme Geschichte sprechen würde, würde er ganz andere Sachen mit mir anstellen. Danach verschwand er auf nimmer Wiedersehen.*

„Ich werde ihn anzeigen", sagte meine Mutter wütend und hilflos und rannte dann aber hinter meinem Vater her, der aufgestanden war und ins Bad eilte.

Mein Gott, wie konnten sich nur so viele unterschiedliche Charaktere in einem einzigen Menschen befinden? Warum nahm sie mich nicht wenigstens jetzt in den Arm?

Auch Sven sprang auf und rannte meinen Eltern nach.

„Und rutscht bloß nicht gegenseitig auf euern Schleimspuren aus, ich helfe keinem von euch auf die Beine!", schrie ich ihnen nach und gab der Spülmaschinentür einen Tritt, dass sie sich krachend schloss.

Frau Dr. Norek räuspert sich. Mein Schuh ist fast schwarz gekrakelt. „Das hätten Sie nicht gedacht, was?"

Sie räuspert sich noch einmal. „Ich kenne die Wahrheit schon."

„Sie kennen die Wahrheit schon?"

„Ja, Emily, dein Vater war letzte Woche hier und hat mir alles erzählt."

„Ach nein!" Mir kommt bittere Galle hoch. „Das ist ja putzig. Wollte er sich mal eben wieder toll darstellen? Ich wette, seine Version fällt ganz anders aus. *Ich habe doch all die Jahre nur nichts gesagt, um meine kleine, arme Tochter zu schützen!*"

„Nein Emily, er macht sich große Vorwürfe und hat geweint."

Das ist zu viel für mich. Ich schließe meine Hand zu einer Faust und trommele auf meinen bekritzelten Schuh, als wolle ich ihn verhauen. Frau Dr. Norek sieht mir dabei minutenlang zu.

„Wenn dein Freund gerade stirbt, warum bist du dann jetzt nicht bei ihm?" Mein Fuß schmerzt und in meinem Herzen brennt es. Dann schaue ich Frau Dr. Norek mit einem verschwommenen Blick an.

„Ich will dich nur vor einem Fehler bewahren, Emily. Vielleicht wirst du dir hinterher große Vorwürfe machen?"

„Sie meinen, ich falle in mein altes Muster und werde einfach versuchen, ihn aus meinem Gedächtnis zu werfen? So tun, als hätte es ihn nie gegeben, wie meinen Onkel?"

„Ja, zum Beispiel. Emily, wenn dein Freund stirbt, dann ist das furchtbar, aber auch, wenn du es mir heute nicht glauben wirst: Getragen von seiner Liebe bist du stark geworden und hast dich von deinen alten Dämonen befreit. So bitter es sich im Moment für dich anhört, aber du wirst dein Leben auch alleine meistern lernen."

„Ich werde ihn weder verdrängen noch vergessen, denn man vergisst niemals den Menschen, der einem gezeigt hat, wie sich Liebe anfühlt." Meine Augen füllen sich wieder mit Tränen.

„Dann solltest du vielleicht ins Krankenhaus zurück, Emily, bevor es zu spät ist?"

Ich schaue sie an, als wäre mein Gesicht aus Gips geformt.

„Es geht nicht."

„Warum nicht?"

„Es tut so schrecklich weh!"

In dem Moment klingelt das Telefon auf Frau Dr. Noreks Schreibtisch. Sie nimmt ab und nennt freundlich ihren Namen. „Ja, die ist hier", sagt sie und schaut mich ernst an.

„Ich hätte ihn nie gehen lassen", sage ich und breche zusammen.

Mai 2016

Der Wind rauscht durch mein Haar. Ich sitze auf der Lehne einer Bank auf dem Friedhof und meine neuen Turnschuhe stehen auf der Sitzfläche. Ich halte mich mit beiden Händen an der Lehne fest, wie vor ewigen Zeiten an dem Gatter des Außenreitplatzes und halte wie damals mein Gesicht in die Sonne. Meine roten Schuhe leuchten mit ihr um die Wette. An beiden Füßen gleich. Ich hätte nie gedacht, dass ich jemals wieder frei atmen könnte. Ich träume von einem warmen Sommer und davon, dass alles gutgehen wird. Timo sagt, in den Sommerferien fahren wir mit seinem neuen Auto bis an die Küste von Spanien, einfach, um dort alles zu vergessen. Seitdem er das zweite Mal als gesund gilt, sprüht er vor Lebenslust. Funken heller, als bei einem elektrischen Schlag. Heute will er auf Ricardo reiten, an einem anderen Tag will er unbedingt in einen Freizeitpark und dann hängt er auch schon mal stumpf nur in seinem Zimmer ab, bis wir uns alle Sorgen machen. Erst saugt er das Leben auf, wie ein Schwamm das Wasser und dann braucht er Ruhe, weil er sein Glück kaum fassen kann.

Und ich? Immer noch sitze ich einmal in der Woche bei Frau Dr. Norek, aber in die Wohngruppe musste ich nie wieder zurück. Und meine Eltern haben ein paar Therapiestunden mitgemacht. Im Moment ist meine Mutter damit beschäftigt, den Aufenthaltsort meines Onkels aufzuspüren. Zuerst hatte ich Angst, sie wolle sich an ihm rächen, aber dann erklärte Frau Dr. Norek mir, dass meine Mutter ihn anzeigen will, weil sie Angst hat, er könnte sich an einem anderen Kind vergreifen. Daran habe ich in meiner Wut in all den Jahren nie gedacht. Das ist übrigens auch bis heute ein großer Streitpunkt meiner Eltern. „Wie konntest du ihn einfach gehenlassen?"

Mein Vater und ich reden jetzt öfters. Letztens hat er es geschafft, mich in den Arm zu nehmen. Zugegeben, zuerst standen wir etwas hölzern da, aber nach ein paar Sekunden fühlte es sich richtig gut an. Außerdem meinte er, ich könnte mich endlich mal von meinem bunt angemalten, ollen Schuh trennen und kaufte mir dieselben Turnschuhe in Rot. Wenn ich an Chrissi denke, fühlt sich mein Herz immer noch ein bisschen schwer an.

Eine fette Wolke schiebt sich vor die Sonne und ich blinzle. Vor mir das Grab. Ein Meer aus Blumen, aber trotzdem sieht ein Grab immer traurig aus. Es gibt keine Blumen, die gegen den Kummer leuchten können und auch keine Grabsteine, die etwas anderes als Traurigkeit ausdrücken. Buchstaben in Stein gemeißelt. Nur noch ein Name, den man nennen und schreiben kann. Oder den man in der Nacht in den Himmel schreit, aber doch keine Antwort von oben bekommt. Tote kommen einfach nicht wieder. Ich stehe auf und mache mich daran, die kleinen bunten Stoffschmetterlinge an dem Lebensbäumchen auf dem Grab zu befestigen. Besonders die Zitronenfalter haben es mir angetan. Plötzlich kommt ein echter Schmetterling angeflogen. Ich verhalte mich ganz ruhig und schaue aus den Augenwinkeln zu, wie er sich auf dem Bäumchen niederlässt und wie noch einen Moment seine Flügel nachschwingen.

„Ich habe doch gesagt, wenn die ersten Schmetterlinge nächstes Jahr kommen, dann werde ich immer noch da sein!".

Sein Mund fühlt sich in meinem Nacken warm und weich an. Ich habe ihn nicht kommen hören.

„Übrigens, Sven meint, es gibt das ganze Jahr über Schmetterlinge."

„So?" Er zieht seine Stirn kraus und umschlingt mit seinen Armen meinen Körper. Sein wunderbarer Geruch umgibt uns.

Heute ist Tag hunderteinundsechzig. Tag elf hat Chrissi nur mit einer ordentlichen Dröhnung Antibiotika und mit viel Glück überlebt. Dr. Albert meinte, er sei dem Teufel echt nochmal von der Schippe gesprungen. Seine Werte, die wöchentlich kontrolliert werden, sind hervorragend, aber doch bleibt bei mir immer die Angst, dass noch etwas kommen könnte. Ein bitterer Nachgeschmack, den ich einfach nicht loswerden kann. Faulig und pelzig wie ein Belag auf meiner Zunge. Chrissis Haare sind schon bis auf drei Zentimeter Länge gewachsen und sein Lebenshunger ist auf hundert Prozent angestiegen. Es macht Spaß, mit ihm zu toben, es macht Spaß, mit ihm zu knutschen, ach es macht einfach Spaß, mit ihm zu leben und ihn zu lieben. Chrissis Handy klingelt.

Es ist Timo. „Wo bleibt ihr? Ich warte schon!"

„Wir kommen", sagt Chrissi und greift nach meiner Hand.

„Ob Brit die Schmetterlinge sehen kann?"

„Natürlich kann sie das. Und sie wird sich darüber freuen, Yume. Genauso wie ihre Eltern, wenn sie nachher kommen und das Grab besuchen werden."

„Bist du dir sicher, dass man in der anderen Welt etwas von hier unten mitbekommt?"

„Ja, ganz bestimmt sogar. Ich weiß es, weil ich dem Himmel da oben schon einmal sehr nahegekommen bin, Yume."

Ich nicke und lasse mich dann von ihm mitziehen.

Als wir auf dem Reiterhof sind, steht Timo schon mit Pinseln und einem Farbeimer bewaffnet an unserer Wand. Zu dritt übermalen wir alle unsere schrecklichen eingeritzten Worte. Ein paar Mal muss ich weinen. Und lachen. Am Ende bleibt nur eine weiße Wand aus Nichts. Und es fängt an zu regnen.

„Öde!", sagt Timo.

„Ja, die sieht echt trostlos aus."

„Ich könnte Rezidiv draufpinseln, damit uns drei das niemals mehr packt!"

„Hm?", Chrissi legt den Kopf schief. „Lass uns lieber etwas nehmen, was schön ist. Was Zukunft haben ausdrückt. Lasst uns ab jetzt einfach nur noch leben!"

„Das Schwert?", frage ich.

„Oh nein, das werden wir uns stechen lassen, sobald auch Chrissi als geheilt gilt", meint Timo. Chrissi nickt mit dem Kopf und verschwindet kurz. Er kommt mit ein paar kleinen Farbeimern wieder. „Lasst uns etwas malen, was Hoffnung bringt. Zum Beispiel das rote &-Zeichen der Knochenspenderdatei. Ohne einen völlig fremden Menschen, der in das

Raster der Datei gekommen ist, hätte ich niemals überlebt. Mein Lebensretter kommt aus Oxford. Wie hätten wir den im Leben alleine finden sollen?"

„Das stimmt", meint Timo und befiehlt uns, uns auf den Strohballen zu setzen und nicht zu schauen, bis er fertig ist. Er weiß, dass wir zwei keine großen Maler sind.

„Es regnet!", maule ich.

„Bist du etwa aus Zucker?"

Ich ziehe meine Nase kraus und gebe mich geschlagen. Dann fällt mir etwas ein: „Ich glaube, ich habe meinen Englischtest versaut." Ich zupfe ein paar Halme aus dem Strohballen unter mir und lasse sie einfach zu Boden rieseln. Chrissi zieht seine Stirn in Falten. „Gibt das Ärger?"

„Kann sein." Unsere Probleme ändern sich. Die, die so viel kleiner sind als unsere bisherigen, tauchen auf und treten in den Vordergrund. Halt wie bei normalen Teenagern.

„Du wirst es überleben", kichert er und nimmt meine Hand.

Seine Blicke wandern über die Wiese vor uns. Ricardo steht dicht am Zaun und wiehert in unsere Richtung.

„Eigentlich ist alles wie vorher", meint Chrissi und schmunzelt. „So als hätte mein altes Leben einfach nur eine Pause gemacht. Als hätte sich die Welt, gerechnet in der Unendlichkeit, nur einen minimalen Moment aufgehört zu drehen." Ich kratze mich am Kopf. Der feine Regen kitzelt mein Gesicht. „Eine Scheißpause!"

Chrissi dreht sich hastig zu mir um: „Nicht unbedingt", sagt er ernst und knetet meine Hand. Er führt mit jedem einzelnen Finger meiner rechten Hand eine wohltuende Massage durch. Bereitwillig halte ich ihm auch die linke Hand hin. Aber er nimmt sie nur und hält sie sich an den Mund. „In der Zeit gab es große Momente mit dir, die ich nie hergeben möchte." Er haucht einen sanften Kuss auf meinen kleinen Finger. „Und auch so viele mit Timo." Der nächste Kuss auf dem nächsten Finger. „Ich werde wieder anfangen zu reiten." Noch ein Kuss. „Aber richtig." Nachdem er den dritten Finger geküsst hat, lächelt er mich an. „Vielleicht werde ich sogar mal so gut wie mein Vater?"

„Bestimmt!" Ich biege meinen Kopf weiter zu ihm hin und hätte jetzt gerne einen richtigen Kuss von ihm, aber er ist nur mit meiner Hand beschäftigt. Er küsst den vierten Finger mit den Worten: „Und ich möchte immer mit dir zusammenbleiben." Er holt tief Luft: „Und viel Sex mit dir haben!" Dann beißt er mir in den Daumen.

„Aua, du Teufel!", kreische ich auf. „Aber du hast etwas Wichtiges vergessen."

„Was denn?"

„Dass wir uns geschworen haben, niemals aufzuhören, Spender zu suchen."

„Natürlich", sagt er und gibt mir endlich meinen ersehnten Kuss. „Das versteht sich doch von alleine!"

In diesem Moment ruft Timo. Und als wir uns wieder umdrehen dürfen, bin ich plötzlich völlig aus dem Häuschen. In der Mitte der weißen Wand prangt in roter Farbe das &-Zeichen und drum herum flattern dutzende von kleinen, gemalten Schmetterlingen in allen möglichen Farben. Chrissi strahlt uns an, mit einem Pinsel in der Hand und wischt sich über die Stirn. Regentropfen tanzen auf seinen neuen Wimpern.

„Das nenne ich ein Bild der Hoffnung", staunt Chrissi und küsst Timo mitten auf den Mund.

Epilog

Unbekannt

Meine Frau schiebt sich mit ihrem riesigen Kugelbauch an mir vorbei und der Brief in meiner Hand fängt an zu wackeln.

„Geht es ihm gut?", fragt sie und setzt sich stöhnend auf das Sofa neben mich.

„Ja", nicke ich.

Ich darf mit meinem Zwilling anonyme Briefe austauschen, die über die Zentralknochenspenderdatei weitergeleitet werden. Persönlich kennenlernen darf man sich allerdings erst nach zwei Jahren, aber auch das werden wir eines Tages machen. „Er schreibt, dass seine Werte alle im grünen Bereich liegen."

„Das freut mich!" Meine Frau verzieht ihr Gesicht.

„Was ist?", frage ich erschrocken. Sie kichert.

„Nichts, dein Sohn benutzt meinen Bauch nur gerade als Turnhalle." Ich lache erleichtert auf, lege meine flache Hand auf ihren Bauch und spüre die kleinen Tritte durch die gewölbte Bauchdecke.

„Übrigens, Florentine meint, dass ihr Felix jetzt mal wieder von Oma zurückkommen könnte. Oma kennt sich da oben jetzt blind aus, sagt sie."

„Das hattest du ja befürchtet", sage ich und grinse. „Und wie stellen wir das an?"

„Nichts leichter als das", sagt meine Frau lachend und versucht, sich bequemer hinzusetzen. „Wenn das Baby kommt, dann kommt auch ihr Felix gleichzeitig angereist."

„Raffiniert!", stelle ich fest und lege meinen Kopf in die Nähe ihres Bauches. Der Kleine strampelt gegen meine Schläfe. Für einen Moment schließe ich die Augen.

Wir haben ein neues Leben gezeugt und vielleicht habe ich sogar ein Leben gerettet. Auf jeden Fall habe ich viel Hoffnung gebracht. Und mir selber damit auch geholfen. Ich habe den Sinn dessen, an was meine Mutter glaubte, verstanden und durfte selber spüren, was es heißt, einem anderen Menschen zu helfen. Jeder Mensch hat es verdient zu leben.

Und manchmal kommt er doch noch im Traum, mein kleiner Sohn als Engel, der mich mit Pommes frites und Ketchup aufzieht oder mich auch schon mal vom Schlaf abhält, weil er mit mir unbedingt besprechen muss, was ich mit seinem Bruder später alles anstellen könnte.

Meine Mutter vermisse ich weiterhin schmerzlich. Das kann man nicht abstellen, wie einen tropfenden Wasserhahn. Aber manchmal gehe ich spazieren und sehe den Menschen ins Gesicht, suche nach dem Blick meiner Mutter und frage mich, mit welchen Augen sie uns jetzt wohl sieht?

Manche Menschen

warten nicht nur

zu Weihnachten

auf einen Engel

Mund auf, Stäbchen rein, Spender sein.
Es ist so einfach zu helfen.

Informationen gibt es bei der Deutschen Knochenspenderdatei.

www.dkms.de

Besucht mich auch auf meiner Website:

www.autorin-marion-bruening.de

Zeitfracht Medien GmbH
Ferdinand-Jühlke-Straße 7
99095 Erfurt, Deutschland
produktsicherheit@kolibri360.de